古人的爱情密码

古人的

爱情密码

贾兴安◎著

中国文史出版社

图书在版编目（CIP）数据

古人的爱情密码 / 贾兴安著 . -- 北京 : 中国文史
出版社，2024.4
ISBN 978-7-5205-4641-6

Ⅰ . ①古… Ⅱ . ①贾… Ⅲ . ①随笔－作品集－中国－
当代 Ⅳ . ① I267.1

中国国家版本馆 CIP 数据核字（2024）第 066328 号

责任编辑：全秋生

出版发行：中国文史出版社
地　　址：北京市海淀区西八里庄路 69 号　　邮编：100142
电　　话：010 － 81136602　　81136603　　81136606（发行部）
传　　真：010 － 81136655
印　　装：廊坊市海涛印刷有限公司
经　　销：全国新华书店
开　　本：710 毫米 ×1010 毫米　　1/16
印　　张：17.5
字　　数：260 千字
版　　次：2024 年 5 月北京第 1 版
印　　次：2024 年 5 月第 1 次印刷
定　　价：58.00 元

目　录

真假苏妲己 / 001

（商纣王的妃子，究竟是一个怎样的女人）

孟姜女的前生今世 / 032

（一个民间爱情传说的奇特演变过程）

沙丘宫政变 / 050

（一代枭雄赵武灵王，因何被儿子凶禁饿死）

问天下谁是英雄 / 086

（四面埋伏下，乌江河畔的霸王别姬）

金屋藏娇 / 131

（汉武大帝刘彻与皇后陈阿娇的是非恩怨）

云想衣裳花想容 / **161**

（唐玄宗与杨贵妃的情爱传奇）

红　娘 / **198**

（看张生怎样潜入崔莺莺的西厢）

情倾三王朝 / **220**

（吴三桂为一个女人葬送大明王朝）

真假苏妲己

　　说起苏妲己，恐怕不知者甚少，她是古代长篇神魔小说《封神演义》里的女主角。

　　《封神演义》俗称《封神榜》，又名《商周列国全传》《武王伐纣外史》《封神传》，全书共一百回，五十余万字。《封神演义》的原型最早可追溯至南宋的《武王伐纣白话文》，可能还参考了《商周演义》《昆仑八仙东游记》，全书以武王伐纣、商周易代的历史事件为框架，叙写天上的神仙分成两派卷入这场战争。双方祭宝斗法，几经较量，也就是我们口头上说的"神仙打架"，最终纣王失败自焚，姜子牙将双方战死的要人一一封神。该作成书年代不可确考，一般认为，是在明穆宗隆庆至明神宗万历之间，作者为许仲琳。

　　而苏妲己在这场争斗中成为纣王覆灭的"祸根"，从而留下了"红颜祸水"的骂名，此后，"狐狸精"几乎成为美貌的坏女人引诱和诱惑男人的代名词。

　　使苏妲己在现当代真正出名的，应该是 1949 年 12 月在香港上演的电影《肉山藏妲己》，这是中国最早以苏妲己为主角的"封神榜"影视作品。当年的电影海报上，不但有粤剧名旦秦小莉的大幅照片，还有"秦小莉首部好剧"的宣传广告语，一时引起轰动。二十世纪八十年代《封神榜》被众多导演搬上荧屏，其中，影响最大的，是在 1990 年上演热播，几乎是家喻户晓的三十六集电视连续剧《封神榜》。青年演员傅艺伟在该片中因饰演苏妲己而一举成名，受到众人追捧，如今许多年过去了，仍然让人念念不忘。在此前后，各种版本的影视剧和网剧有百余部，仅 2021 至 2023 这三年间，《封神·画圣归来》《封神榜·决战万仙阵》《封神榜·各路英雄大集结》《封神·妲己》《梦回朝歌》《封神》《封神传奇2》《封神·纣灭》《封神·祸商》等电影就有近二十部。著名演员温碧霞、罗海琼、范冰冰、钟欣潼（阿娇）、张馨予、林心如、王丽坤等都曾饰演过苏妲己。

在这些漂亮女影星的演绎下，苏妲己或美若天仙，或风情万种，或狐媚妖艳，或勾魂夺魄，或魅惑狡黠，但都使得苏妲己这个美艳绝伦的女子深入人心，大放异彩，可感可知，从遥远的历史深处走出来，艺术性地"复活"了。

2023 年 7 月，号称中国神话电影大片《封神第一部：朝歌风云》上演，再续再创再翻拍"封神"和苏妲己的故事。也许是演员阵容强大，明星云集，费翔、李雪健、黄渤分别饰演纣王、姬昌和姜子牙，也许是瑰丽的视觉效果和宏大的历史场面以及网上热评博人眼球，因此大家依然兴趣盎然，观者踊跃，半个月票房总收入达到十六亿。据称，这是"封神三部曲"之一，影片摄制历时十年，耗资三十亿。

有报道称，苏妲己这个角色，是导演乌尔善在全球两万多名演员中选中的，名叫娜然，是一位俄罗斯混血女模特。为饰演好这个角色，娜然从开拍前六个月便开始学习模仿狐狸的行为和举止，在银幕上展现出来的，完全是一副恍若狐妖的形象和动物的野性，为此颇受争议。但导演马尔善的说法是："比如娜然，为了给观众呈现一个极具动物性的全新的狐妖妲己的形象，做了将近半年的狐狸研究，把狐狸的形体语言融入了表演。用鼻子去嗅这个世界的空气，用爪子爬行，听到声音的时候，她突然警觉起来，狐狸这种很细微的动作，都被她呈现得非常好。从电影的结果来看，他们每一个人的表现都非常优秀，远远超过我们的预期。"在我看来，这部电影在某些方面，还是有一些精彩之处的，最大的亮点，似乎就是没有将纣王塑造成一个单面的反派，也没有将商朝的覆灭完全怪罪于苏妲己一人。

苏妲己，究竟是怎样一个女人呢？现在，让我们重返三千多年前那个时代的某些场景和事件，在神话传说和文艺作品里，试图探寻一番苏妲己的人与生，来世与经历，大致分辨出哪些是真假，哪些是虚实，哪些是想象和真实的素材，尽管这样做显得很徒劳，甚至是吃力不讨好。

但，神话有温度，写作有态度。

一

这天傍晚，在有苏国①国都温邑②高大的城门前，商王朝第三十位君主帝辛（史称纣王），第一次与美若天仙的少女苏妲己相会了。

当时的晚霞绚烂而瑰丽，将位于城郭西南方阔大的黄河水映照得金光闪闪，大地一片辉煌。

苏妲己是在父亲苏护的带领下，随着一群马匹、牛羊和丝帛，从城门洞里来到郊外商军集结的大帐前，向帝辛投降纳贡的。

半个月前，本是商王朝诸侯国的有苏国首领、被王朝赐封为冀州侯的苏护，趁商朝第二十九位君主帝乙病逝之机，企图谋反搞"独立王国"。新即位的帝辛闻讯，从迁都还不到一年的沫邑城③，率大军疾行二百余里，前来平息叛乱。相当于如今一个县大的有苏国经不起精悍的商军围攻，抵挡了一阵子，眼看就要"破城"有了被"灭族"的危险，苏护经与族人紧急商议，选择了投降，继续"臣

---

① 商朝时期的诸侯国，也称有苏部落。

② 今河南省焦作市温县。

③ 即朝歌，今河南省鹤壁市淇县。

服"于王朝以换取"苏氏"的平安。

帝辛同意了苏护的纳降,在城外以简单的仪式接受苏护的"贡礼"。

当物资交接进行完毕,苏护宣誓永久效忠王朝以后,将一位着装艳丽的妙龄少女带到了帝辛面前。

这少女服饰华丽,身材妙曼,大概有十五六岁的样子。上衣为红色提花直领右衽的丝衫,下裳①是葱绿色带细褶的短裙子,一双粉色的木屐翘尖鞋上,右侧各绣着一对鸳鸯,一头黑发束起成髻,敛发勿鬓,别一支玉簪,颈部、手腕处、耳垂上,都佩戴着也许是玉、石、骨、蚌、贝等精美的饰物。

"大王,这是我的爱女,名叫妲己,愿赐予大王……"苏护说着,拉住苏妲己跪下了。

帝辛不动声色,眯着眼睛说:"抬起头来吧。"

苏护抬起头来,用手捅捅女儿:"大王有令,让你抬起头来。"

"小女子不敢……"

帝辛不悦,挥挥手道:"苏护啊,本王不缺女人,你带回去吧!"

"大王,请您看她一眼。"

"她不抬头,本王怎么知道她长什么样子?"帝辛愠怒,转身要走。

苏妲己突然抬起头来,微微一笑,音质清丽,犹如莺声燕语般婉转:"大王,请您等一等!"

帝辛怔怔,回过头瞥一眼苏妲己,不由惊呆了——

不知是夕阳的光芒,还是彩霞反射到滔滔黄河水面上泛起的橙色光晕所致,也许是二者共同营造的光泽,将眼前这位少女的脸蛋涂抹得光彩夺目。她椭圆形的脸蛋上,散发着一层摄人魂魄的如同彩虹般的光辉;微笑时,泛起红晕的脸颊两旁呈现出一对酒窝,里面似乎蕴藏着甜蜜;一双大眼睛水汪汪的,像是清澈的泉水洋溢着,

---

① 殷商时期的裤子。

睫毛又密又长，仿佛是水潭边长着的茂盛的黑色芦苇，晶亮的眸子犹如出水的秀莲那样清澈；她的小嘴唇宛如一枚成熟的樱桃，嘴角自然上翘，像是永远在微笑；她的鼻子高挺，眉毛似柳叶，下巴尖尖，额头的刘海有些稍微倾斜，似是轻风吹拂着细密的黑色垂旒……

对于苏妲己美伦绝世的容颜，以多少华丽的文字描述都显得词不达意。在这里，我们不妨来看看明代作家许仲琳创作的神魔长篇小说《封神演义》，是怎样描写苏妲己的外形的。说她"婉雅悲啼，百千娇媚，真如笼烟芍药，带雨梨花"，还进一步刻画道：

乌云叠鬓，杏脸桃腮，浅淡春山，娇柔柳腰，其似海棠醉月，梨花带雨，不亚九天仙女下瑶池，月里嫦娥离玉阙。

妲己启朱唇似一点樱桃，舌尖上吐的是美滋滋一团和气，转秋波如双弯凤目，眼角里送的是娇滴滴万种风情。

可见，苏妲己之美，穷尽天下所有形容"美丽"的词藻来描述都不为过。苏妲己可能是几个世纪以来才出现的绝代佳人，具有"闭花羞月、沉鱼落雁"不可言说的漂亮。

只是这一眼一瞥，准确地说是惊鸿一瞥，帝辛怦然心动，暗自惊叫，痴痴地望着苏妲己，心猿意马，一时有点语无伦次："你……你……我我……你是……"

苏妲己见帝辛高大而英武，目光炯炯，气宇轩昂，比传说中的还要威风凛凛，心里一阵狂跳。她连忙躲开他射来那一束犀利而又秋波横溢的眼神，眨眨大眼睛，镇定自若地微笑道："大王，卑人妲己，姓己，名妲，苏氏。"

也许就是在这一瞬间，帝辛和苏妲己"确认过眼神"。如一首流行歌曲所唱那样"确认过眼神，我遇上对的人……""是你转世而来的魂"，开始了他们不知是悲剧还是喜剧、是惨痛还是幸福的一生。

"噢！本王……是……是叫你站起来说话。"

苏妲己的两次微笑，一笑倾城，再笑倾国，其顾盼流离间，皆是勾魂摄魄的娇柔俏媚和不可抵挡的诱惑。

帝辛被苏妲己的美颜所震撼了，刚才几乎处于谵妄状态，现在才恢复了过来："快！快站起来，让本王好生看看。"

苏妲己落落大方站了起来。

不高不矮，不胖不瘦，肤如凝脂，颈项洁白，明目齿皓，顾盼流兮，腰肢纤细，双腿修长，亭亭玉立，婀娜多姿，站在这里是一幅画，走动起来肯定是一道风景啊……

帝辛欣喜若狂，目不转睛地盯着苏妲己问："刚才本王忘了，美女芳龄几何？"

苏妲己双手合起，躬身给帝辛道个万福，含情脉脉并有些羞怯地说："小女刚满十六，愿意侍奉在大王左右。"

其父苏护在一旁补充道："爱女天资聪慧，能歌善舞，琴棋书画无所不能。"

帝辛点点头，心花怒放地大笑道："好，好，本王即刻就带妲己回宫，诏告天下，册封为正妃……"

于是，从这一刻起，本是一位清纯浪漫、天真无邪的漂亮少女，由于与商王朝的末代君王"结合"后并被"宠幸"，成为三千多年来似乎是比任何帝王都要光鲜亮丽，被世代津津乐道，但大多视她为千夫所指、十恶不赦的"一代妖姬"。

这天，应该是公元前1074年的春天，是帝辛继位的第二年。

关于苏妲己当作"礼物"被有苏国"献给"帝辛的时间，史书上没有详细记载，但不少论者说帝辛当时已经六十多岁了，是在公元前1047年征讨"东夷"时期攻打有苏国当作"战利品"带到朝歌宫中的。当然，这时候帝辛继位已经二十八年了，已经老了，而且是在第二年"牧野之战"后"自焚"的，据说苏妲己也被"绞死"，两人"在一起"只有一年的时间。这怎么可能呢？一年时间哪有这么多的故事，也没有必要为她建造豪华的宫殿还带她在"酒池肉林"里玩耍。另外，有苏国距商朝首都朝歌很近，位于朝歌的西南部，是商朝的一个小诸侯国，怎么会是"商纣王东征伐有苏氏胜利后带妲己回宫中"的呢？

纣王帝辛与苏妲己的"爱情故事"，一直有两套系统版本流传于世。

一是"神话传说"或者说"民间演义"系统。主要是受《封神演义》和电视连续剧《封神榜》的深刻影响，这也是苏妲己目前在人们心中的形象定位——千年狐妖。《封神榜》在第一章的开篇中就说，纣王帝辛去女娲宫进香，看到女娲的圣象，国色天香，瑞彩翩跹，犹如嫦娥下世，顿时，这幅画像就把纣王给迷住了。于是，他诗兴大发，在女娲宫墙上题了一首调戏女娲的诗。女娲看到后大怒，觉得纣王是无道的昏君，商朝气数已尽，随即就挑选了一个修炼千年的狐妖依附到苏妲己的身上去祸乱商朝并帮助武王伐纣。无论是小说还是电视，这都属于文艺作品，虚构的，不是历史真相。尤其是帝辛的那首所谓"淫诗"，更是编造得离谱："凤鸾宝帐景非常，尽是泥金巧样妆。曲曲远山飞翠色，翩翩舞袖映霞裳。梨花带雨争娇艳，芍药笼烟骋媚妆。但得妖娆能举动，取回长乐侍君王。"先不说殷商时期还没有这样的诗歌，而毛笔是战国以后才出现的，那时人们都是在甲骨上刻字，史称"甲骨文"，不知道纣王是用什么笔怎样写到墙壁上的。另外，从这首文采飞扬的诗作上看，纣王不但孔武有力，而且文化水平很高。总之，是从这个荒唐而离奇的故事开头，引出苏妲己这个"狐狸精"下凡去"魅惑"那个"好色"的帝王。因此，在众多读者和观众的视野里，苏妲己是个被"妖魔化"的女人。

第二个说法，是史料或者史学界的论证。历代史书和典籍称苏妲己为帝辛的"宠妃"。《史记·卷三·殷本纪第三》记载：帝辛"好酒淫乐，嬖于妇人。爱妲己，妲己之言是从"。是说纣王沉迷于酒色，整日与妇人为伍。宠爱妲己，对妲己的要求言听计从。古代父权制社会确立后，女子地位很低，一向是男人的附属品和历史的陪衬，史书记载女子的内容都比较简单。《国语·晋语一》曰："殷辛伐有苏，有苏氏以妲己女焉。"意思是说，殷朝国君帝辛（殷纣王）攻打有苏部落，有苏部落将部落族长的女儿苏妲己嫁给帝辛。《古今姓氏书辨证·六止》有言："黄帝子得姓十四人，而青阳、夷鼓同为己姓。青阳，少昊氏也；夏诸侯有苏氏，周诸侯郯子，皆其后。有苏氏女于纣，为之妲己。"显然，在历史上，苏妲己是真实存在的，据考证，她的出生地是现今河南省焦作市温县武德镇苏王村。有苏部落和首领苏护，确实是依附于商朝的一个氏族部落，也可以视为"方国"或诸侯国，与商朝是一种"联盟"关系，每年要向商朝进贡，其氏族的图腾为"九尾狐"，这就赋予了作家的想象力，将其依附到狐狸身上变成了"狐狸精"来支撑整部作品的架构。但在许多史料中，并没有过多记载苏妲己如何"淫荡"，而说到帝辛与苏妲己的关系时，则是简单的"宠爱，言听计从"而已。

据《帝王世纪》记载："从黄帝至纣三十六世。纣二年纳妲己，二十年囚文王，三十年武王观兵于孟津。"参照这个说法，帝辛应该是在即位的第二年纳苏妲己为妃的。帝辛于公元前1075年即位，年龄大概三十岁。如果按《封神演义》的说法，帝辛是在位的第七年去女娲宫进香的，应该是不到四十岁。因此，无论"史记"还是"演义"，他与苏妲己"婚配"时的年纪都不算太大。别说是商朝的奴隶社会，即使放到现在，三十多岁的男人找个二十岁左右的老婆，只能算是"老夫少妻"罢了。

有论者说帝辛六十多岁纳苏妲己为妃，与事实严重不符，与自周朝起历代"污化"纣王一脉相承。周人为政治和斗争的需要，必须"创作"出一个奢侈糜烂、荒淫无度、残暴好色的又老又丑的"昏君"。

无论哪一种说法，是苏妲己还是千年狐妖，是史载还是神魔小说。这个被"丑化"了的、从此背负沉重骂名的苏妲己，可能与历史真相相去甚远。

如果是作为被"贡献"的女子，苏妲己面对国破家亡、族人蒙难的危难关头，听从父亲和族人的"安排"，放弃相对安逸的生活，毅然选择了牺牲，以取悦帝王换来苏氏家园和族人的平安，这难道不是一位值得我们歌颂和敬仰的女英雄吗？倘若是作为"狐仙"的苏妲己，此时的苏妲己，已经不是她本人了，而是一个带着特殊任务和使命的狐妖，盗取了她年轻美丽的躯壳，真正的妲己，在进献给帝辛的途中已经死亡。她入宫以后的各种罪恶行径，完全是千年狐妖的冒名所为，与原本的苏妲己毫无关系。即使是声讨，也应该严格区分苏妲己与狐妖，怎么能把所有的罪过强加到一个天真柔弱且本性善良的少女身上呢？

在历史戏剧般的演绎中，大家坚信，苏妲己，一个年幼无知不谙世事的少女，因为美丽，最终淫乱和左右了一个王朝并改变了中国社会的历史进程——

她让帝辛大兴土木，建酒池肉林，起高台楼阁，进行种种奢华消费，让帝辛纵情声色，目的就是竭尽财力、耗空国库，动摇国家的经济基础，让君王心有旁骛不理朝政；她残害比干王叔、太师闻仲、大将军黄飞虎等国家柱石，朝廷栋梁，目的就是给王朝造成动荡和不安，让国家支撑缺失，动摇国家的政治基础；她让帝辛杀妻灭子，直接的效果就是让帝辛家破人亡，国家权力缺乏继承人，也就是动摇了国本；她在民间剖腹验胎、挑骨验髓等种种变态、残忍的举动，就是让王朝道德沦丧、人心向背，使其子民失去凝聚力和向心力。在这样的混乱和腐朽的国情下，社会一旦稍有风吹草动，大家群起而攻，推翻一个缺乏民众拥戴的王朝几乎就是摧枯拉朽般的必然结果……

苏妲己和她的"伴侣"帝辛，在两套系统或者说两个版本里，随着时间的流逝和时代的变迁，逐渐融为一体，让人真假难辨，莫衷一是，现在想要把她剥离开来叙述，实在有点困难。

二

这是一场豪华而盛大的歌舞宴会,为庆祝"鹿台"建成而狂欢。

鹿台位于商都朝歌西北大约十五公里处的太行山东麓金牛岭下,东、西、北三面被群山环抱,下临碧波深潭,与淇水相望。《太平寰宇记》五十六卷曰:"鹿台在县西二十里,帝王世纪云:纣造,饰以美玉七年乃成。大三里,高千仞,余址宛然在,城内即纣投火处。"

刚竣工的鹿台巍峨壮观,大殿四周群峰耸立,白云萦环,奇石嶙峋,藤蔓浓郁,绿竹猗猗,松柏参天,密可蔽日。台前矗立着几排形似各种走兽的巨石,犹如守候鹿台的卫士。台下有一潭泉水,池水清澈见底,微风吹拂时碧波粼粼。鹿台里建造了亭台楼榭数百间,斗拱飞檐,雕梁画栋,富丽堂皇。最顶端是一个宽大的平台,用现在的话说,是一个全封闭式的歌舞厅。

帝辛为什么要建造这么庞大而豪华的鹿台?

先看《封神演义》的说法,大意是:这一日,商纣王正搂着妲己调情之时,妲己拿出一张图纸说,妾有一图画,献与陛下①一观。帝辛接过图纸一看,上面是一幅设计精美的建筑图,高四丈九尺,殿阁宏伟,琼楼玉宇,玛瑙砌就栏杆,明珠妆成梁栋,夜现光华,映耀瑞彩,名曰"鹿台"。帝辛大喜,这时妲己娇滴滴地说,这鹿台要是建成了,陛下早晚宴于台上,自有仙人、仙女下降。陛下得与真仙遨游欢娱,延年益寿,福禄无穷……

于是,为讨好苏妲己,商纣王帝辛便开始大兴土木建设鹿台。

上述小说"桥段"里提到鹿台的高度是"四丈九尺",如果换算成"米",就是十六米左右,这样的高度似乎是太矮了吧。于是,翻开史书去查,发现西汉刘向所著《新序》中曰:"鹿台,其大三里、

---

① "陛下"的称谓,是秦以后才出现的,描写商代的小说以此称帝辛,是很荒谬的。

高千尺。"千尺，换算成现在的尺度，应该是三四百米。这个高度放到三千多年前的殷商时期，确实太高了，何况古人都喜欢夸张。而据《中国历史通鉴·建筑史卷》对于鹿台的记述，推断鹿台的高度约为一百一十米，这个数据，在当时的世界建筑史上，估计也是打破纪录的。

其实，鹿台并非为苏妲己而建，《史记·殷本纪》说得明白："厚赋税以实鹿台之钱，而盈钜桥①之粟。"意思是多收赋税，用以充实鹿台里放的钱财，充盈钜桥①里的粮食。可见，他造的是一座钱库和粮库，是帝王保存金银财宝的"积财处"，当然，顺便设计了一些娱乐场所，让苏妲己和宫女们表演歌舞，也是有可能的，没什么不可以，并不是后人所诽谤的专门用以寻欢作乐的淫乱场所。

在文艺作品中，苏妲己不但让帝辛建造"劳民伤财"的鹿台，还引出一群小狐狸变成宫女来这里表演"艳舞"迷惑帝辛，被他叔叔比干嗅出"骚味"向他谏言，在苏妲己的怂恿下，比干被"挖心"致死。关于比干之死，经"夏商周断代工程"的深入研究，发现与史记和传说中不符的证据逐渐增多。现存比干墓寺庙中，碑文有显示其比帝辛还晚死十多年，不可能是帝辛所杀。此证据不能说是铁证，但已经构成了怀疑的讨论点，而所谓比干谏言而死，是到了相隔甚远的春秋时期才有记载的，可能并非是事实。

而我们更愿意相信，苏妲己是非常愿意"嫁给"纣王帝辛的。

在那个封建的奴隶制社会，女人的地位低如牛羊，能入宫"侍王伴驾"，可以说是平步青云，一步登天，谁不愿意过上高高在上、荣华富贵的生活。现今社会，不是仍然有女孩儿喜欢"多金"的"老男人"吗？况且，帝辛还没那么老，不但贵为天子，别说"有钱"，整个国家都是他的，而且，他还是个高大英俊、威风凛凛的男人。

很久以来，帝辛的"英雄事迹"和"光辉形象"在王朝大地上广为流传，大家对他的勇气和力量无比敬仰和赞叹。

---

① 商时粮库，今河南省鹤壁市浚县钜桥镇仍在沿用该地名。

帝辛并不是父亲帝乙的长子，上面有个哥哥，叫微子，下面有个弟弟，叫微仲。帝辛姓子，名受，帝号辛，按父亲的"帝"沿袭过来，因此庙号称为"帝辛"，而"纣王"或"商纣王""殷纣王"①，是他死后自周以来史书和人们对他的"恶谥"和贬称。"纣"字，《说文解字》里的本意是驾车马后部的革带。但西周中期搞了一个对于死去的帝王或官员称呼的准则《谥法》，而帝辛被封"谥号"——商纣王——的"纣"字，就出自该"法典"中，其原文曰："杀戮无辜，贼仁多累，残义损善曰纣。"也就是说，帝辛为王时，残暴不仁，作恶多端，没干过"人事儿"，很符合"纣"的定义。这实在是周人的恶意诋毁，因此，在本文叙述中，我们更愿意实事求是称他为帝辛。

帝辛是个机智聪明、能力很强有本事的人。

相传，这年初夏的一天，帝辛的父亲帝乙在御花园的一个楼阁上宴请群臣和各路诸侯并观赏牡丹。一时间，阁内人来人往，一片忙碌，摆器具排座次，热闹非凡。由于人多负重，大阁渐渐摇晃起来，但繁忙中谁也没有察觉。饮宴开始了，正当大家依次就座时，头顶的梁柱上突然传出了吱吱呀呀的响声。原来是阁中顶大梁的木柱正在断裂，阁顶将要倾塌。帝乙和众臣惊慌失措，正不知道怎么应对时，只听人群中的帝辛吼叫了一声："大家勿惊，我来了！"随即一个箭步跨到大柱旁边，张开双臂把即将断裂的大柱紧紧抱住了。众人惊呆了，都直勾勾望着帝辛不知所措。帝辛从容地抱住裂开的柱子，镇定自若地喊道："快！快去拿来木柱支撑！"帝乙这才如梦方醒，立即令人去抬新的柱子。很快，柱子搬来，把即将断裂的顶梁柱换了下来。帝辛面不改色，气不长喘，拍拍双手，微笑着重新坐到了席间。群臣和各路诸侯个个惊叹称奇，盛赞帝辛是栋梁之材，有救大厦将倾之功。

这即是"偷梁换柱"成语的由来。

---

① 殷纣王，盘庚迁殷后，商又可以称殷，两者是一个意思。

面对危机，智勇双全，文武兼备，是身为非长子帝辛能脱颖而出，最终继承君主之位的重要因素。

当然，帝乙传位于帝辛，还有另外一个原因。

原来，帝辛和哥哥微子虽然都是一母所生，但微子出生时，母亲还未被立为皇后，所以按照礼法，哥哥微子是庶子。而帝辛出生时，正赶上母亲被立为皇后，就顺理成章成为嫡子了。这在古代礼制森严的氛围下继承帝位名正言顺，此说法在《吕氏春秋》中有记载。现根据古资料考证，商朝帝位继承有可能是奉行兄终弟及制度，因为由相对年长的人来管理国家，有更为丰富的经验，避免因为首领过于年轻而被其他国家推翻，这种制度的优点，在于稳定国家政权。在这种思想的驱动下，帝乙才选择三兄弟中能力最强的帝辛，继续推动商王朝的健康发展。

对于帝辛的能力和个人魅力，司马迁在《史记·殷本纪》里也承认："帝纣资辨捷疾，闻见甚敏；材力过人，手格猛兽；知足以距谏，言足以饰非；矜人臣以能，高天下以声，以为皆出己之下。"意思是说：纣天资聪颖，有口才，行动迅速，接受能力很强，而且气力过人，能徒手与猛兽格斗；他的智慧足以拒绝臣下的谏劝，他的话语足可以掩饰自己的过错；他凭着才能在大臣面前夸耀，凭着声威到处抬高自己，认为天下所有的人都比不上他。《荀子·非相篇》中记载："帝辛，长巨姣美，天下之杰也，筋力超劲，百人之敌也。"也就是说，帝辛本人长得高大俊美，手脚有力，能够以一敌百，是天下杰出的俊杰。

对这样一位"出色"的帝王，没有美女不喜欢的。

因此，苏妲己没有任何理由不喜欢帝辛，如果真像小说中那样故意"祸乱朝纲"，大厦将倾，安有完卵？对她又有什么好处呢？而"英雄爱美人"的帝辛，也对苏妲己一见钟情、一往情深，爱得干脆，并最终封她为王后。如果鹿台真是为讨好苏妲己所修，那倒是证明了帝辛对苏妲己"宠爱"的态度是多么坚决和彻底。

鹿台用了七年时间建成，期间历经坎坷。据说，先是让姜尚（姜子牙）监修，姜认为这个"形象工程"劳民伤财，劝谏帝辛作罢，帝辛震怒，欲杀之，姜逃亡到西部西伯侯姬昌（周文王）那里去辅佐周室了。之后，帝辛又命心腹崇候虎监工，他调集各地能工巧匠，聚全国之力才将这座豪华盖世的宫殿建成。后世的唐代著名诗人王维有诗曰："忆昔商王起鹿台，罔思固本聚民财。而今台散空台榭，惟有闲云自往来。"

隆重祝贺鹿台竣工的活动进行了三天三夜，在最后的"歌舞晚会"上，尽管由宫廷乐师专门训练和编排的宫女们表演节目，但帝辛还是希望观看苏妲己的舞姿。

"爱妃，请再为我跳一支舞。"

"大王，您还没有看够吗？"

"没有，永远看不够。"

苏妲己从帝辛的身边起座，轻踏莲步，款款走进乐池……

现在，我们实在难以形容苏妲己边歌边舞的动作，还是抄来《封神演义》里的一段描写吧：

> 其时鲦捐轻敲檀板，妲己歌舞起来。但见：霓裳摆动，绣带飘扬，轻轻裙不沾尘，袅袅腰肢风折柳。歌喉嘹亮，犹如月里奏仙音；一点朱唇，却似樱桃逢雨湿。尖纤十指，恍如春笋一般同；杏脸桃腮，好像牡丹出绽蕊。正是：琼瑶玉宇神仙降，不亚嫦娥下世间。妲己腰肢袅娜，歌韵轻柔，好似轻云岭上摇风，嫩柳池塘拂水。

而在乌尔善导演的《封神第一部：朝歌风云》电影中，鹿台宴饮这场不到两分钟的戏，却让演苏妲己的演员练习了两年，排演了两天，拍摄时用了三天，可见为达到"惊艳"的效果，是多么地用心和精心。

鹿台如果是帝辛和苏妲己"婚后"开始兴建，已经七年过去了，如果是几年以后才开工，那已经是十年左右的光景了。这么多年来，帝辛还那么"迷恋"苏妲己，仍然喜欢看她唱歌跳舞，足以证明，他对她的爱并没有随着时间的流逝而"喜新厌旧"，对她一直情有独钟，从未移情别恋。

苏妲己是在众目睽睽下又歌又舞的，不是单独为帝辛一个人表演。当时在场的，有王朝的西伯、东伯、南伯、北伯四大诸侯，还有《史记·殷本纪》所称的："周武王之东伐，至盟津，诸侯叛殷会周者八百。"这里说的八百，是泛指，其实是七十二个小诸侯，再加朝中文武百官和部门主管及工作人员等，至少千人在现场观摩。这么多人观看帝辛爱妃苏妲己歌舞，难免滋生出各式各样的心态和想法。对他们二人的相爱和苏妲己的惊世美艳，不能排除"羡慕嫉妒恨"的心理。

"残暴、淫乱、沉迷酒色、奢侈、昏庸、不理朝政"的帽子，也许是从这个时候开始往帝辛头上戴的；而"红颜祸水"的"狐狸精"，则成为苏妲己的别称，并且，被后人并称为"夏之妹喜、商之妲己、周之褒姒、晋之骊姬"四大妖姬中名气最大的一位。不知，这是她的幸运，还是她的灾难，是该名垂青史，还是该遗臭万年。

帝辛"残暴"吗？

正是在鹿台落成后的第二年，实力最强、人脉最旺的西伯侯姬昌，被帝辛"拘禁"在羑里城①整整七年后被释放"出狱"了。关于姬昌"被囚"和获释的时间，任何史书上都没有明确的记载。但据推算，应该在帝辛继位的第二年被拘，七年后被释放，几乎和鹿台的开建与落成是同步的。当时，姬昌以诸侯之位，笼络近臣招揽四海遗贤，收买民心，分化王朝的诸侯国，已经有了谋反之心，这是任何一个在位的帝王都不能容忍的。但诡异的是，姬昌犯的是企图"颠覆国家罪"，罪该当诛，但帝辛却没有把他处死，而是让他在羑里的监狱里"闭门思过"。然而，姬昌在"牢房"里是怎样反省的呢？"文王被拘而演《周易》。"司马迁一语道破了姬昌在牢

---

① 古地名，商朝监狱名，在今河南省安阳市汤阴县北部。

狱里面的所作所为。他趁机凭借充足的时间，在伏羲八卦的基础上，潜心推演出了六十四卦象，每一卦象里面都暗含着如何去夺取殷纣王朝的杀机。无论后人对《易经》做出怎样的解读，但《易经》这部书最初的动机，是与战争有关的。姬昌是在研究和推算"捣毁"帝辛的商王朝，建立西周王朝的最佳时机，其险恶用心显而易见。

面对如此"重罪"根本不可以饶恕的姬昌，帝辛不但没杀他，反而把他放了，还把妹妹嫁给他给予"安抚"。这实在匪夷所思，能说他是个残暴的君主吗？

从这一点看，帝辛不愧于"昏君"的指责，他心慈手软，放虎归山，让手下一个诸侯姬昌在西岐①做大做强，终于推倒了延续六百多年的商王朝，开创了一个崭新的周王朝。再从这个角度来分析，帝辛连姬昌都不杀，还会杀自己的亲叔叔比干吗？

为亡国之君之所以失败找一个理由，或者说为一个王朝的覆灭找到一个大家可信的替身，帝辛的妃子苏妲己，无疑是一个最好的角色，也是最令人喜闻乐见的"切入点"。这就是中国历史和传统文化中最大的"嗜好"和"偏爱"：把解不开的事，一股脑儿推到女人身上。"万恶淫为首"吗？无论官员还是老百姓，大家都对这个最感兴趣。

鹿台建成后，成为帝辛"腐败"的口实，宠爱苏妲己，则是他"好色"的标志。我们不得不敬佩姬昌和他的周人，为把"皇帝拉下马"所做的大量的和充分的舆论和宣传攻势，还有历朝历代及时添油加醋般的"跟进"、附和以及大张旗鼓的推波助澜。

但是，非常重要的一点他们忘了，或者是不愿意提及，那就是："沉湎女色"的帝辛，一生只有两个儿子；而"不好色"且"德高望重"成为周文王的姬昌，传说生有"百子"，但有据可考并记录有名字的是十九个，而女儿还没有计算在内，少说也得十几个。生养这么大一群孩子，在那个时代，绝非三五个女人所为吧。

---

① 今陕西省宝鸡市西岐县。

看来，周文王比帝辛占有的女人更多，更有充裕的时间和精力"造人"繁衍后代。为此，编纂于西周初期的中国第一部诗歌总集《诗经》还绘有周文王的"百子图"，歌颂他"多子多福"，其开篇讲的亦是他的恋爱史，篇首《关雎》中"窈窕淑女，君子好逑"，其男女主人公就是周文王姬昌和他的妻子太姒。

成者英雄败者寇，人们只为成功者大唱赞歌。

因"英雄"需要而人为制造出的历史的迷雾，让苏妲己伴随帝辛，成为这个世界上最冤枉的女人。夫妻双双不但没有后代，还弄了一身恶臭。

三

一个阴霾密布的上午，驱车来到距我故乡二十来公里的"纣王墓"。

春夏之交的田野绿油油的，处处都蕴藏着鲜活和旺盛，如果天气晴朗，蓝天当空，这天一定是一个让人心旷神怡的好日子。

按导航向西行驶不到四公里，就到了淇门。这里是我童年时代经常要路过的一个村子，因为我的母亲当时在一个叫西枋城①的村子里当公办老师，她如果星期天不回家，我就会去学校找她。淇门村是去西枋城村的必经之地，这里是淇河流入卫河的交汇口，所以故名。从前，去西枋城村时，要坐船摆渡到对岸，能看到滔滔卫河里行驶着的白帆大船，但现在修了桥，河水也没那么阔大了。过了淇门的卫河，基本上是沿着淇河一路北上的，行驶半个来小时，到了222省道上往西一拐，穿过淇河大桥向北行百米远，就抵达纣王墓了。

纣王墓，紧临淇河的西岸，位于淇县城东十二公里处，归淇县

---

① 建安九年，即204年，曹操在枋城村西下枋木，"遏淇水入白沟，以通粮道"，遂得名至今。

西岗镇河口村管辖。

淇县与浚县的行政区划，以淇河为界，如今都隶属于鹤壁市。

这一带，是自古以来就被史书所称的典型的"淇河浚地"，或者说"淇水卫地"。淇县和浚县的县名都带"氵"，可见与"水"关系密切。

淇河在古时候是黄河的一条支流，当时非常著名。著名的《诗经》在这一带采集的民歌有五十余首，其中在《氓》这首"卫风"里，曾三次提到淇河："送子涉淇，至于顿丘"，"淇水汤汤，渐车帷裳"，"淇则有岸，隰则有泮"。

至今仍"名噪天下"的一代帝王帝辛，现在就静静地深卧于这里的故土之下，沉睡在汤汤的淇水河畔，似乎依旧伴着涛声沉湎于当年的铿锵岁月。正如明代刘希鲁有诗所感叹的那样："不向平原卜寝陵，急滩深处缔佳城。时时澎湃惊人耳，疑是当年叱咤声。"

看见纣王墓的时候，我的心里像这个凝重的天气一样沉甸甸的。

纣王墓其实就是一个大土冢，还不如那时一个贵族的封土高大，墓周围青草萋萋，有一些松柏，也是后来栽下的，也没人来这里观看，当然更不像一些帝王陵那样收门票了。

之前几年，与帝辛有关的几处遗址或者说景点，我都去过，比如羑里城、比干庙，都是游人如织，管理有序，门票不菲。在羑里城，由于是帝辛把姬昌关到了那里，才使他创作出了《周易》，于是这里就有诸多小屋子的一个个号称"神算"的先生强行拉你占卜摇卦；特别是比干庙，那气派的建筑，壮观的牌坊，还有高大的雕像，如今被称为"比干庙园林景区"，真是让人叹为观止。

帝辛的"对立面"们，现今个个光彩夺目，而帝辛的葬身之处却如此凋敝、苍凉，不由让人生出许多个感慨和一声声叹息！

好在，"大土堆"的墓前立有石碑，碑上是著名历史学家周谷城先生题写的"纣王之墓"。石碑的背面，写有"商纣传"，由中国社会科学院历史研究所教授孟世凯撰写。墓旁边，有一座简陋的小庙，小庙上贴有一副对联，原本的红纸已经褪色变成了白底，上联："革除旧制兴国安邦"；下联："征伐东夷拓土开疆"。横批："雄才大略"。字写得歪歪斜斜，看样子像是民间且文化不高之人所为。走进小庙，在冲门的墙壁上，还贴了一纸"神位"，除帝辛之外，两边还写有"姜皇后"和"苏妲己"的名字。

看到苏妲己的名字，我心头一震，问刚走过来看样子像是当地的一位男子："大哥，请问，苏妲己也埋在这里吗？"

"是啊！还有姜皇后，她们的墓在后面。"男子用手往前指了指，"你们绕过去，就能看到了。"

"不过……"他随即解释说，"纣王墓原有两亩地大小，坐北朝南，立有墓碑，后来附近村庄修渠挖地，纣王墓还有姜王后、苏妲己的两座墓地都遭到了破坏，墓碑也不知道被谁偷走了。现在的墓碑，都是近几年才补上去的。"

后查相关资料，果然如此。

1996年版《淇县志》记载："纣王墓，在县城东十五里许河口村东北淇河西岸上。有墓冢三处，南边大冢长一百米，宽二十五米，高十二米，乃纣王墓。原在水泉下，故称纣王窝。昔时冢前有巨碑一通，上书'纣王辛之墓'五个篆字。大冢北边有两个小冢，乃姜王后及苏妲己墓。三冢东侧绿柳茂盛，淇水依傍而过，旧县志称'纣窝滩声'，为八景之一。"

来到大墓后面，果然看见了两块小土堆上竖着两块看样子历时并不久远的石碑，分别写着"姜皇后之墓"和"苏妲己之墓"，但究竟是不是她们的墓，就不知道了。甚至包括纣王墓里面埋葬的，真是帝辛吗？

据当地民俗专家介绍：帝辛在同周武王牧野大战失败后，登上鹿台自焚，商朝灭亡。之后，帝辛的儿子武庚从鹿台拣回父亲的尸骨，遵照父亲"死后葬于淇河之中"的遗命，动用了大量的人力物力，在淇河上建造了一条大坝，利用大坝拦截水源，在河床上凿竖穴而葬，封口后，河水照流。后来因河道东移，河床日见冲刷变低，纣王墓露出水面，又渐渐与堤岸连在了一起，这就形成了现在的墓在河边的景况。

我有点困惑，问："纣王死后，他儿子成了周人的俘虏，还能这样大规模建墓葬父吗？这是不是也是演义啊！"

"情况大概、可能是这样，我也是通过翻阅史书得知的。周朝成立以后，周武王姬发为彰显他'灭国不绝祀'的仁君风范，对商朝的臣民还是比较温和的，因为毕竟他们是造反起家的，再加上军队的将士和黎民百姓，都是商朝的人，特别是还在东夷远征的商军，还没有返回来。周人如果残杀他们的家人，他们有可能回来与周人开仗。所以，周武王为了稳固刚刚得到的江山，对商朝的官员和百姓特别是纣王的亲属后代，都很宽怀，允许武庚埋葬父亲，并且，还封武庚为邶国①国君，把邶、鄘②、卫③三地的商朝遗民交给他管理，让'商人自治'。这样，武庚就有人力和物力，很从容地将纣王安葬在了这里。"

我点点头："那这肯定就是帝辛的墓了。"

"这个应该不会错的，再加上长期在河下埋着，至今没被盗过。"

我感慨道："如果苏妲己也真的葬在这里，说明帝辛和她一直是生死相依、不离不弃啊！"

"唉！纣王和妲己的种种孬故事，无非都是后世的污蔑和陷害，千万不能信……"

置身于浓云苍茫的大地，面对无声流淌的淇河水，仰望不远处混沌不清的太行山，在帝辛的墓前，我的思绪也呈黯然的苍凉之势……

---

① 今河北省邯郸市一带。
② 今河南省卫辉市一带。
③ 今河南省鹤壁市一带。

唉！淇水很清，清也没用，但没有也清啊！

遥想古人，想象力真的丰富，太能编故事了。

为"抹黑"帝辛和苏妲己，鹿台之后，又虚构出了一个"酒池肉林"的说词。

此说是司马迁的"首创"，他在《史记·殷本纪》中，说帝辛"大冣（音意同'聚'）乐戏于沙丘，以酒为池，悬肉为林，使男女倮相逐其间，为长夜之饮。"但没有说是带着苏妲己在沙丘这个地方"淫乐"，而后世的史料，则大都加上了苏妲己，且说是帝辛为"取悦"她在此大兴土木、广建苑台，设酒池摆肉林，终日沉迷酒色，不理朝政。

沙丘，历史上称作沙丘平台或沙丘宫，我亦去过，位于今河北省邢台市广宗县大平台乡大平台村南老漳河西岸一带。据说，当时这里曾是帝辛的"离宫别苑"。这可能是事实，因为公元前1516年，商王朝的第十三位君王祖乙，因黄河水患，将都城自"相"① 迁到了"邢"②，在这里历经三代五王共计一百二十九年。"定都"期间，君王们在距东部几十公里处水泽丰沛、林木茂密的沙丘上建有休闲避暑胜地，是可能的。四百多年后，第三十位君王帝辛"上台"，在原址上重修这处先辈们留下来的"风水宝地"也是可信的且有据可查。史载，后来的赵国国王赵武灵王、秦朝的皇帝嬴政，都死在了这个"沙丘宫"里，因此后人将此处称为"困龙之地"。可见，这里应该是帝辛"坐镇"都城朝歌而在北方兴建的一处"离宫别苑"。至今，这里仍有废墟遗迹，当地政府还开发了"沙丘平台遗址博物馆"。

然而，沙丘宫里真有过"酒池肉林"吗？

以现在的道路交通路图来计算，当时的国都朝歌距位于东北方向的"沙丘宫"，大概是二百三十多公里，在交通不便的商朝应该不算很近。帝辛带着苏妲己，不可能总去，也不可能常住在那里，

① 今河南省安阳市内黄县。
② 今河北省邢台市。

有可能是偶尔去一次，像现在的"度假"。就算天天在那里待着，非要玩"酒池"和"肉林"吗？这"酒池"是什么样的池子呢？挖个土坑肯定不行，那时没有水泥，怎么防渗漏呢？以白灰砖砌的肯定不行，青铜器铸的？也不可能。就算真搞了个盛放酒的大池子，把那么多酒倒进去干什么呢？肯定不是喝的，莫非要在里面洗澡或者游泳？不怕烧掉一层皮或者呛死吗？挂那么多像树木一条条的肉，是生的，还是熟的？像现在做腊肉那样处理过没有？又作何用？是吃还是看？不怕招苍蝇往上面下蛆吗？这帝王和爱妃也太不讲究卫生了，还领一帮"男女倮相逐其间"玩乐，真不知道这"游戏"有什么可开心的，不是傻瓜就是神经病。

但这个流传甚广的典故，让人深信不疑。

也许，那时候的酒和肉都是很奢侈的东西，所以弄出个"酒池肉林"，是想让老百姓看看，帝辛和苏妲己是多么"贪图享乐"，居然在稀缺和贵重的"酒海洋"和"肉森林"里光着身子"打滚"、追逐嬉戏，真是腐败透顶。再说，"酒是穿肠毒药，色是刮骨钢刀。"这是中国人的祖训或者金石良言，不让帝辛"沾酒""染色""裸体""吃喝嫖赌"什么的，怎么败坏他让他失去民心呢？

这不由让人对司马迁老先生在上千年后，将一些"道听途说"的民间传说当成历史写进大著里的态度疑窦丛生。此说完全没有根据和物证，他写出什么，大家就相信什么，不动脑子去思考一下是否符合逻辑和常识。

为帝辛"鸣不平"的，最早的有子贡，《论语·子张篇》载："子贡曰：'纣之不善，不如是之甚也。是以君子恶居下流，天下之恶皆归焉。'"现译成白话文为：子贡说："商纣王的无道，不像现在流传得那么严重。所以君子忌讳身染污行，因为一沾污行，天下的坏事就都归集到他身上去了。"从子贡的话中，我们可以得知，在子贡所处的春秋末年，帝辛的名声已经十分恶劣了，达到了天下中所有的坏事都会算在帝辛头上的程度。由此看来，帝辛的污名化程度很深，并且在春秋末年达到了高峰。

关于纣王的罪状，在周人的《尚书》中有六点，分别是爱喝酒；爱女人；不敬鬼神；不祭祖庙；残害贤臣；宠信奸佞。但之后愈演愈烈，经历了商末流言蜚语、周初蓄意污名、后世谣传捏造等阶段的"演义"，添油加醋，移花接木，真应验了"墙倒众人推，鼓破万人捶"的俗语，将天下所有的"屎盆子"，一股脑都扣到了帝辛的头上。

因此，中国现代著名历史学专家、古史辩学派创始人顾颉刚曾作《纣恶七十事发生的次第》一文，指出：帝辛的罪恶在周人的《尚书》中只有六点，战国书中增加二十七事，西汉书中增加二十三事，东汉时增加一事，东晋时增加十三事，于是商帝辛就变成自古未有的残忍暴君。帝辛的罪过是层累积叠发展的，时代愈近，纣罪愈多，也愈不可信。他还考证，苏妲己的形象得自西汉末年刘向的《列女传》。

替帝辛鸣不平，或者说为他"翻案"，质疑他为"暴君"的，还有宋代的罗泌《桀纣事多失实论》、郭沫若《替殷纣王翻案》、王慎行《纣为暴君说献疑》等。

无论是正史、野史还是民间传说，都在咒骂和斥责帝辛，而同时，必须让苏妲己陪衬：帝王的所有罪过，都是身边这个女人造成的。

除了"鹿台"上、"酒池肉林"里有她，周人及其以后的文人，还"创作"出许多成语来诋毁她，比如：助纣为虐、暴殄天物、牝鸡司晨、暴殄天物等。还有"苏妲己吊孝——妖精死了、苏妲己进宫——乱了朝纲、苏妲己打喷嚏——妖气"这样的歇后语，以及灯谜"妲己娘娘（打一成语），谜底是：人面兽心；苏妲己设计害比干（打一成语），谜底：挖空心思"等等。其流传在民间的传说，更有几个耸人听闻的"恐怖"故事：之一，严冬之际，苏妲己看见有人赤脚走在冰上，认为其生理构造特殊，让帝辛将他双脚砍下，研究其不怕寒冻的原因；之二，妲己目睹一孕妇大腹便便，为了好奇，不惜剖开孕妇肚皮，看看腹内究竟，枉送了母子二人的性命；之三，妲己怂恿纣王杀死忠臣比干，剖腹挖心，以印证传说中的"圣人之心有七窍"说法，结果什么也没有发现……

总之，苏妲己不但是中国，也可能是世界上"最坏"的魔鬼般的女人。她"祸害"自己的丈夫每天都不干"正事"，使帝辛成为全世界有史以来独一无二的最大的"渣男"和"昏君"。周人姬昌周文王"谋反"及至儿子继承者姬发周武王终于将他打倒、铲除，是大势所趋、人心所向，亡国是必然的，"西周伐纣灭商"是替天行道的正义行为。

伫立在帝辛的墓前，我不但同情这个宁愿自焚也不肯投降的帝王，更可怜无辜的美女苏妲己。不知道，自周朝开始，大家是为了诽谤帝辛而拉出苏妲己"陪榜"，才能让一个帝王"黑透"；还是以彻底歪曲苏妲己来作为"药引子"，牵出一个被"女色"诱惑才国亡家破不得善终的帝王？也许是二者兼而有之。

但无论如何，被视为一切邪恶源泉的苏妲己，都是一个躺倒中枪的女人。

四

锣鼓喧天，彩旗飘扬，人头攒动，场面浩大，隆重热烈，盛况空前。

这是 2019 年 3 月 11 日，在河南省鹤壁市淇县淇河西岸帝辛墓地举办的"世界殷商后裔纪念殷帝辛殉难 3065 周年祭祀大典"现场，参加祭祀的宗亲代表来自全国各省宗亲会及香港、澳门、台湾等地和韩国殷商"汤、宋、牛、钟、华、肖"等姓的殷商后裔代表近三千人，当地出动民警二百余人维持秩序。

当然，这是帝辛的后裔出于对祖宗的崇敬，再加祭祀活动是民间行为，我们不去妄评他们对先祖的评价是否带有情感上的偏颇，但帝辛在三十年的执政生涯里，不但干得"不孬"，还可以说是"砥砺前行"。

帝辛继位时，延续了六百年的商王朝已呈衰势，可以说是内忧外患。

先来看内忧：当时的国家政治处于"三权分立"的状态，这里所指的"三权"，是帝王权力、贵族权力和封建神权。在从游牧社会进入农牧社会的殷商时代，人们比较迷信鬼神，帝辛几乎每天都要进行占卜活动，小到杀鸡宰牛，大到战争攻伐皆需占卜。虽身为至高无上的帝王，但无论想做什么都会受到极大的限制。而这些巫、史、卜等神职官员或大祭司们权力过大，一度神权凌驾于王权之上。在很多情况下，帝辛说了不算，要先占卜才能定夺。更让帝辛"头痛"的是，哥哥微子没能继位，一直耿耿于怀，唆使朋党与帝辛抗衡，处处"使绊"，成为帝辛即位后最大的反对派。当帝辛试图挽救王朝衰落，大刀阔斧进行"革新礼制，限制贵族的权力，削减神职人员，解放奴隶，提拔重用有能力的平民"等一系列改革时。不仅是微子，包括王族里的箕子、比干（二人为先帝帝乙的弟弟、帝辛的叔父）也都是反对者。虽然他们的目的未必完全一致，但在削弱、攻击帝辛方面显然是同仇敌忾，一拍即合。因此帝辛名义上是王族的最高代表，实际上得到的王族支持却十分有限。帝辛继位时，由于王族的分裂和微子一派的疯狂抵抗。这些贵族不仅有权力，还有自己的领土、奴隶与军队，成为一方诸侯，严重威胁着帝辛的王权。

再来看外患：在商朝王权未能完全实现高度集中的情况下，本族与附属国，只是一种建立在强大的武力征服下的"臣服"关系，一旦军事后盾减弱，臣服国就会蠢蠢欲动。西伯侯姬昌的"造反"，就是最典型的例子。除此之外，周边还有几个强大的外族一直对商王朝虎视眈眈。而到帝辛继位时，王朝更是面临着来自四面八方的入侵和骚扰。其中包括北方的鬼方①、西方的羌、南方的九苗和中原的东夷②。鬼方和东夷可谓是商朝的世敌，而且势力强大，王朝最杰出的帝王武丁时期，为消除隐患，曾举倾国之力发兵两万余人征伐鬼方。

这便是帝辛在位时的国家局势：内部四分五裂，外部群强环伺。

面对王族、大贵族、各路诸侯、宗教神权集团的互相勾结，进行反帝辛宣传，煽动武装叛乱，王朝内部已是四分五裂，风雨飘摇。再加上外部异族的不断骚扰和入侵等可以说内外交困的形势下，帝辛是怎么做的呢？怎样才能力挽狂澜，扶大厦之将倾呢？

帝辛继位之后所实施的一系列举措，因为史料的缺乏已经无法全面论证。但根据现有的简略记述，综合来看可以勾勒出一个大致的轮廓：

一是对于内部的驾驭。帝辛一方面要对四分五裂的内部反对阵营来分化、打压，不惜一切采用高压手段，如传说杀掉比干，关押箕子，逐出微子；另一方面，提拔了外来的逃臣飞廉、恶来为将军，进行军事改革，强化军队。打压了贵族与宗教祭祀人员，并且废除了奴隶制度，在内政方面，他重用费仲对抗各方的势力，整顿国内经济，鼓励生产，减轻赋税和徭役，树立威望，凝聚人心。

二是对外的打击和扩张。国力恢复后，帝辛开始对东夷用兵，不仅打退了东夷，还继续向中原扩张，把商朝的势力范围扩展到了江淮一带。尤其是讨伐徐夷的胜利，把商朝的国土扩大到了山东、安徽、江苏、浙江、福建等沿海一带，奠定了今天中国主要疆域以及多民族国家的地位。可以说，帝辛对东南夷的用兵，不仅保卫了商朝的安全，他还统一了东南，把东夷和中原连为一体。对于当时的中原王朝先进文明向东南方向未开化地区的传播，起到了不可磨灭的作用，也促进了中华民族的大融合，对中国版图和中华民族的

① 商周时居于我国西北方的少数民族。

② 夏商时期对东黄河流域下游居民的总称，在今山东省中南部一带。

形成和发展具有划时代的伟大历史意义。可以说，商纣王的历史功绩比打败他的周武王还要高。

正是帝辛集中财力、物力和军力，大举进攻和征服或者说"统一"中国东部，无暇顾及，也可以说忽视了国内的安全时，姬昌在西部悄悄"做大做强"，将都城从歧地迁到渭南的丰邑①，吞并了泾、渭平原上诸多部落，之后一面扩军备战，一面展开"声讨"帝辛的宣传攻势，重点放在污蔑苏妲己与丑化帝辛的故事杜撰上。过了几年，周文王姬昌去世，由他的次子姬发继位，自封为周武王。他贬抑帝辛为"商纣王"，并宣布帝辛的十大罪状，联合天下诸侯，发大军朝商朝都城朝歌进军。帝辛之前毫无防范，不由惊慌失措，因大军还在"东征"，只得急召大批奴隶、战俘和保卫国都的卫队，开赴牧野②迎战，这就是历史上著名的"牧野之战"。

结果是人人都知道的，帝辛失败了。当周军兵临朝歌城下时，帝辛登上鹿台自焚而死。亡国之时，他选择了自杀而不是投降，可见帝辛的刚烈和不屈。

帝辛失败和商朝灭亡的原因，主要是他的军队人数虽多，但大多是奴隶和战俘，没有主力部队，号称十几万的"奴隶军"一开仗，就纷纷调转兵戈替周军攻向后方的朝歌城。于是，这便诞生了"倒戈相向"的成语典故。

《左传·昭公十一年》曰"纣克东夷而殒其身"，道出了事实真相。

可见，帝辛并非"毁在女人手里"，也不是那种才智不足、能力欠缺、性格懦弱的昏庸之君，而是一位满怀政治理想和抱负，具有雄才大略的铁血帝王。

不然，他也不会有三十年的执政生涯。在这漫长的山河破败、朝政紊乱、经济凋敝、战火纷飞、时局动荡的岁月里，怎有时间和

---

① 今陕西省西安市鄠邑区。
② 今淇县南、卫河以北，新乡市附近。

精力天天与苏妲己"鬼混"，更不会一味听从她的"谗言"而被一个女人所左右。

当然，我们并不排除所有帝王们所具有的缺点和弱点，比如喜欢女人、奢侈，飞扬跋扈和好大喜功。无论是汉朝的汉献帝，还是明朝的崇祯皇帝，甚至是清朝的溥仪，他们和帝辛一样，在那个特殊的时代背景下，再怎样努力和作为，都难以遏制汹涌澎湃的时代大潮，悲哀地成为令人唾弃的一代亡国之君。

毛泽东曾多次对帝辛的功过是非作出十分中肯的评价，说："商朝为什么叫'商'朝呢？是因为有了商品生产，这是郭沫若考证出来的。把纣王、秦始皇、曹操看作坏人是错误的，其实纣王是个很有本事、能文能武的人。他经营东南，把东夷和中原的统一巩固起来，在历史上是有功的。纣王伐徐州之夷，打了胜仗，但损失很大，俘虏太多，消化不了，周武王乘虚进攻，大批俘虏倒戈，结果使商朝亡了国。史书说周武王伐纣，'血流漂杵'，这是虚张的说法。孟子不相信这个说法，他说：'尽信书，不如无书。'"[1]毛泽东还说，"为什么纣王灭了呢？主要是比干反对他，还有箕子反对他，微子反对他。纣王去打徐夷（那是个大国，就是现在的徐州附近），打了好几年，把那个国家灭掉了。纣王是很有才干的，后头那些坏话都是周朝人讲的，就是不要听。他这个国家为什么分裂？就是因为这三个人都是反对派。而微子最坏，是个汉奸，他派两个人做代表到周朝请兵。武王头一次到孟津观兵回去了，然后又搞了两年，他说可以打了，因为有内应了。纣王把比干杀了，把箕子关起来了，但是对微子没有防备，只晓得他是个反对派，不晓得他通外国。给纣王翻案的就讲这个道理。纣王那个时候很有名声，商朝的老百姓很拥护他。纣王自杀了，他不投降。微子是汉奸，周应该封他，但是不敢封，而封了纣王的儿子武庚。

---

① 摘自毛泽东1958年11月读斯大林《苏联社会主义经济问题》的谈话，见陈晋主编《毛泽东读书笔记解析》第1158页，广东人民出版社1996年7月版。

后来武庚造反了，才封微子，把微子封为宋，就是商丘。"①

不愧为伟人的毛泽东，仅寥寥数语，就将帝辛失败、商朝灭亡的原因讲得非常清楚而透彻，与苏妲己"祸国殃民"没有半点关系。

如果帝辛不是"暴君"，那么，她的宠妃苏妲己也一定不是"坏女人"，为帝辛"洗冤"和"平反"，也是在为苏妲己恢复名誉，还原其本来面目。

苏妲己究竟是怎么死的？或者说她的结局如何？有多种说法。

说法一：被杀。《史记·殷本纪》："周武王遂斩纣头，悬之白旗，杀妲己……"这种说法被小说《封神演义》和电视剧《封神榜》所采纳，小说原文道："子牙对众人曰：'此妖乃千年老狐，受日精月华，偷采天地灵气，故此善能迷惑人，待吾自出营去，斩此恶怪。'子牙道罢先行，众诸侯随后。子牙同众诸侯门弟子出得辕门，见妲己绑缚在法场，果然千娇百媚，似玉如花，众军士如木雕泥塑。子牙喝退众士卒，命左右排香案，焚香炉内，取出陆压所赐葫芦，放于案上，揭去盖，只见一道白光上升，现出一物，有眉，有眼，有翅，有足，在白光上旋转。子牙打一躬：'请宝贝转身！'那宝贝连转两三转，只见妲己头落在尘埃，血溅满地。诸侯中尚有怜惜之者。"

说法二：自杀。《艺文类聚·卷一十二·帝王部·周武王》说："纣赴京，自燔于宣室而死，二嬖妾与妲己亦自杀。"

说法三：给周旦作妾。《三国志·魏书十二》记载："融与太祖书曰：'武王伐纣，以妲己赐周公。'（曹操）问孔融：'周公纳妲己，语出何典？'孔融曰：'以今度之，想其当然耳！'"这显然是胡说八道。既然苏妲己如此"妖孽深重"，把她骂得狗血喷头的周人之文王的弟弟周公旦，怎能把她拥入怀中？难道，让她

① 摘自毛泽东 1959 年 6 月 22 日同吴芝圃等人的谈话，见《党的文献》1995 年第 4 期。

继续祸害周朝吗？但是，也有另一种可能，那就是，苏妲己太美了，这种美，使得杀她的"众军士如木雕泥塑"，竟不忍心杀她，无奈中只好用一块布将她的头蒙起来才得以下手。周人可能自己知道，对她种种的"恶意中伤"都出于政治目的和宣传需要的凭空捏造和栽赃陷害，不将这个天下最浪的"性感尤物"纳入帐下玩玩，太可惜了。这可以从周军进入朝歌以后，再也没有贬抑苏妲己的话语出现得到一些侧面的证实……

无论苏妲己是怎样的下场，真的也好，假的也罢，反正三千多年过去了，真假已经无从考证，也没有必要去鉴别，像任何历史一样更没有真相。但是，曾经和自己叱咤风云的丈夫帝辛一样，苏妲己都不枉自己的一生，从一个平凡的少女演绎成了一个名载史册的女人。

资料显示，从1939年到2020年，以苏妲己为艺术形象创作的影视剧有三十余部，动画片十余部，网络小说和网络游戏更是不计其数，其中有一部动画片的一个"桥段"，这样描述她与帝辛的爱情——

朝歌城被打开的时候，苏妲己递给纣王一面照妖镜，意思是最后不想再隐瞒了，让他看看自己本是妖精的化身。

帝辛挥挥手说："不必，寡人早已知晓。"

苏妲己满脸惊讶。

帝辛接着说："那又何妨，天下人皆弃我，唯你伴我左右，孤待你如何？"

苏妲己动情地说："王待我恩宠如山。"

"爱妃知晓便是，是人是狐又如何，爱妃不要在意。"帝辛哈哈大笑。

这情景放到如今的社会，就是不问你出身如何，也不管你曾经有过什么经历，我都爱你，深深爱你，至死不渝。

对帝辛和苏妲己的爱情故事，可以做各式各样的解读、猜测、编排和演绎，但有一点不容怀疑，他们肯定是曾经彼此相爱过的。

　　在帝辛墓地里，望着置身于他身后的"苏妲己之墓"，再扭头看看轻轻流淌的淇河水，我欣慰地想：也许，真实的苏妲己，活着的时候是很幸福的，因为她真被人爱过也真爱过人，有过一场轰轰烈烈的被许多人羡慕和嫉妒的爱情，也可以视作是一场前无古人、后无来者的旷世绝恋。

孟姜女的前生今世

一

在中国，很少有人不知道孟姜女这个名字。

因为，有个"孟姜女哭长城"的民间传说，从两千多年前，便开始在中华大地上经久不息，万古传颂，可谓家喻户晓，人人皆知。伴着岁月的流逝和时代的变迁，这个故事像随风飘扬的蒲公英那样在各个地区的各个民族和人群中传播散布，甚至被日本、俄罗斯以及东南亚等国的民众所熟知，不断发生演化、改进和变异，至今已衍生出了五十多个版本。有各式各样的口头传说，形形色色不同文字形成的故事，还有不计其数的美术、戏剧、曲艺、影视等各种文艺形式的改编，让人一时难以判断出哪一种说法或者版本较为"正宗"。

如此"走红"的"孟姜女哭长城"，究竟是怎样一个故事呢？

现在，我们只能参考各类流行版本，梳理综合出一个相对比较"经典"的说法，将这个故事的梗概简述如下——

相传，秦朝的时候，有个叫孟家庄的村庄，住着孟老汉夫妇，孟老汉特别喜欢种葫芦。有一天他家屋檐下有对小燕子，为他衔来一颗葫芦籽。孟老汉十分高兴，就种到了后花园里。不久，葫芦籽发芽长叶，秧苗长得十分茂盛，竟然伸到邻居姜家院子里了。到了秋天，葫芦长大成熟了，要收获时，葫芦的周围忽然泛出一道金光，而且"啪"的一声，自己裂开了，最奇怪的是，里面坐着一个非常漂亮、非常可爱的小姑娘。两家老人如获至宝，并为争夺女孩吵闹不休。后来经过协商，既然葫芦根在孟家所以姓孟，但结果是在姜家，因此排名在后，起名叫"孟姜女"，以后就给两家当了女儿。

一转眼十几年过去了，孟姜女长成一个如花似玉的大姑娘，两家人视其为掌上明珠，就琢磨着给她找一个如意郎君。当时，秦始皇消灭六国统一了中国，强行征集天下八十万民夫，修筑长城以抵御北方胡人的进攻。其中就有一个书生，名叫范喜良，提前得知这个消息，便从家中逃出，一路东奔西跑，不料阴差阳错来到了孟姜女家，并躲在她家的后花园里。此时，由于天气炎热，已解衣去池塘里洗澡的孟姜女跳进水里，就发现了鬼鬼祟祟的范喜良，当即羞得满脸通红，大声斥责范喜良。范喜良自知闯了大祸，闭上眼睛任孟姜女呵斥。孟姜女仔细打量着范喜良，见这个年轻男子文质彬彬，相貌堂堂，不像偷鸡摸狗之徒，气顿时就消了。孟姜女穿上衣服，将这件事说给了父母，两家父母在问清缘由之后，决定将孟姜女嫁给范喜良，热热闹闹地为他们办理了婚事。但小两口幸福甜蜜的日子没过几天，范喜良就被追捕他的官差发现，闯进家中将他五花大绑抓走，送到了长城工地上服劳役三年。

孟姜女含着眼泪帮范喜良收拾好衣服，送他上路，从此早也盼晚也盼，等了大半年，也没等到范喜良的任何家书和消息。终于，孟姜女坐不住了，收拾了几件过冬的衣服，装了满满一大包，踏上了寻夫送衣的漫漫长路。

孟姜女一路风雨兼程，历经千难万险，终于在冬天里来到了长城脚下。她望着高大巍峨、蜿蜒看不到尽头的长城，见那些衣衫褴褛、骨瘦如柴的劳工，遍体鳞伤在寒风中挣扎着颤抖，心里一阵阵凄凉。孟姜女在工地到处打听范喜良的下落，问了一大圈儿之后，终于有个老民工说认识范喜良，但同时告诉她，范喜良早已累死了，尸骨埋在长城里面。

听到噩耗，孟姜女犹如五雷轰顶，撕心裂肺般放声大哭。这时，只听"轰隆"一声，长城突然倒塌了五十多里，露出了一堆堆的白骨。孟姜女爬在骸骨堆上，一边哭一边喊着范喜良的名字，咬破自己的手指，把鲜血滴在一具具骸骨上，凄惨地说："是我夫，血入骨；非我夫，血流骨。"孟姜女把十个手指都咬破了，终于有一滴血渗入了一具骸骨上。正在这时，秦始皇巡察长城而来，看见眉清目秀、如花似玉的孟姜女，遂起占有之心。孟姜女将计就计，对秦始皇说，如果让她同意，必须答应她三个条件：一要秦始皇搭起三十里长的孝棚为范喜良举丧；二要秦始皇披麻戴孝，领文武百官到祭台上凭吊范喜良；三要在成亲之前，与秦始皇游海为范喜良举行葬礼。三个条件缺一不可，否则宁死不从。秦始皇为讨得孟姜女欢心，竟然全部答应了。但在祭祀那天，孟姜女泪如泉涌般哭过丈夫范喜良，突然纵身跳进了大海。秦始皇惊恐不已，连忙命令士兵赶忙打捞孟姜女，不料大海突然咆哮起来，巨浪滔天，秦始皇无奈，只得作罢返回。原来，这是海龙王和公主可怜孟姜女的遭遇，命令蟹兵蟹将前去把孟姜女接进了龙宫……

这个故事的结尾，还有几个不同的说法，现选择出两个具有代表性的。

其一：孟姜女找到范喜良的骸骨后，放声大哭一场，收拾骸骨放到包袱里，启程回家……

其二：说孟姜女还没回到家乡，就因忧劳成疾，带着满腹哀怨离开了人世。临死的时候，双手还紧紧地抱着范喜良的骸骨……

但无论哪种说法，也别管这个故事的开头部分在哪个地区流传，便将孟姜女的"出生地"冠以"河北""苏州""湖南"或者"陕西""河南"等地为故乡，但其叙事主线和框架，多年来似乎没有太大的变化，如果用一句话来概括，故事是这个意思：孟姜女新婚不久，丈夫就被抓去修长城,她千里迢迢去寻找,发现丈夫被累死了,她悲痛不已,把长城哭倒了一段。其蕴含的意义是:本是"相爱的一对",因男人被强迫去"修长城"累死,妻子"千里送寒衣",把"长城哭倒",不畏强暴为丈夫"殉情"。因此,这个故事所阐释出的核心价值,代表了整个人类的共同愿望,抒发了劳动人民最真实的心声,即:向往和平,追求稳定,对爱情和婚姻忠贞,渴望家庭生活的幸福和安宁。

一个情节简单、篇幅也不长的民间传说,居然像旺盛的荒草那样不断疯长、分蘖、变岔,遍地蓬勃,成为中国民俗文化史上一个独一无二的、十分奇葩的"文化现象",也可以说成是一部民间口头文学由"芝麻变西瓜"与原本的"素材"相去甚远的典型案例。

为此,"孟姜女哭长城"的孕育、发展、成熟和不断演变,以及围绕这个故事所产生的种种争议,成为我国史学界和民俗学者长期以来研究与探索的热门话题,并不断有新的学术观点问世。综合这些研究成果,可以得出这样一个结论和共识:孟姜女以及哭长城的故事纯属民间传说,说白了就是虚构、创作,绝无其人其事。

首先,我们先来看看,"孟姜女"名字的来历。

原来,人人津津乐道、大名鼎鼎的孟姜女其实不姓"孟",而是姓"姜"。

"孟",是指"姜女"在兄弟姐妹中排行老大的意思,而"姜"才是她的姓氏。因为,在先秦以前,待嫁的女子一般是按照"孟(伯)、仲、叔、季"来排行的,如果是正妻的大女儿,就排行为"伯",偏房生的大女儿就排行为"孟"。所以,"孟姜女"实际的意思是指"姜家偏房生的大女儿"。可见,孟姜女不是单指一个人,而是对这一类人的通称。《毛诗故训传》①曰:"孟姜,齐之长女。"陈奂传疏:"孟姜,世族之妻。"依据这些文献记载,当时,齐国是姜子牙最初的封地,所以"姜"姓也就成了国姓,同族之后的后

---

① 中国研究《诗经》的著作。

代一律姓姜。在春秋时期时兴一夫多妻的年代，齐国姜姓贵族里由偏房所生的大女儿，肯定也不在少数，很多贵族的妇女，都是以"孟姜"相称。对于这一说法，不但有文献记载，还有在清代中叶出土的"桓子孟姜壶"为证。此壶为春秋时期齐庄公姜光的大女儿姜蕾和丈夫田桓子无字共同铸造，以悼念田桓子无字的父亲田须无，有甲乙两器，现分别珍藏于上海博物馆与国家博物馆。

另外还有一说，是来源先秦时期《诗经·鄘风·桑中》中的"云谁之思？美孟姜矣"。这是宋代理学家朱熹注释的："孟，长也，姜，齐女。"通俗地说，孟姜，按先秦的女子称呼，其名在前，即"孟"，其姓在后，即"姜"。

可见，"孟姜女"是个泛指，并非孟姜女的真实名字。但从历史文献和考古实物中，我们可以判定，孟姜女这个女子的确是当时的存在，而且出生于齐国的一个贵族家庭，跟秦始皇没有丝毫的关系。

那么，孟姜女的原型究竟是谁，叫什么名字呢？

追溯孟姜女一名的起源，她原本是一个无名无姓的"杞梁之妻"。

对，一个叫杞梁的男人的妻子。

而杞梁，又是何许人也？

杞梁是齐国一位作战勇敢、屡立战功的将军。他于齐庄公四年（前550）奉命率大军远道偷袭晋国，因晋国有所防范，无功而返，在回军途中顺路偷袭莒国，经过一场激战而英勇阵亡。后来齐、莒两国讲和罢战，齐国军队才将杞梁等烈士的遗体运送回国。

消息传来，"杞梁之妻"悲痛不已，去郊外迎接丈夫杞梁的灵柩。齐庄公见状，就想在这里举行一场祭奠仪式，表示对杞梁的哀悼和怀念。但"杞梁之妻"一口回绝了，对齐庄公说："如果杞梁有罪，则不必祭吊，如果无罪，则他有家有室，我不能在郊外接受您的祭吊。"齐庄公觉得她说得有道理，就前往她的家里进行了吊唁和慰问，并下令按照国家礼仪将杞梁安葬在国都的郊外。

此事，在《左传·襄公二十三年》中有记载，是这样说的："齐侯（庄公）归，遇杞梁之妻于郊，使吊之。辞曰：'殖之有罪，何辱命焉？若免于罪，犹有先人之敝庐在，下妾不得与郊吊。'齐侯吊诸其室。"

这就是史籍最早记载的所谓孟姜女生活原型"杞梁妻"的全部内容，只有短短几十个字。但是，却成为历代传颂、家喻户晓、凄美动人的民间爱情故事的最初源头。换句话说，这么一件不起眼的小事，在两千多年的时间里，仿佛"多米骨牌"或者"蝴蝶效应"那样连锁反应，持续发酵，不断演绎，最终嬗变为举国流传、妇孺皆知的中国四大爱情传说之一的"孟姜女哭长城"……

然而，这时候，也就是在《左传》里，"孟姜女"一名并没有出现，是一个"杞梁之妻"，更没有"哭"的说法，也不见有"长城"的字眼。

显而易见，流传了两千多年的"孟姜女哭长城"，完全是一件子虚乌有的事件。既无"孟姜女"名字的这个人，也没有"哭"过"长城"一说。"孟姜女哭长城"这一句话七个字根本不存在，也根本没有发生过。按俗话说，都是编造的，用雅一点儿的说法，这纯属于民间传说，口头文学，或者是文艺创作，虚构文学。

如今，孟姜女名声大噪，"美名"远播，成为这一故事和事件的主角，而将军杞梁的名字却消失得无影无踪，之后又杜撰成数十个从木正面出场的陪衬人物，以显示孟姜女的光辉形象，实在是一件匪夷所思、困顿不解的事情。

杞梁在"孟姜女哭长城"的故事里变成了范喜良、万喜郎或者范希郎、万希良等等，大概有十几个之多。

北京大学原副校长、著名语言文字学家魏建功早在二十世纪二十年代，就杞梁姓名的递变谈了自己的看法，他还非常形象地画了一个图表，从这个表中，可以清楚地看出它变化的基本规律。在"杞"字递变表中，我们可以看出，"杞"和"犯"属于形似，"犯"

与"范"则为同音之误，而"范"和"万"是方言化的产物，在杞梁姓名递变表中，可以看出杞梁在不同历史时代都有不同的称呼，而名字的变化都源于明显的谐音，比如"杞"与"喜"，"梁"与"良"等等。

尽管名字被变得五花八门，但杞梁却是孟姜女传说故事得以演变的万源之源。可以说，没有他的战死，也就没有杞梁妻的哭夫，就更没有孟姜女的传说故事了。

因此，在说"孟姜女哭长城"属于民间"虚构"的同时，我们又可以断定或者深信不疑的是：这个故事的产生并非偶然，不是完全的空穴来风。

二

那么，孟姜女这个名字是怎么来的，从什么时候开始出现的呢？

在解密这个问题之前，我们需要知道一位名叫顾颉刚的学者。

顾颉刚是我国著名的历史学、民俗学专家、"古史辩派"创始人。他曾于1924年11月19日撰写《孟姜女故事的转变》一文，发表在当时的北京大学《歌谣》周刊第六十九号上。文中，他引证大量史料，自先秦时期的《左传》写到五代后唐时马缟的《中华古今注》，共引用了二十三部史籍；每个时间段之间的变化十分清晰——战国之时"杞梁之妻"不受郊吊，到西汉以前悲歌哀哭，再到西汉以后悲歌变为崩城，最后就是五代时期明确提出所崩之城为长城……

据顾颉刚考证，孟姜女一名的提法，是在唐代。

这一结论，又与中国新文化运动先驱、文学家、语言学家和教育家刘半农有关。

原来，远在法国巴黎大学攻读国家文学博士学位的刘半农，读了顾颉刚《孟姜女故事的转变》这篇文章后，非常兴奋，于1925年1月11日写信给顾颉刚，信中说："在《歌谣》六十九号中看见你的《孟姜女……》一文的前半篇，真教我佩服得五体投地。你用第一等史学家的眼光与手段来研究这故事，这故事是二千五百年来一个有价值的故事，你那文章也是二千五百年来一篇有价值的文章。"刘半农还随信附上了他在巴黎国家图书馆所藏敦煌写本中抄到的几首唐末的小唱，其中有唱词写道："孟姜女，杞梁妻，一去烟山便不归。造得寒衣无人送，不免自家送征衣。"顾颉刚接到这封信后欣喜若狂，在以后文章里写道："半农的这封信使我狂喜，他把宋以前的小唱从海外找了出来！自此之后，'孟姜女'这一名称便永远坐实了。"

也就是说，"孟姜女"的提法是在唐代的这篇唱词里出现的，在此之前，都是"杞梁之妻"，自唐末以后，孟姜女正式粉墨登场，拉开了"哭长城"的序幕。

孟姜女终于有了名字，但"哭"在《左传》里是没有的，出现"哭夫"的字眼或者情节，是《礼记·檀弓》里，受当时民间音乐的影响，增加了哀哭的描写。用曾子的话说，杞梁妻"哭之哀"；而到了战国时期的《孟子》一书，又引用淳于髡的话说："华周杞梁之妻哭其夫而变了国俗。"至此，使《左传》中的史实"杞梁妻拒齐庄公郊外吊唁"经过将近三百年的演变，就有了"杞梁妻哭夫"。

这是一个很重要的转变，后世关于"杞梁之妻"的故事变异，都是顺着这"哭之哀"一路生发出来的。

"哭"是在战国开始的，比唐代"孟姜女"的命名早了八百多年。

而"城"的出现，并且"哭崩了城"，则是在五百年以后。

第一个记述"杞梁之妻"把城"哭崩"之事的人，是西汉末年的刘向。他在《列女传》中，先是重述了《左传》中杞梁妻的故事，说"杞梁死焉，其妻迎其柩于路，而哭之哀"。然后继续写道：杞梁妻没有子嗣，娘家婆家也都没有亲属，夫死之后成了个孤家寡人。她"就其夫之尸于城下而哭之"，哭声十分悲苦，过路人无不感动，十天以后，"城为之崩"，又平添了"投淄水"的情节。并作诗颂道：

"杞梁战死，其妻收桑。齐庄道吊，避不敢当。哭夫于城，城为之崩。自以无亲，赴淄而薨。"

我们敬佩于作为文学家刘向的丰富想象力，他将史料当作素材，创作出一个不但"哭"，而且是把"城墙哭崩"，并且还"投水自尽"的忠烈女子，塑造出了一个崭新的文学形象，使"孟姜女哭长城"的故事雏形初步显现。

然而，这个故事的最终"定音"，或者说更接近于现在的流行版本是在唐代。在此之前，杞梁夫妇仍旧是春秋时的齐国人，而并非战国以后的秦朝人，更没有提到秦始皇修长城和"孟姜女哭长城"的事情。

是唐朝末年诗僧贯休的一首《杞梁妻》，才将这个故事改朝换代了，真可谓从此石破天惊！

其诗曰："秦之无道兮四海枯，筑长城兮遮北胡。筑人筑土一万里，杞梁贞妇啼呜呜。上无父兮中无夫，下无子兮孤复孤。一号城崩塞色苦，再号杞梁骨出土。"

在这首诗里，贯休把春秋时期的事挪到了秦代，把临淄的事搬到了长城内外，把"城"嫁接到"长城"，再把"长城"直接定义为"秦长城"。

至此，杞梁妻的故事开始向"孟姜女哭长城"的传说进一步靠近。同时，唐玄宗天宝六年，也就是公元七四七年的抄本《雕玉集》中，转录了《同贤记》中的有关记载。我们得知，秦始皇时，有一位名叫孟仲姿的女子在自家后花园水池洗澡，恰被逃避劳役的燕人杞良瞧见了玉体。按照封建礼节，不能再嫁别的男人，这位大小姐只好自愿与其结为夫妻。以后所发生的故事就和现在的传说基本一致了。

于是，杞梁妻的故事焕然一新，完全变了模样。虽不能完全说是捕风捉影、空穴来风，但添油加醋、横生枝节却是事实。

杞梁，由春秋的齐人变成秦朝的燕人；杞梁妻的名字出现了，她姓孟名仲姿，或姓孟名姜女；杞梁的死因不再是战死疆场，而是因避役被捉后筑于城墙之内，所以其妻要向城而哭；而筑于城墙之内的死尸实在太多了，只有滴血认骨才能辨别。再加刘半农在法国图书馆发现的民间"唱词"中的"孟姜女"之说，这个故事才最终形成了现在的这个完整的框架和基本的走向。

但是，"孟姜女哭长城"的故事到这里并没有完全停止，"创作"仍在继续。

时光进入元代，出现了很多杂剧大家和脍炙人口的作品，像孟姜女这样富有生命力和创作空间的故事，自然也成为戏曲创作的源泉。比如杂剧《孟姜女送寒衣》、弹词《孟姜女万里寻夫》《长城记》《范杞良》等。范郎的名字从范希郎、范四郎、范士郎、范喜郎到范杞良、范纪良、万喜良，出现很多种变异，故事的情节被铺陈得一波三折，与他们有关的其他人物，比如范郎的母亲、妹妹也出现在戏曲之中，使故事日渐丰满。

明清以来，孟姜女的故事在民间仍继续发展演变。明政府为了防止瓦剌①入侵，大修长城，招致民怨沸腾。人们为了发泄对封建统治者造成悲惨生活的不满，加进了诸如招亲、夫妻恩爱、千里送寒衣等情节。2017年，浙江温州永嘉昆剧团新编上演的《孟姜女送寒衣》，其剧名就是沿承了《永乐大典》中的南戏存目。全剧以孟姜女为丈夫"做寒衣、送寒衣、护寒衣及送达寒衣、盖寒衣"为主体脉络，全新编创了歌颂孟姜女的新剧目，展现了一个古代女性对丈夫的深情厚意，也从侧面衬托出了古代劳动人民建造长城的艰辛，当时影响巨大。各地的口头讲述，还把孟姜女说成是葫芦所生，由于葫芦（或冬瓜）牵连到隔壁而居的孟姜两家，所以叫"孟姜女"。

正如顾颉刚在1927年1月给《现代评论第二周年增刊》撰写的《孟姜女故事研究》中分析所说：

就传说的纷异上看这件故事的散乱的情状。从前的学者，

---

① 古代西部的蒙古民族。

因为他们看故事时没有变化的观念而有"定于一"的观念，所以闹得到处狼狈。例如上面举的，他们要把同官和澧州的不同的孟姜女合为一人，要把前后变名的杞梁妻和孟姜女分为二人，要把范夫人当作孟姜女而与杞梁妻分立，要把哭崩的城释为莒城或齐长城，都是。但现在我们搜集了许多证据，大家就可以明白了：故事是没有固定的体的，故事的体便在前后左右的种种变化上。例如孟姜女的生地，有长清、安肃、同官、泗州、务州（武州）、乍浦、华亭、江宁诸说；她的死地，有益都、同官、澧州、潼关、山海关、绥中、东海、鸭绿江诸说。又如她的死法，有投水、跳海、触石、腾云、哭死、力竭、城墙压死、投火化烟，及寿至九十九诸说。又如哭倒的城，有五丈、二三里、三千余丈、八百里、万里、十万里诸说。又如被她哭崩的城的地点，有杞城、长城、穆陵关、潼关、山海关、韩城、绥中、长安诸说；寻夫的路线，有渡浍河而北行、出秦岭而西北行、经泗州到长城、经镇江到山海关、经把城关到潼关诸说。又如他们所由转世的仙人，范郎有火德星、娄金狗、芒童仙官诸说，孟姜女有金德星、鬼金羊、七姑星诸说。这种话真是杂乱极了，怪诞极了，稍有知识的人应当知道这是全靠不住的。但我们将因它们的全靠不住而一切推翻吗？这也不然。因为在各时各地的民众的意想中是确实如此的，我们原只能推翻它们的史实上的地位而决不能推翻它们的传说上的地位。我们既经看出了它们的传说上的地位，就不必用"定于一"的观念去枉费心思了。

是的，鉴别和考证这个故事的来源以及真真假假，还有孟姜女的前生今世，已经毫无意义了。最重要的是，她早已深入人心，给世世代代留下了不可磨灭的记忆。

孟姜女的故事不仅流传的时间漫长，受其影响的地域也十分广泛。不同的地方根据当地的民俗和民众的不同兴趣和取向，对这个故事进行了各种改造，使孟姜女的传说呈现极其强烈的地域色彩，创作出了符合当地民俗风情和审美情趣的"孟姜女哭长城"传说。

其中，在戏曲创作中影响最大的，要数1986年版的黄梅戏电影《孟姜女》，里面有一个重要"桥段"，是孟姜女在寻找丈夫的路上，经过官兵把守的关口时，官兵要让她交"过关费"，孟姜女没有，官员就让她唱一段小曲。于是，这首凄美动听的"十二月调"从此红遍了大江南北，至今仍在各地广泛传唱，当时电影里的情节是唱哭了一群守关的士兵，至今仍然感人肺腑。歌词曰：

　　正月里来是新春，家家户户挂红灯。老爷高堂饮美酒，孟姜女堂前放悲声。二月里来暖洋洋，双双燕子绕画梁。燕子飞来又飞去，孟姜女过关泪汪汪。三月里来是清明，桃红柳绿处处春。家家坟头飘白纸，处处埋的筑城人。四月里来养蚕忙，桑园里想起范杞良。桑篮挂在桑枝上，勒把眼泪勒把桑。五月里来是黄梅，梅雨漫天泪满腮。又怕雨湿郎身体，又怕泪洒郎心怀。六月里来热难当，蚊虫嘴尖似杆枪。愿叮奴身千口血，莫咬我夫范杞良。七月里来七月七，牛郎织女会佳期。银河不见我郎面，泪流河水溅三尺。八月里来秋风凉，孟姜女窗前缝衣裳。针儿扎在手指上，线儿绣的范杞良。九月里来九重阳，高高山上遇虎狼。命儿悬在虎口里，心儿想着范杞良。十月里来北风高，霜似剑来风似刀。风刀霜剑留留情，范郎无衣冷难熬。十一月里大雪飞，我郎一去未回归。万里寻夫把寒衣送，不见范郎誓不回。十二月里雪茫茫，孟姜女城下哭断肠。望求老爷抬贵手，放我过关见范郎。

三

"孟姜女哭长城"故事的流变程度，传播广度，影响深度，在

"中国民间四大爱情故事"中独占鳌头。因为，在其他三个故事《牛郎织女》《白蛇传》《梁山伯与祝英台》中，前两个是神话，大家都明白那是"假的"神话传说，而后一个因为一首著名的二胡独奏《梁祝》的流传，再加"化蝶"一说，又掩盖了完整的故事情节和内容。只有"孟姜女"的故事，让举国上下、男女老少几乎是不假思索信以为真，深深记住了这个美丽、善良而又刚烈的女子和"万里长城"以及那个"暴君"秦始皇。

据资料得知，目前在国内为纪念孟姜女而修建，至今仍留存的孟姜女寺庙、祠堂、纪念馆等有三十多座，其中影响最大的有三处。

一是河北省秦皇岛市山海关的孟姜女庙，又称贞女祠。坐落在城东约六公里的望夫石村后山冈上，始建于宋代以前，明代万历、崇祯年间、民国十七年曾三次重修，为河北省重点文物保护单位。庙宇前有百余级台阶直通山门，庙四周随山就势筑有一道红色围墙，庙宇包括山门、钟楼、前殿、后殿、振衣亭和望夫石等景观。前殿有孟姜女像，左右侍有童男童女，两侧壁上镶有碑刻，其中有乾隆、嘉庆、道光帝的题词。还有一副被誉为天下第一奇联的对联："海水朝朝朝朝朝朝朝落；浮云长长长长长长长消。"相传为明代著名才子徐渭所作。该联从表面看是文字游戏，但却十分巧妙地利用汉字的一字多音、一字多意的谐音特点，"朝"通"潮"，"长"通"涨"，从而形成了十八种读法来阐释人生哲理，让后人产生无限遐想。在两旁柱子上，有一副相传为南宋爱国将领文天祥所题的对联："秦皇安在哉，万里长城筑怨；姜女未亡也，千秋片石铭贞。"1992年9月，山海关区政府在孟姜女庙北侧，根据孟姜女的传说修建了大型文化园林孟姜女苑。苑内以"姜女千里寻夫哭倒长城"的传说为主线，有观赏"夜制寒衣""万夫筑城""望夫凹石""哭倒长城"等二十个场景。

二是山东淄博市的孟姜女故居纪念馆。位于该市淄川区淄河镇涌泉村的"涌泉齐长城风景区"的东南方向。景区内除建有纪念馆外，还以孟姜女当年寻夫走过的小道为基础修建的孟姜女景观大道、孟姜女文化园。园内建有纪念孟姜女的雕塑群、纪念亭、望夫石、石瓢、孟姜女石屋、牵手树、岩画群、中天门、古登山口、哨亭、姜女庙、夫妻树和孟姜女化神的石印等景点及建筑。相传，齐人姜女为寻夫沿齐长城来到劈山脚下，饥寒交迫，昏睡在劈山脚下，被一孟姓夫妇搭救，养病半年有余始得康复，为答谢再生之恩，姜女冠以孟姓，并认其为义父义母，因此史传"孟姜女"。姜女住过的孟宅后来也称"孟姜宅"，现恢复为孟姜女故居。

三是陕西省铜川市的姜女祠。位于郊区金山山麓，距市区古城不足两公里。该祠也是始建于宋代以前，历经宋、元、明、清修葺扩建，到清代乾隆年间时，已成为规模宏大、庙宇林立、影响久远的一处名胜古迹。民国年间被国民党驻军拆毁，仅存石洞及方形石座，致使祠院日渐荒芜和衰落。1990 年起，当地政府投入资金进行整修扩建，四年后以全新的面貌对外开放。新修建的"姜女祠"山门、祭亭和孟姜女雕像及踏步层层错落，浑然一体，山门面阔三间，仿清代歇山式建筑，半拱飞檐，正中门额悬挂"孟姜女"牌匾，山门院内，矗立着高近五米的孟姜女塑像，基座上镌刻着明代陕西巡抚秦扬的《过节妇孟姜祠祀》，两侧竖立着古人歌咏姜女祠的诗文碑。更令人费解的是，一些史书中，则记载孟姜女是这里的人。据《后汉书·郡国志》载："陕西西安同官人孟姜女，适范植。"《大明一统志》亦载："孟姜女本陕之同官人"，而山海关"姜女祠"明代碑记中，也有"贞女孟姜，陕西同官人"之说。

看来，谁都想把孟姜女这个本来是虚构的，在中国历史上既贤惠又坚贞还漂亮的著名女人说成是自己家乡的人，激烈地争夺着孟姜女的故居和故事发生地。

大家似乎都信以为真了，孟姜女曾经是个真实的存在。

在山东，学者们和民间人士都在追根溯源，认为《左传》是这个故事的"导火索"或"爆发点"，孟美女和她夫君范喜梁都是山东人，孟姜女"杞梁妻"哭崩的杞国都城、投身自尽的淄水都在山东淄博一带。顾颉刚在他的《孟姜女故事研究》中，也曾经把"山东省中部和淄水至泰山"地带称作是"一个孟姜女故事的区域"。在他的这篇文章发表的二十五年后，毛泽东离京到外地休假一周，其间在山东省逗留了三天，先后到过济南、泰安、曲阜和徐州，也提到了这个地方是孟姜女故事的发源地。1952年10月下旬，在济南，毛泽东与陪同他的时任山东军区司令员许世友讲起了济南的历史区划沿革和济南名称的来历，其中说道："济南自古以来，就是交通枢纽，北方重镇，也是文化名城。孟姜女哭长城的故事就发生在济南南部，她哭的是齐长城，不是秦长城。"①这里说的"济南南部"，指的就是当时济南市长清县的长城村。长城村位于济南南郊、泰山西麓，因齐长城从村子穿过而得名，现在村里仍然保存着一段夯土城墙。长城村原有姜女祠，在"文革"中被毁坏。据史料记载，淄博市淄川区淄河镇城子村、梦泉村一带是春秋战国时期齐楚、齐鲁的重要边界，是"杞梁妻"孟姜女"哭城"之处。为此，2006年6月，国家公布首批非物质文化遗产名录，"孟姜女哭长城"传说便落户在了淄博，得以捷足先登。而对孟姜女的家乡考证和发现，则是在2008年11月，文物工作者在山东莱芜市莱城区茶业口镇上王庄村发现了一块明代石碑，该碑位于齐长城黄石关南侧，系明洪武年戊申年（1368）所立。据碑文记载，孟姜女之夫范喜良系城南王庄村人，该村原有孟姜女庙、孟姜女坟和衣冠冢等重要古迹，因此，2014年7月，这里的"孟姜女传说"也被列入第四批国家级非物质文化遗产名录，认定孟姜女的家乡为山东省莱芜市茶业口镇②。

在河南，如今的卫辉市和新乡市一带，依然流传着许多关于"孟

---

① 摘自《毛泽东在济南的珍贵片断》，见2013年12月16日《济南日报》。
② 古称莱芜为嬴牟。

姜女哭长城"的故事。卫辉市池山乡歪脑村的山上，据说有孟姜女哭塌长城的泪滴石。说是当年卫辉人万喜良新婚三天即被魏王征召修筑长城，劳累饥饿而死，埋在了长城之下。孟姜女寻夫哭至卫辉池山段长城，感动天地，长城坍塌三十里，露出丈夫尸骨。至今在池山歪脑村一带，还有此类故事流传。市区有孟姜女河、孟姜女路、孟姜女桥等。

在湖南，隶属于常德市西北部、澧水中下游的津市，以"孟姜女"命名的街道、广场、公司、商铺，更是屡见不鲜。原来，这里也是一处被称作"孟姜女故乡"的地方，有关她的传说主要集中在该市的嘉山上，而且有史有据。据《澧州志》记载："秦时州有孟姜女者，适范郎，因始皇筑长城，范郎往供役，姜女于嘉山之顶筑台以望，久而不归，乃不惮远险，亲往长城寻觅……孟姜女果至长城，获范郎骨骸，负之归里，至延安，抵同官而卒。"西汉初，刘邦为弘扬孟姜女精神，将其更名为孟姜山。又据明朝弘治进士李如圭的《贞节祠记》记载："澧州东北二里许，有贞节祠，祀秦节妇孟姜女也。"贞烈祠，原为孟姜女祀享祠。至今，嘉山还留有孟姜女故宅、望夫塔、孟姜祠、姜女镜石等古迹。姜女庙平时香火不断，每年农历的六月初六，相传是孟姜女的生日，在当地也叫"晒衣节"，这一天为她顶礼膜拜的民众达两三万之多。从山顶向北望去，著名的澧水河从脚下蜿蜒而过，传说孟姜女当年就站在山头，遥望北去修长城的丈夫早早归来。在这里，孟姜女的形象已经被神化了，人们虔诚地称她为姜女娘娘。以嘉山孟姜女传说为基本素材的歌谣、戏曲、民间故事等文艺作品繁多，收集到的明清以来文人对孟姜女吊古的诗词就有上百篇，戏曲《嘉山孟姜女》、歌曲《孟姜女》、歌舞剧《秦时明月》等当代艺术创作亦层出不穷。嘉山孟姜女传说还与流传区域的民俗风情相互融合，在以澧水流域为中心的湘西北一带形成了独特的孟姜女傩文化，游傩、供傩、傩戏等活动在民间流传至今。由于嘉山跨澧县、津市两地，近年来两地之间还出现了有关孟姜女故事属地之争的现象，彼此大兴与孟姜女有关的设施和文化场所，可见孟姜女这一"文化资源"是多么"抢手"。

在江苏，靠近明朝故都南京城较近的苏州和松江一带，就成了孟姜女传说故事在江南的一个重要流传区域。其中《孟姜女》是我国流行最广、影响最大的一首传统民歌。歌词采用时序体的结构形式，有按月结构的，有按季结构的，旋律采用歌谣体的小调形态，短小，一曲多词，优美动听，适宜吟唱，因此世代相传，流唱至今。

在一些少数民族地区，孟姜女的故事亦以各种民间文艺形式流传，比如壮族的唱本《姜诗》、侗族的戏脚本《江女万良》、毛难语传说《孟姜女送寒衣》、仫佬族"土拐字"古条歌《孟姜女与范郎》等等。

尽管孟姜女的传说"纯属虚构"，但并不影响其在民间的存在。全国性孟姜女故事在不同区域文化背景下的附会和演化过程以及嬗变轨迹，让人叹为观止，感慨不已。

从孟姜女哭长城的故事中，我们可以析解出中国民间故事中的很多"母题"，并且可以感受到这个故事深受中国封建礼教和传统文化的深刻影响，被不同地区、不同阶层、不同民族、不同语言的人们世代相传，或凄然，或坚毅，或感伤，或不渝。以各自的思想观念和生活理念进行演绎和解读，因此才具有了顽强的生命力，至今依然大放异彩。

正应验了鲁迅所说："乡民的本领并不亚于大文豪。"

2006年6月，著名作家苏童应英国坎农格特出版社发起"重述神话"项目的邀请，撰写了一部名为《碧奴》的长篇小说，就是根据"孟姜女哭长城"的故事改编而成。小说将孟姜女的原型改为"碧奴"作为女主人公，融合了作者的创作个性，以浓郁的现代色彩和优雅的文学描述，从一个全新的视角，赋予孟姜女新的内涵，重述了在世界文明发展中所积淀下的数千年的神话经典，当年就被十五个国家和地区买下了该书的版权。

可见，孟姜女不但是中国的，还是世界的，是全人类共同喜欢的女性。

"生活的理想，就是为了追求理想的生活。"记不住这句话是哪位名人说的了。也许，对许多人来说，孟姜女的"爱情的理想"，是打动和感染我们对"生活理想"追求始终不太理想的活教材吧！

因此，一个悠远的故事，如今仍是那么美丽动听；一首古老的歌，依然在我们心中永远传唱……

沙丘宫政变

一

一场出乎意料的悲惨结局，似乎是从十五年前赵雍的那个"美梦"开始的。

这是一个阳春三月、桃花盛开的时节，大地流苏，芬芳四溢。

赵雍从都城邯郸①出发，向西进入太行山腹地，再转向偏南约三百公里外的大陵②巡游，随行的大臣和卫队共计一千余人。

可见，这赵雍并非一般人。

赵雍是"战国七雄"之一赵国的第六代国君，史称赵武灵王，此时三十岁整。他十五岁那年从父亲赵语，也就是谥号赵肃侯那里即位，接到手里的是一副"烂摊子"。

面对国力虚弱，兵力不强，经常受到周边中原大国的欺侮，再加林胡③、楼烦④等游牧民族不时骚扰，邻境较小的中山国⑤也时常

---

① 今河北省邯郸市。
② 今山西省交城县、文水一带。
③ 战国时代对北方游牧民族的统称，分布在今山西朔县北至内蒙古自治区境内。
④ 古代北方部族名，约在春秋之际建国，其疆域大致在今山西省西北部的保德、岢岚、宁武一带。
⑤ 今河北省中部太行山东麓一带。

进犯。赵雍大胆改革，推行新政，发展商业，重视人才，可以说是殚精竭虑，励精图治，在夹缝中求生存。

转眼十几年过去了，国体日渐壮大，疆界也相对平静。在此之前，赵氏只是晋国的一个大卿，称为侯，自赵雍开始，才被举国拥戴的臣民称作王的。如今，人民安居乐业，呈现出一片繁荣景象。因此，他觉得可以稍微喘口气了，于是便忙里偷闲，下旨去境内著名的古邑大陵巡视，其实也就是度假游玩，放松一下。

大陵城是晋国时期筑建的平陵邑，城郭壮观，东有汾河，南有文水，巍峨挺拔、层峦叠嶂的吕梁山泛起一派浅浅的绿色，水墨画般淡雅。

这天，赵雍在群臣的簇拥下，来到城郊的汾水岸边，沿河漫游了一会儿，然后顺着一条小径，登至一处山的半腰停下，举目向西俯瞰。

只见河边的旷野里，一片油菜花盛开，像撒下了一地黄灿灿的碎金子，而旁边，还有一片桃林和杏林，桃花粉，杏花白，艳得让人眩目。不远处的汾河，仿佛一条青蟒蜿蜒着爬行，目极之处的文水，像一条白丝带在大地上和林间缠绕。天空湛蓝，阳光明媚，白云悠悠，温风和煦。这时，一群不知名的鸟儿，突然从山上的树林里飞出来，犹如唱歌一般叫着从头顶上掠空而过……

赵雍收回视线，眼睛随着这群飞翔的小鸟眺望，突然，看见在油菜花的尽头，有一个红色的物体在晃动着游弋，仿佛是一块硕大的金锭上燃起的一束小火苗……

"你们看，那油菜地里的红点是个什么？"赵雍好奇地问。

群臣随着他手指的方向朝黄色的油菜地里观望。

相国肥义眯着眼睛说："君王，那不是个人吗？"

"人？"赵雍瞪大眼睛道，"离得太远了，看不清楚。"

站在赵雍身边的赵成说："是一个穿红衣服的女人。我和肥相国都这般年纪了，还能看出是个人在地里行走。"此人是赵雍的叔父，号称公子成，目前担任赵国的司寇之职，就是主管刑狱的大臣。

"父王，那是个小女孩。"旁边的赵章说，"穿的是红衣服。"

赵章是赵雍目前唯一的儿子，今年十岁，一出生就被封为太子了。这次外出巡游，被父亲赵雍带了出来。

太傅（辅佐大臣）李兑则微笑道："分明是一位红衣少女……"

赵雍哈哈大笑起来："女人，女孩儿，少女，众爱卿说得可能都不错！不过，在如此美景下，又有一位红衣美人出现，实在是太美妙了。"

俗话说："日有所思，夜有所梦。"

游玩时偶遇的美景和"红衣女"，催生和孕育出赵雍当晚做了一个"美梦"，或者说做了一场"春梦"，再通俗或者明白一点儿说，他"做梦娶媳妇儿"了。

人家自己做的梦，旁人怎么能知道？肯定是杜撰瞎编的吧！

关于赵雍的这段历史故事或者说"风流韵事"，并非虚构。

《史记·赵世家》原文记载："王游大陵。他日，王梦见处女鼓琴而歌诗曰：'美人荧荧兮，颜若苕之荣。命乎命乎，曾无我嬴！'异日，王饮酒乐，数言所梦，想见其太。"

现翻译过来的意思是："武灵王赵雍游览大陵。有一天，武灵王梦见一位少女弹琴并唱了一首诗：'美人光彩艳丽啊，容貌好像苕花。命运啊，命运啊，竟然无人知我嬴娃！'另一天，武灵王饮酒很高兴，屡次谈起他所做的梦，想象着梦中少女的美貌。"

原来，是赵雍在第二天，就当着众臣，毫无忌讳地讲述了自己所做的这个"美梦"。之后，还反复大谈特谈这次的梦中"艳遇"，并绘声绘色讲述着自己幻想中的那位"美少女"的模样。

"她大概十七八的样子，不高不矮，不胖不瘦，瓜子脸，双腮红晕，犹如艳丽的苕花；柳叶眉下，一对水汪汪的大眼睛，亮若朗星；含笑唱歌的时候，露出一口瓷一般光洁白亮的牙齿，声音似银铃；翩跹起舞的样子，像飞燕那样轻盈；手指纤细，翘起来似乎是鲜嫩的葱尖……寡人实在是不知道该怎样形容她的样子，反正是太美了，从没见过这么好看的美女，也不知道，这世上究竟有没有这样的佳人……对了，她左边的嘴角上方的脸颊上有个小酒窝，还有，她右眼角上，长着一粒绿豆般大的黑痣……"

在宴会上就座的群臣和侍从，聆听着赵雍对"梦中情人"陶醉般动情的讲述，都惊讶地瞪大了眼睛，直勾勾望着他不知所措。

宴会大殿最后一排的墙边处，有一位叫吴广的大陵地方官，是负责这次接待工作的。他闻听国王赵雍对"梦中情人"的描述，简直震惊得目瞪口呆，神魂出窍。因为，她的女儿吴姚，居然长得和赵雍所描述的那个梦里的"美少女"一模一样。

吴广心花怒放，宴会结束后，立即找到肥义禀报此事，最后说："相国大人，半点儿都不错，小女年方二八，名叫吴姚，尤其是，她有酒窝，左眼角还有一颗仔细看才能发现的小黑痣，和君王所叙一般不二，难道，这不是天意吗！"

肥义惊愕，有点儿不相信，让吴广把女儿带来，一看，果然如此。

接下来，在肥义引荐下，吴广带着女儿吴姚来见赵雍。

赵雍一见吴姚，大惊失色，狂喜道："天哪！寡人梦见的，就是她！莫非，寡人还在梦中不成……"

就这样，赵武灵王十六年（前310），赵雍迎娶了他一生中第二个也是最后一个女人吴姚，梦想而成真，心满而意足。

吴姚来到邯郸后宫，被大家爱昵地称为吴娃。

"娃"在赵人词汇里，是美丽娇好的意思。

有后世的论者称，赵武灵王是中国历史上唯一美梦成真的风流君王。

"美梦成真"一点不错，但"风流"有失偏颇。

赵雍一生只有一妻一妾两位女人，都是明媒正娶。前者是韩国宣惠王的女儿迟虞公主，当时赵雍才十七岁，纯属两国结盟时的政治婚姻，不久生下赵章，即现在十岁的太子；后者，就是这位按现在时髦的说法，旅游时"偶遇"的"梦中情人"，也可以说成是"一见钟情""自由恋爱"并成为自己妃子的吴娃。这与中国历代帝王妻妾成群，"六宫粉黛三千众"相比，实在是称不上是个"好色"或者"风流"的皇帝。而且，赵雍对吴娃情有独钟，无比珍惜，宠爱有加，此后再没有过任何女人也无丝毫的绯闻，正如一首歌中所唱："一生只爱这一回，爱到入骨又入髓。目光轻触时，已把梦交汇，粉身碎骨我不会后退……"

可见，赵雍是个性情中人，对自己喜欢的女人非常专一。

具有这种禀赋的男人，对于普通人来说，是非常可贵的，但对于帝王来讲，却是非常可怕的致命弱点。

当赵雍沉湎在大陵之行的这次神奇的艳遇，欣喜于这段天赐的美好姻缘，与美艳绝伦的吴娃纵情欢欲之时，一场残酷的、震惊中国历史的、改变赵国前途和命运的重大事件，业已悄悄布局了。仿佛写文章那样，题目定下后，已经开头儿了。

所有一切，似乎都是命中注定。

如同赵雍与吴娃这场轰轰烈烈的"爱情"，也是前世注定。

二

一年以后，赵雍与吴娃有了"爱情"的结晶。

是个男孩，赵雍非常高兴，赐名为何，叫赵何。

赵雍深爱吴娃，也溺爱他们的儿子赵何，这就是爱屋及乌，因母宠子。

但是，在赵何九岁那年，母亲吴娃得了重病，吃不下饭，强行吃了又呕吐，时好时坏，迅速消瘦。御医们束手无策，赵雍更是心急如焚，忧心忡忡。

这天，吴娃望着俯在病榻前的赵雍，伸出一只手递给他，有气无力地说："夫君，我快不行了，现有一事相求，不知当讲不当讲？"

赵雍紧紧握住吴娃枯枝般冰凉的小手，爱怜地说："你我相濡以沫，还有什么不能讲的？爱妃，你说吧。"

吴娃点点头："我死后，最不放心的，就是咱们的儿子……"

"你放心，我会照管好他的。"

吴娃欲言又止道："我是说，你能不能……"

"你说吧。"

吴娃顿了顿说："能不能把他立为太子？"

"这……"赵雍心里一沉，沉吟片刻道，"可现在赵章是太子，咱俩相识时，就正式下诏册封，已经很多年了……"

吴娃叹息道："唉，可见，咱儿赵何不够优秀啊！"

赵雍连忙说："优秀，优秀！赵何天资聪慧，性情温良，机智过人，深得族人和群臣的赞赏。"

"夫君，你嘴上说得再好，可在你心目中，也好不过赵章啊……"

赵雍摇摇头："并非如此，赵章是长子，立为太子，纯属是典章制度所致，周礼即有'立嫡立长不立贤'之说。"

吴娃不以为然，冷笑道："咱们赵国的始祖赵襄子有五个儿子，却传位于他的弟弟，而赵襄子本人，则是小妾所生，并非嫡出。难道，这就是你所说的制度吗？这制度从何而来呢？制度是人定的，应因人而异，老祖宗尚有'立庶不立嫡，立贤不立长'的先例，这前车之鉴，你为什么就不能遵循呢？"

"这……"

吴娃黯然神伤，垂泪道："看来，你不是真心爱我，你还在宠护着迟虞和赵章。这对母子生性残暴，飞扬跋扈，心狠手辣，上上下下没有不痛恨的。我很快就撒手人寰了，让你改立赵何为储君，我得不到什么荣耀和富贵，我实在是为大赵国的社稷着想。夫君，我爱你，也爱赵国，更爱咱们的儿子。我从大陵来到宫中，陪王伴驾这些年，从没有向你提出过任何要求，也没有给你添过任何麻烦。现在，我一个将死之人，一生中只求你一件事，你难道就不答应，让我死不瞑目吗？"

这一席话，把赵雍说得哑口无言，愧疚不已。

望着吴娃哀怨和伤心的样子，赵雍轻轻擦拭她眼角的泪水，抚摸着她曾经妩媚而今却黄瘦干瘪的脸庞，回想起当年与她梦中相会的情景，还有那一幕一幕同榻共枕带给自己的恩爱、缠绵与激情，不由感慨万千……

"好，我答应你。"赵雍拥着她说，"废长立幼，是国之大事，容我跟大臣们商量一下。"

吴娃欣慰道："夫君，希望在我断气之前，能实现我的愿望，让我梦想成真。"

又一个梦想成真。

吴娃让赵雍梦想成真了，赵雍就不能让吴娃梦想成真吗？

冥冥之中，这似乎是一次"梦想成真"的交换。

充满浪漫色彩和理想情怀的赵雍，当然会按照自己的思维逻辑，一意孤行来满足心爱女人弥留之际的最大夙愿。

但是，好端端的就"废长立幼"，并不是那么简单的事，怎么说服众臣，给太子赵章和母后以及国人一个交代呢？

赵雍找来相国肥义商量，并把此事的动议和忧虑如实说了。

肥义是赵雍父亲在位时的贵臣，赵雍继位时，年纪尚小，其父遗诏由肥义辅佐并担任相国。这些年来，国家的军政大事，都由赵雍与肥义商定，两人相处得十分默契。

肥义是赵雍与吴娃"幸福婚姻"的见证人，他曾经有一种预感，感到"废长立幼"这一天肯定会来，但没有想到这么快。现在，这么快的原因他知道了，缘于吴娃病入膏肓的迫不及待。

面对赵雍的担忧和困顿，肥义没有正面回答他，而是望着他问："君王，你一定还记得推行胡服骑射时的情景吧？"

赵雍困惑，挽紧眉头说："当然记得，但跟这件事有什么关系呢？"

肥义眯起眼睛，似是在回忆往事："那时候，君王要在全国实行穿胡人衣服，组建骑马射箭的军队，这对我们中原人来说，是亘古未有，史无前例的事，可以说一百人之中有九十九个反对。当时，我们君臣二人有过一次对话，我所说的一些话，应该也是对现在这个问题的解答，请君王仔细回想一下吧。"

七年前，也就是赵武灵王十九年（前307），赵军在北方和游牧民族军队的一次作战中，赵雍御驾亲征。当他在战场看到自己的官兵穿戴着厚笨的盔甲，赶着沉重的战车，与穿着短裤马甲骑着快马，并在马上搭箭射杀的胡人进行战斗，赵军惨遭失败的情景时，不由痛心疾首，受到了强烈的震撼。赵军繁复的长袍和缓慢的战车，怎么敌得过胡人轻便的战服和飞快的战马？自家将士使用的长戟，最长也只有丈余，人家的弓箭，至少能射出百米甚至更远，根本到不了人家面前就毙命了。赵军的作战方式和武器装备太落后了，太不适应当下的战争环境了。于是，赵雍决定学习和效仿胡人的做法，改革多年来中原军队一直在沿袭使用的建制和武器装备，穿胡人的短式服装，像他们那样骑马射箭作战。但此事前所未有，事关国体和全军体制的重大变革。为此，赵雍心事重重，对"胡服骑射"犹豫不决。

这天，赵雍私下召见肥义，对他说："现在，寡人想继承襄子的功业，开发胡、翟地区，但我担心一辈子也没人能理解我的用心。敌人薄弱，我们不必付出太多力量，就会取得非常大的成果，不使百姓疲惫，就可以得到像简子、襄子那样的功勋。建立盖世功勋的人，势必会遭受世俗责难；而有独到见解的人，也必然会招惹众人怨恨。现在，寡人准备教导民众穿着胡服练习骑射，但这样一来，必会招致国人的非议与指责。爱卿，你说该怎么办呢？"

肥义说："臣听闻，做起事情犹豫不决就无法成功，行动在即却顾虑重重就不会成名。现在君王既然下定决心背弃世俗偏见，就不要去顾虑天下人的非议。凡是追求最高道德的人，都不会去附和俗人的意见；成就伟大功业的人，都不会去与众人商议。昔日帝舜跳有苗的舞蹈，大禹裸身进入不穿衣的部落，他们并非是想放纵情欲，怡乐心志，而是想借此宣扬道德，建立功业，求取功名。愚蠢的人在事发后还看不明白，而聪明的人却能在事未发前就有所察觉，君王应该按自己的想法去付诸实施，不要被他人的主张所左右。"

赵雍点点头说："寡人并非是对胡服骑射这件事有什么顾虑，而是担心天下人会笑话我。狂狷的人觉得高兴的事，有理智的人会为此感到悲哀；愚辈高兴之事，贤者却会担忧。如果国人支持我，改穿胡服的功效就不可估量。即使举世百姓都讥笑我，北胡与中山国也定会成为我赵国的领土。"

"那还担心什么？"肥义毅然道，"臣会与君王力排众议，将改革进行到底。"

就这样，赵雍听从肥义的劝谏和鼎力支持，才有了赵雍"胡服骑射"的千古佳话。

"胡服骑射"对当时和以后的中国社会的发展，都产生了深刻的影响。不但提高了整个汉族部队的战斗力和单兵作战能力，而且，如今的汉族服装，正是从这时候起，开始废弃了长袍和大裆裤，逐渐演变成了合体的衣裤。更重要的是，这一变革，赵国由弱变强，在七国割据的局面下脱颖而出，迅速逆袭。至赵雍时代的后期，灭掉了中山，南抑制魏齐，北逐三胡，开疆千里，还占据了如今陕北一带，曾一度和秦国分庭抗礼，对其构成了直接的威胁。

"胡服骑射"的经历让赵雍释然了，他明白了肥义的提醒，意思是，自己认准和决定要做的事，不要犹豫，也不要怕别人说长论短。

"可是，废黜太子和太后，找个什么理由呢？"

肥义说："欲加之罪，何患无辞。"

于是，赵章以"不孝"为由废黜太子，其母以"不才"为名打入冷宫；改立次子赵何为储君，其母吴娃为赵惠后。

诏旨颁出，举国哗然，但很快就平静了，连当初反对"胡服骑射"的叔叔赵成，却一反常态支持拥护赵雍的这一决定。

这一年，赵何八岁。

第二年春天，与赵雍共度九年"幸福时光"的吴娃病逝。

死前，吴娃心满意足地对赵雍说："你是真心爱我，日月可鉴，天地可表。"

赵雍痛不欲生，以国葬的形式为吴娃举行了隆重的葬礼。

三

有魄力，有胆识，敢为天下先，不拘泥于传统，敢于挑战世俗，坚持己见，勇于改革和创新，做出的重大决策常常让人匪夷所思甚至不可理喻，情感世界丰富，念及儿女情长，似乎是赵雍与生俱来的秉性。

这不，才过了两年，赵雍又做了一件令人震撼、惊天动地的大事。

他突然宣布"退位"了，颁诏太子赵何继位，称自己为"主父"临朝听政。

此时赵何才十岁，即后世所称的赵惠文王。

如今耳熟能详的完璧归赵、价值连城、负荆请罪、鹬蚌相争、将相和等成语典故，都出于他执政时期。

《史记·赵世家》载："二十七年五月戊申，大朝于东宫，传国，立王子何以为王。王庙见礼毕，出临朝。大夫悉为臣，肥义为相国，并傅王。是为惠文。惠文王，惠后吴娃子也，武灵王自号为主父。"

这是为什么？

难道，这是要对"爱妾"吴娃爱得坚决和彻底吗？

因为，赵雍才四十一岁，正值壮年，身体强壮，精力充沛；而年幼的国王，还尚未有独立的理政能力。

赵雍这样做的目的，对外没有详细的说法，但其用意主要有以下三个方面：

第一，尽早培养赵何的治国能力。赵雍趁自己还年轻，让位于赵何，多给新君当几年"后台"，避免老了或者突然去世，让赵何在"断崖式"的情况下惊慌失措，引起国体动荡。所谓"主父"，就是主人的领导也，是以"太上皇"的身份参政议政。因此，这期间赵何还是得听赵雍的，事事还得向"主父"请示汇报。况且，赵何还小，仍然让言听计从的"自己人"肥义当相国和太傅，等于是赵雍的一个"眼线"在监视着赵何。所以，这个"让位"，是一举两得，既没有失去大权，又可以早点培养和锻炼赵何的执政能力。

第二，避免陷入王位争夺的危机。从赵国的历史看，在赵雍之前，宗长资格以及主君资格的继承，一直是一个没有通过有效制度解决的问题。除吴娃所说的赵襄子传位于侄子，之前，赵籍（赵烈侯）故去后，其弟赵武（赵氏孤儿）夺位；赵武故去后，赵章（赵敬侯，与赵雍长子重名）刚复位，就发生了公子赵朝进行的一场武装政变，政变虽平息了，但曾为首都三十八的中牟①却被糟蹋了，于是迁都到了如今的邯郸；接下来，赵种（赵成侯）早期有赵胜（与平原君重名）争位，赵语（赵肃侯）早期有赵緤、赵范争位。可见，赵雍以前的赵国，几乎代代都有君位继承的纠纷发生，而且都是因为"立贤"引发的"还嫡与夺位"之争。所以，赵雍需要考虑的是，怎样避免这种无论"立贤"还是"立嫡"都会引发的动乱，因为，他此前所做的"废嫡立贤"正处于这一危机之中。赵雍提前让位，正是想巩固赵何的地位，使政权平稳过渡。尽管后来的事情并没有按他的想法实现并最终导致了悲剧的发生，但这种预防措施是没有错的。

第三，全方位推进改革成就伟业。赵雍以"宠妾"吴娃的遗言，以及赵何"年少机智"为由"废长立幼"，源自对自己即位以来通过改革与发展建立的权势和自信。这一举措，虽然隐伏着赵何与赵章两党斗争的危机，但赵雍的退位，则是巧妙地把这种危险的裂痕

---

① 今河南省鹤壁市山城区一带。

弥补了起来。因为这样就可以彻底打消赵章"复位"的念想，明确告诉他，赵何已经是国君了，你自己一定要安分守己。同时，赵雍趁着自己在世时，用自己南征北战的权威以及赵何掌握行政资源的机会给赵何增强权势，这无疑是一次对君位继承纠纷频发所做的改革尝试，虽然也夹杂了一定的情感因素。这种尝试，无疑也与他推行胡服骑射以来的军政改革有关，换言之，这种军政"二元制"或许正是胡服骑射改革的延伸。而且，在赵雍退位之前，历时多年的"中山攻灭战"正处在关键的时刻，退位正好可以让他腾出手来解决位于赵国领土腹地的大患。可以说，赵雍退位实在是其在内政、继承、战略三方面的一石三鸟之策。

当时，一般人并没有理解到赵雍"退位"的深谋远虑和煞费苦心。

肥义毅然义无反顾支持他，并欣然去当赵何的相国，全身心辅助这位少年君王。

而这时候"不在其位"的赵雍，由赵何坐镇邯郸王宫处理国内外政务，自己则轻装上阵，雄赳赳、气昂昂，以三军统帅的身份率领大军去攻打中山国了。

中山国是由狄族①建立的一个"侯国"，经多年发展不断成长壮大，自迁都于灵寿②后，在赵雍即位以前，就依托齐、魏两国的支持侵略赵国。当时，中山国雄踞在赵国与燕国③、代地④之间，几乎将赵国割裂成一分为二。因此，赵国除了西部强秦的威胁外，中山国也是危及赵国安全的一个心腹大患。面对这样的严峻形势，赵雍即位之初就有感而言："今中山在我腹心，北有燕，东有胡，西有林胡、楼烦、秦、韩之边，而无强兵之救。"基于这种忧虑，他多次发动对中山国的战争，但并没有取得彻底成功，

① 先秦时期对西北民族的统称。
② 今河北省灵寿县，因城中有山而得国名。
③ 今北京与天津市的全部和河北中、北部及辽宁省西部一部分。
④ 今河北省张家口市蔚县一带。

只是遏制了他们的骚扰，没能完全消除这一巨大的威胁。于是，在全面推行胡服骑射的"强军计划"后，赵雍选择退位，全力以赴灭掉中山国，对抗强大的秦国，亦是他的雄心壮志之一。

临行之前，赵章觐见父王赵雍，要求跟随他带兵出征。

赵章自太子位被废后，一直比较消沉。刚开始的时候，他十分震怒，但得知是母亲的因素，就稍微平静下来了。据说，母亲在后宫做出了"不才"的"下流"之事，因为自父王有了妃子吴娃之后，就再没有与母亲同床共枕过，这么多年，母亲难免寂寞，但在后宫有没有"淫乱"，做儿子的实在说不清楚。于是，在母亲被打入"冷宫"之后，面对强势的父王，赵章只得接受这个太子"被废"的残酷事实。愤恨和剧痛之后，他便夹起尾巴老老实实做个普通的"公子哥"了。后来，父王为安抚他，还带他率军出征，他也表现出了良好的姿态，一切听从父王的安排。但是，这次父王突然宣布传位于赵何，使他刚刚平静的心绪又掀起了狂涛巨澜，气得病倒了，一个月没有出门。

"跟我去打仗？"赵雍狐疑地看看赵章，"听说你身体有恙，怎么能上得了战场啊！我正说派人去探望你呢。"

"已经好了。"赵章拍拍自己的胸脯，之后真诚地说："听说父王要去攻打中山国，作为孩儿，怎能不去助父王一臂之力呢？别说孩儿已经恢复了健康，即便染有小疾，也要为国尽忠效力。再说，我也曾随父王征战过中山，路途遥遥，战事维艰，有孩儿早晚服侍在父王身边，孩儿心里也安然啊！"

望着高大魁梧、留有两撇八字小黑胡、一脸虔诚的赵章，赵雍微笑着点了点头道："好，章儿，父王恩准了！"

消沉和低沉的赵章为何一反常态，主动请缨要随父亲赵雍上战场呢？

原来，这是大臣田不礼的主意。

田不礼曾是齐国一个落魄的贵族，失去权势后投奔到了赵国。

因他能说会道，深有谋略，一表人才，深受赵雍的信任和器重，任他为右效司寇之职，相当于如今的司法部副部长。而且，在当年赵雍迎娶宣惠王女儿迟虞公主时，是派他作为使臣带着聘礼去韩国①把迟虞公主接到了邯郸公驿馆，然后才举行的成婚大典。因此，在赵国，是田不礼最早认识的迟虞公主，还曾经当过赵章幼年时的老师。为此，有传闻说是他和迟虞有"奸情"或者说关系暧昧，但这是不可能的。不过，田不礼与赵章的关系一直比较亲密，在赵章的"太子位"期间，是"太子党"一系的重臣。

赵雍宣布由赵何继位，赵章万念俱灰，痛不欲生，田不礼劝他道："公子，你现在颓废的情绪和萎靡不振的样子实在让我担忧。如果这样下去，你就真的是彻底输了，再没有翻盘的机会了，无异于自己葬送自己。"

赵章凄楚地说："赵何已经登基临朝，我哪里还有希望呢？"

田不礼反问他："在你小的时候，我给你讲过越王勾践的故事，你难道忘了吗？"

赵章眨眨眼睛道："记得啊，可这有关系吗？"

田不礼说："越王勾践败不馁，忍辱负重，卧薪尝胆，最后转败为胜。从这个故事中我们都知道，越王勾践是一个个人魅力和意志力十分坚强的人。人生不如意十之八九，但只要看到那十分之一二的如意，就可以了。如果你还可以努力，可以付出，就不要轻言停止和放弃。在你停止努力的那一刻之前，一切都还没有真正的结果。别看赵何已经即位，但主父还在，一切都还在主父的掌握之中。眼下最重要的，是要取悦于他，求得他对你的赞赏和称道，以实际行动和能力来证实自己的优秀和卓越。"

"可是，我该怎样做呢？"

"请求主父，随他出征中山，这是在他面前建功立勋，展示你才能的最好机会。"

---

① 今河南省新郑市。

赵雍带着赵章率大军二十万，从曲阳出发大举出击中山国，最后攻入国都灵寿，中山王逃到了齐国。至此，赵国领土进一步扩张，边界推进到与燕国、代地相邻，几乎多出了三个赵国。《战国策·秦策三》有言："中山之地方五百里，赵独擅之，功成名立利附，天下莫能害。"史称"时赵之强，甲于三晋"。

消灭中山国后，赵雍凯旋，班师回朝，兴高采烈在邯郸的丛台举行隆重的庆祝宴会，论功行赏，大赦天下。连接相聚的众多楼榭台阁花团锦簇，旌旗飘扬，鼓瑟欢快，击缶磅礴，一派欢乐和喜悦的景象。

赵雍和赵何并肩坐在高高的观礼台上，接受群臣的朝拜大礼。

这时，赵雍朝台下望了望，突然看见身材高大、身穿战袍，显得英武强壮、威风凛凛的大儿子赵章虔恭地匍匐在地，给自己也是给他小了整整十一岁的弟弟连连跪拜磕头时，心里突然怦然一动。再扭头看看身旁还满脸稚气、正微微含笑的次子赵何，眉头就皱了皱，一股怜悯之情油然而生……

立赵何太子并传位于他，是不是对赵章不公，亏待了他委屈了他呢？

像赵何这么大时，赵章就伴随自己出征打仗了，尤其是最后这两次进攻中山国，他统领的是中军，负责向中山国腹地出击，屡次得胜，功勋卓著，深得将士们的赞扬。而赵何，则从小在蜜罐里长大，除了在宫里读书，至今都没有经历风雨见过世面……

莫非，自己是因为溺爱吴娃的因素，一时冲动的决断有所失误吗？或者说，压根就不该"废长立幼"尤其不该早早让位给赵何？

但是，覆水难收，木已成舟。

还有没有办法弥补呢？

赵雍在台上思考须臾，终于有了主意。

当庆功活动以及论功行赏进行完毕，赵雍突然宣布："封赵章为安阳君，属地代郡，由田不礼为相，即刻前往。"

《史记·赵世家》载："三年（赵惠文王），灭中山，迁其王於肤施。起灵寿，北地方从，代道大通。还归，行赏，大赦，置酒酺五日，封长子章为代安阳君。章素侈，心不服其弟所立。主父又使田不礼相章也。"

代郡的治所在安阳邑，也就是今河北省张家口市原阳县的开阳古堡，现遗迹尚存。

这是赵雍又一个出人意料的决定，为他步入深渊挖下的又一个"大坑"。

四

赵章被封安阳君，最先感到担忧和危机的是李兑。

李兑现在是相邦，相当于相国肥义的助手。是赵何继位称王时，主父赵雍从自己身边将他和肥义一起调至大殿，共同辅佐赵何的。

这天晚上，李兑来到肥义的相府，对他说："我仔细想了想，封赵章为君，是主父对他有所同情，还可以理解，但让田不礼为相去辅佐他，则令人不安。赵章生性贪婪，野心勃勃，本就不服赵何立王，这些年是出于无奈暂时佯装安分。而今，残忍好斗、诡计多端的田不礼去了他的身边，必然会挑唆赵章本已压抑的欲望，让他的野心死灰复燃。这样以来，两个人必定相互勾结、沆瀣一气、狼狈为奸，加之赵章当太子多年，党羽众多，有可能生出事端并密谋夺权。大人啊，你是赵何的相国，位高权重，正处于权力中心，必然是他们作乱时进攻的重要目标。换句话说，就是他们倘若造反，首当其冲会拿你开刀。仁慈的人爱护万物，聪明的人在祸难未成前先做准备，如果不仁慈不聪明，怎能治理国家？您何不推说有疾闭门不出，把国政交付给赵氏宗亲的耆老赵成？避开这个祸害和冲突的旋涡。"

肥义想了想，摇摇头说："不能，不能！我不能像你说的这么做。当初，主父把赵何交给我，曾对我说：'不要改变你的宗旨，不要改变你的心意，要坚守心志始终如一，直到你离开世界。'我答应了主父，这话至今犹如警钟在耳回响。作为臣子，必须一诺千金，自始至终遵守自己的诺言，根本不能考虑和顾忌个人安危。如果像你所说，我退下来，那岂不是让咱们君王赵何失去屏障了吗？我必须尽到一个臣子应尽的职责，当好这个挡箭牌。贞节之臣在祸患来临时显现出节操，忠心之臣在灾难及身时彰示出德行。你对我的建议是一片好心，但是我已有誓言在先，绝不能轻易放弃！"

李兑深受感动，不由垂泪道："好吧，大人勉力而为吧，要多加珍重！我能见到您，恐怕只有今年了。"

接着，李兑又去了赵成的府邸，商议防备田不礼之事。

赵成是赵何的爷爷辈，主父的叔叔，目前是赵氏宗亲中居官最高的人。

两个人经过一番分析和研究，最后决定先采取三条措施：一是在宫中监视赵章党羽官员的举动，清洗其死党；二是安排亲信，赴代郡的安阳邑观察赵章和田不礼的动态，有情况立即报告；三是整顿和加强邯郸的城防，撤换那些亲近"公子章"的将领。

难道，赵章和田不礼真像李兑他们所担心的那样，需要加强防范他们有可能的图谋不轨吗？

其实，一开始并非如此。

奔赴代郡掌管一个地方的"安阳君"赵章，带领辅佐他的田不礼和一帮人马，心情十分愉悦地前去"就任"了。他心满意足，踌躇满志，觉得主父对自己还是不错的，宠爱说不上，但并没有完全忘记自己，在他心目中还有自己的一席之地。另外，这次当着"小国王"和众臣封自己为"君"，谁也没敢吱声，可见赵国还是名义上"退位"而实质上却在"幕后听政"的主父说了算，赵何只不过是个傀偏而已。只要恭维好父王，让父王高兴了，多干事，干好事，会干事，能干事，东山再起还是有可能的……可见，田不礼深具韬略，有先见之明，不是动员自己"放下包袱"跟父王出征，是得不到这个安阳君的。田不礼，是值得信任和依赖的，有他相助，自己一定能像芝麻开花那样节节高……

这只是赵章的内心活动，并没有具体的实际行动。

赵章来到代郡以后，主要任务是巩固北部边境的防御，发展边区生产。其中最艰巨的工作，就是整修和加固这一带自二十年前就开始的长城建设，这就是历史上和现今所说的"赵长城"，至今有些遗迹尚存。后来秦始皇时代的万里长城中的许多节段，都是在"赵长城"的基础上重修的，并非他的原创而只是个"升级版"。

赵国所筑的长城分为南北两段。南长城修建早于北长城，为赵雍父亲赵肃侯所建，从邯郸境内由漳水、滏水的堤防连接而成，大体从今武安西南起，向东南延伸至今磁县西南，折而东北行，沿漳水到今肥乡西南。北长城修建晚于南长城，是赵雍进行"胡服骑射"改革后所建。东起于代①，经云中、九原②，西北折入阴山，至高阙③，长约一千三百里。如今，这一段赵长城的遗址残垣，还断断续续绵亘于大青山、乌拉山、狼山之间。

此说见于《史记·匈奴列传》："赵武灵王变俗，胡服，习骑射，北破林胡、楼烦，筑长城，自代并阴山下，至高阙为塞。"

北长城由于年久失修，很多墙体都坍塌了。

赵章的辖地，正处在北长城的边界。他来到这里以后，从如今的河北省张家口市宣化附近开始，沿迤逦西行的阴山山脉，一直修补加固到河套狼山山脉的高阙塞，翻山越岭长达二百六十余里，用黄土夯筑，在一些土壤不多的山谷口，则多用石块垒砌筑建，高处达五米，下宽五米，可见工程的繁重与艰巨。

虽然，赵章在这里才一年多的时间，但却征召了数十万劳工，

---

① 今河北省张家口市境内。
② 今内蒙古自治区包头市境内。
③ 今内蒙古自治区乌拉山与狼山之间的缺口。

昼夜施工。

与此同时，他还整饬军队，打退了胡人多次进攻和骚扰。

是年，风调雨顺，粮食大丰收。

赵章非常兴奋，给邯郸送去了一百多车粮食、胡麻油和当地的土特产，还给父王赵雍特意捎去九十九匹汗血宝马并写了一封信，请他前来视察。

赵雍很快来到了代郡，在赵章陪同下对各地进行了视察。

当赵雍看见他当年下令筑建的长城正在由赵章修补加固，蜿蜒的山岭都是黑压压抬土打夯的人群，干得热火朝天；远处的大草原牛羊遍地，成片的莜麦盛开着淡黄色花蕊；戍边的士兵精神抖擞；安阳邑大街上驼队游走，商业兴隆等一片繁荣景象，不由心花怒放。他赞赏赵章"守土有功"，也表扬了田不礼，还高兴地把赵章叫到自己的行宫同吃同住，见其仪仗与自己的阵式一样，也未加指责。

这次视察本没有什么可大惊小怪的，但问题是催生了赵雍下面这个"议案"的发生，并促成了赵章与赵何两个亲兄弟反目为仇的直接决裂。

赵惠文王四年（前295）春节，是赵何即位的第四年。他在宫殿召见群臣，赵章奉召，带着田不礼也从代郡赶来。朝堂上，全体群臣跪倒在地，向赵何行叩拜大礼，之后由重点岗位上的大臣轮流汇报工作。当然，赵雍像以往那样，以主父的名义在一旁听政。

待赵章"述职"完毕，赵何颦蹙双眉道："据报，修长城时，你强征民夫，上至十多岁儿童，下至七旬老翁，百姓叫苦连天，而且，还不发工钱，可有此事？另外，这笔钱可是从国库里调出了，是你，还是你下边掌管此事的官吏截留了，给本王交代清楚！"

赵章连忙给赵何叩头："君王，没有此事，肯定是道听途说的诽谤之言……"

"噢！你是说本王在胡说八道！"赵何瞪着眼，怒斥他道，"本王还听说，你把在长城上累死的劳工换上胡人的军服，然后再捅刀插箭，冒充是杀敌之功，是否属实？”

"全是凭空捏造，请君王明察。"赵章伏在地上说，"去年父王曾巡视代郡，他老人家自有明断……"

"哼！此事我知道，父王说过，但你是否作假欺瞒，也未可知。"赵何冷笑之后，严责道，"本王会派人前去调查，倘若属实，这可是掉头之罪，你明白吗！"

"下臣明白，明白……"

赵何大声呵斥他道："你好自为之，给我退了下去。"

"是……是……谢主隆恩……"赵章又磕头作揖一番。

在一旁的赵雍目睹到这一幕，心里不由一阵阵绞痛。当时，他想说话，但在朝堂之上，当着群臣的面，还是忍住了。

夜里，赵雍失眠了，赵章和赵何这两个同父异母的亲兄弟，自从小长到大的情景，一幕幕在他脑海里重演，尤其是白天朝堂上，弟弟像训斥孩子那样痛责哥哥，太让当父亲的忍无可忍了。即便哥哥真做出了那样的事，也不能当着群臣的面如此大加呵斥，可以私下里说，况且哥哥在代郡干得不错，成就卓然，这可是自己亲眼所见。赵何也太猖狂，太不近人情，太不顾及骨肉同胞的面子了。赵章如此受辱，心里本就不服，往后会怎样，他能永远这样忍气吞声吗？怎么做，才能平息他们的对抗呢？才能压制一下赵何的嚣张，安抚一下赵章受伤的心灵呢？甚至说，趁此机会，平分他们的权力，让他们先平分秋色一段时间，自己再复位重掌大权呢？这四年来，自己已经体会到了大权旁落后、趋炎附势的众大臣对他的冷漠……如此这般苦思冥想到天亮，赵雍终于有了主意：封赵章为代王，把赵国的代郡分割出去，让赵章与赵何平起平坐。这样，赵何就不能管赵章了，不能如此受委屈让赵何随便欺负了……

这事太大了，不能对赵何说，先找肥义商量。

肥义闻后，目瞪口呆道："主父，你要把赵国一分为二，分裂国家？"

赵雍说："非也，寡人是不想让赵章受奇耻大辱。昨天你都看到听见了，我心里很难受，只有这个办法了……"

"不可，不可！"肥义摇头似拨浪鼓，"主父，你大错特错了。"

这是自为相以来，肥义第一次强烈反对赵雍。

"此话怎讲？"

"这还用解释吗！天无二日，君无二主。天下只能是一个人的天下，两个人的天下就是产生是非的天下。家可以分，但分国闻所未闻啊！难道，你如果心疼十个儿子，就要把赵国一分为十吗？"

"寡人并非你所言的这个意思，意思是，给赵章一部分权力。"

肥义以敏锐的目光看看赵雍说："主父，是不是惠后（吴娃）离世已久，您对传位于赵何后悔了？"

赵雍不置可否，而是反问肥义："我让你为赵何当相，是不是一头偏到他那里，如今也不把寡人放在眼里了……"

肥义坦然道："我只是遵从当初主父对臣下的嘱咐，全心全意辅佐君王。目前，已经是第三朝了，我是在为赵国的强盛服务，而不是看着它分崩离析。主父，您一世英明，但在个人私情问题上处理不好，是会害己误国的。"

赵雍不以为然，辩解说："分割出赵何一部分权力，让他们兄弟平衡一下，如有争执和分歧，不是还有我吗，怎么就能分裂呢？你说得严重了，耸人听闻了。"

肥义怔怔，以陌生的目光打量着赵雍，皱着眉头问："主父，你莫非是想重回王位？"

赵雍顿了顿道："如果形势所迫，也未尝不可。"

"啊……"肥义惊叫一声，迷茫的双眼里溢出了老泪，然后双腿一弯，跪在赵雍面前道，"主父出尔反尔，难道要把赵国三分之一不成！如果那样，我年事已高，不能为赵国的江山社稷鞠躬尽力了，请主父恩准下臣告老还乡吧……"

怎么能舍得三朝元老肥义辞职，赵国离不开他。

其他大臣，大多也都反对。

肥义和众多重臣的极力阻止，迫使赵雍立赵章"代王"的计划流产了。

《史记·赵世家》记载："四年（赵惠文王四年，前295），朝君臣，安阳君亦来朝。主父令王听朝，而自从旁观窥群臣宗室之礼。见其长子章傫然也，反北面为臣，诎于其弟，心怜之，于是乃欲分赵而王章于代，未决而辍。"

消息传到代郡，本来就因受赵何侮辱而愤慨的赵章怒不可遏。

又一条祸根，就这样埋下了，什么时候发芽、结果，只是时间问题。

五

这天清早，一列庞大的车队和人马，在豪华仪仗的开道下，前后簇拥着从邯郸城出发，顺着官道浩浩荡荡向东北方向驶去。

队列中，赵雍的舆乘在前，赵何、赵章分别乘着自己的车辇跟随其后，在宫殿侍卫将军信期率兵警戒下，一路前行。今天，他们父子三人，是要去距邯郸都城不足一百公里处，现在是赵国离宫别苑的"沙丘宫"巡游。

这次巡游，是一个月前由主父赵雍做出的决定，对外宣称是"春游"，对内，赵雍说是要在那一带为自己选择墓地，必须让两个儿子赵何和赵章参加。但实质上，是赵雍欲立赵章"代王"的议案被否决后，风传赵何与赵章矛盾加剧，而大臣们也议论纷纷，他才采取这么一个方式，把两个儿子叫在一起，找个偏僻安静的地方，调解和缓一下两个人目前的紧张关系。

按主父赵雍的要求，父子们都是轻装简行，各自身边，只允许带去不超过五十人的近臣和随从。赵何带有肥义，而赵章，则由田不礼相随。

天阴得很重，田野上笼罩着一层薄雾，刚刚返青的小麦挂满一层露珠，大地上最先开花的植物，依然是桃花、杏花、迎春花和油菜花。

这又是一个春天，与赵雍十五年前游历大陵时"做梦艳遇"吴娃的季节相同，但他的心境却与那个时候有着天壤之别，也与彼时和此时的天气大相径庭。如果说，那次巡游充满了温馨和浪漫，使他欣喜若狂，而这次却杀机四伏，使他命丧九泉。看来，快乐的起点和悲哀的终点，都起源于春天，仅仅相隔了十五个春秋。而这一切，赵雍却浑然不知，做梦也没有想到，他的两个儿子，暗地里已经势不两立，磨刀霍霍了。

赵何临行前的一个晚上，李兑前来向他禀报："据报，这几天，邯郸城里发现不少陌生人，还有三五成群的人在宫殿四周活动。君王，臣下有所担心，怀疑这是赵章和田不礼从代郡带来的刺客和化装成平民的武士，咱们要加强戒备，采取一些防范措施。"

赵何一惊，想了想说："把咱们的人叫过来，大家商量一下吧。"

当晚，肥义、李兑、赵成、赵豹、信期等大臣和将领都来到了殿前。目前，他们都是赵何身边的亲信，对赵何忠心耿耿。

大家面临目前的局势，所研究的一个最严重的问题，就是提防赵章和田不礼突然发动的宫廷政变。

"不会有这么严重吧？"赵何眨了眨眼睛说，"赵章作乱有可能，不至于武力夺权，父王还在呢，他能有那么大的胆，敢吗？"

李兑说："这次主父让你们兄弟俩离开邯郸，跟他去沙丘，万一是个调虎离山的计策呢？万一是怂恿或者是他默认赵章兵变呢？当然，这都是推测和假设，以防万一，有备无患，大家都不希望这样的事发生。"

年幼单纯的赵何不再吱声了，头上有虚汗冒出。

肥义说:"我陪同君王去沙丘宫,信期前往护驾,我们离开后,城里的事,都交给李卿和赵公了,你们手下虽有不少人马,但大部队受乐毅节制调遣,这是臣下有所忧虑的。当然,乐毅也是君主的爱将,但他和赵章曾一起攻打中山国,关系至厚是众人皆知的……"

赵成说:"这好办,君主下令,把他叫过来,将其虎符收回,暂时剥夺他的兵权,交与李卿。"

"这……"赵何有点儿犹豫,紧皱双眉道,"乐将军是父王的人,并由他任命的,收其兵权,不经父王,这合适吗……"

赵成不屑道:"现在你是一国之君,有权罢免任何人。再说,这是特殊时期,为防万一,只是暂时的,等险情过后,再将兵权交付于他就是了。"

于是,赵何当晚解除了乐毅的大将军之职,并将其秘密软禁,由李兑取而代之。

会议结束时,肥义对信期说:"到了沙丘宫,你一定要机警,不管是什么人,但凡有事要找君王,一定先通知我,我同意后,方可会见,没有我的同意,不得直接去见君王,你一定牢记在心。"

信期点头答应。

人家如此防范赵章,并提前做好了应变的准备,真的必要吗?

不但有,而且很及时。

春节朝拜,赵何当廷在众臣面前呵斥赵章,赵章感到蒙受了从未有过的奇耻大辱。返回代郡以后,他暴跳如雷,咬牙切齿地对田不礼说:"不报此仇,我誓不为人!"

田不礼面色凝重道:"那就撕破脸皮,破釜沉舟吧。"

"好,一切由相卿来安排,事成之后,赵国的江山是你我君臣二人的。"

田不礼的计划,是暗杀赵何,用现在话说,就是"斩首行动",采取"定点清除"。

赵章和田不礼利用在代郡辖地远离国都邯郸的便利环境，以修长城为名，在招募劳工的同时偷偷扩充军队，并从中精挑细选出一千名大多为胡人的精壮勇武者，宣誓效忠后组成"死士团"，相当于现在的特种部队，配有快马、弯刀和弓箭，进行严格的封闭式训练。

当赵雍通知赵章前来邯郸"父子三人聚首"赴沙丘宫后，田不礼建议趁机提前开始"斩首行动"。

赵章和田不礼来邯郸的三天前，一千快骑死士团组成的"暗杀队"先期抵达邯郸城区和城郊，化装潜伏下来，待赵章来后得令行动。

一方蓄势待发，一方严阵以待。

而这一切，都暗藏在父子三人兴高采烈奔赴沙丘宫的游玩之下。

蒙蒙的细雨下来了，淅淅沥沥，春寒料峭。

行至中途小憩时，赵何和赵章都从车辇上下来，伏在父亲赵雍的舆乘前请安。

"父王，我看您老穿得单薄。"赵章望着赵雍，动手从身上脱自己的上衣，"别冻感冒了，穿上孩儿这件夹袄吧。"

赵雍摆摆手，笑了笑说："不必，不必，为父的里面有羊皮马夹。"

但赵章已经将自己的夹袄脱了下来。

赵雍扭头看看赵何，对赵章说："给何儿披上吧，他冻得嘴唇都发紫了。"

这时，已经有随从在身后给赵何披上了一件斗篷。

赵何推开赵章递过来的夹袄，微笑着说："谢谢贤兄，快穿上，小心自己着凉。"

赵雍手捻须髯，欣慰地点了点头。心想，自己的这两个儿子，谁说就不能和谐相处呢？能，一定能，肯定能！赵章已经二十五岁了，长得像自己一样高大英俊，方脸，阔口，浓眉大眼，不但相貌酷似自己，而且也像自己那样能打善战；赵何虽然才十四岁，但已经成人了，挺拔的腰身，椭圆形的脸庞，细皮嫩肉，相貌和体型似乎更多一些他母亲吴娃的特征，但他聪明、睿智、机敏，这些优点似乎是他强大的基因使然，经过四年的执政历练，基本上是称职的，众臣都还是非常服气的，王权逐渐巩固。如果说赵章偏向于武略，那么赵何就是侧重在文韬，兄弟俩一文一武，加上自己才四十五岁，正年富力强，以"主父"作为坚强的后盾形成赵国的"铁三角"，天下社稷肯定会固若金汤，自己这一代，也必将成为赵氏宗族中最荣耀最强盛的一代流传千古！嗯，没什么大不了的，如同举家过日子，难免锅沿儿碰瓢勺产生点儿小隔阂小矛盾。这次到了沙丘宫，跟他们好生聊聊，让他们相互谦让，相互帮助，以大局为重，团结起来，共创伟业……

沙丘宫遥遥在望，很快就要到了。

沙丘是一个古老的地名，位于今河北省邢台市广宗县境内西北大平台乡大平台村的村南、老漳河西岸一带。当时，这里紧邻的大陆泽还汪洋一片，到处水泊纵横，林木茂密。商代时期的商纣王发现这里风光旖旎，景色绝世，便大兴土木，建设离宫别馆并高筑苑台，号称沙丘宫，在里面放置了各种奇珍异兽。他还用酒装满池子，把肉挂在树林里，叫作"酒池肉林"，让赤身裸体的男女互相追逐嬉戏，还令乐师作淫声伴奏，狂歌滥饮，通宵达旦取乐。后来武王伐纣，在最后的牧野之战中，纣王被灭，他所建造的沙丘宫也被战火毁坏。如今，七百多年过去了，赵国在邯郸建都后，因为距离沙丘宫不远，这里又是一处著名的皇家园林，便在原址上重新进行修建，恢复了一些宫殿，并安排专人管理，成为赵国王族或重臣度假休闲的一处胜地，但四周的原始林木，却比原来还蓬勃茂盛。

现在的沙丘宫，主要馆苑有三处，按现在的话说就是三栋别墅。主殿名为拱台，其次是两处配殿，名叫北苑和南苑。设施当然是拱台最好，北、南两苑稍微差点。三处馆驿并不在一起，相距大约都是三里，有石铺的甬道相连，各有各的大门和院落，自成一体。

来到沙丘宫时，天已向晚。

安排住处时，赵何和赵章都建议父亲赵雍住在拱台。

赵雍连忙摇头："这可不行，何儿是国王，当着众多大臣，哪能失了理数坏了规矩。"

赵何年幼，哪好意思，就让赵章去住："既然父王不去，兄长就去拱台吧，我住在南苑即可。"

赵章脸红道："父王还不肯，我哪里敢啊，还是当王的住吧。"

看着兄弟俩在谦让，赵雍很高兴，笑着一锤定音道："呵呵，哥俩儿不必争了，听父王的，何儿住拱台，为父的和章儿分别住北苑和南苑。今天累了，晚上都好好休息，有话，咱们明天一起围猎时再说。"

但万万没有想到，或者说，他们做梦也没有想到，他们没有了期待中的"明天再说"。

再说时，已经刀光剑影，血流成河……

事件首先由赵章引起，换句话说，是赵章点燃了"战争"的导火索。

乘去沙丘宫巡游之机，在这里"行刺"赵何，是赵章和田不礼三天前的密谋。

田不礼说："宫里戒备森严，不好下手，去沙丘宫是个最好的机会。"

赵章有点犹豫："可父王也在啊，当着他的面？"

"只要杀死赵何，主父也就束手无策，不得不承认这个既定的事实。难道，他还会把你也杀了不成？既然死了一个，会再死一个吗？君主，你仔细想想，是不是这个道理？"

"这……"

"机不可失，时不再来啊！如果这次不下手，以后就没机会了。"

赵章思忖片刻，咬咬牙道："好！干吧！不是鱼死，就是网破！但一定要做得干净，彻底，万无一失。"

田不礼点点头，从怀里掏出两份竹简，展开后对赵章说："这是我让人模仿主父手写的两份诏书，一份是主父让赵何来你住处议事的，一份是让赵何让位于你的诏旨。他极有可能不从，要与你一同去面见主父，这时就一刀结果了他。君主，这样是不是很周密，不会有差错的，事后主父知道了，木已成舟。赵何一死，国王就自然是你的了。"

赵章接过两份诏书看看，喜出望外，感慨道："还真像父王的笔迹！好妙，相卿真不愧深谋远虑的神人啊！"

"以防万一，我届时会安排那一千人的死士团提前在沙丘宫周围的树木里隐藏，一旦出现不测，他们会武装占领沙丘宫，强行将赵何一帮人斩尽杀绝。只是，君主需要配合好这次行动，沙丘之行，一定在他们面前表现得谦恭而多礼。"

于是，赵章和田不礼的死士团在前一晚上，已经悄悄潜伏在了沙丘宫周边的密林深处，而赵章则以彬彬有礼麻痹父亲赵雍和弟弟赵何，策应"斩首行动"顺利实施上演的一出大戏。

吃过晚饭，天仍然阴沉，夜已黑透了。

赵章按照计划，从南苑馆苑派人前去给住在拱台馆苑的赵何送诏书，假借主父赵雍之名将他骗至南苑，然后再以另一份诏旨逼他让位。

前来送诏书的使者，被拱台大门口的警卫拦住了，接过诏书先送给了东厢房的相国肥义。肥义仔细把诏书看了三遍，皱着眉头想了又想，便手持诏书来到正殿向赵何禀报，并疑惑道："主父说晚上休息，没说要议事，可现在怎么突然要召见君王了呢？"

赵何放下诏书说："可能是父王有事了，临时动议要找我说话吧。"

"君王，你仔细看看，我觉得，这诏书不像是主父的亲笔，像是有人模仿所写。"

赵何又拿起竹简，在灯下眯着眼睛看了一遍，以不容置疑的口吻道："是父王的笔迹，本王太熟悉了，这不会有错，不妨也让大家都看看。"

在场的几位大臣轮流看了看，都说没有问题，的确是赵雍的笔体。

赵何站起来说："我这就去，让人备车吧……"

肥义连忙说："慢！为安全其见，还是为臣的坐君主的车辇先去看看。"

赵何不解道："相卿，这是为何？"

肥义说："我先去面见主父，如若是他诏见，我再回来，君王再去，如若我不回来，那就是出事了，君主要做好应变准备，快马去邯郸，让李兑和公子成前来救援……"

赵何惊愕："相卿，这……"

"君王不必多说，切记下臣所言！"

这是赵国忠心耿耿的三朝元老、相国肥义与国君赵何所说的最后一句话。

六

夜漆黑，伸手不见五指。

宫苑甬道两旁竖立的豆灯，在橘黄色的纱罩里散发着朦胧的光晕。

肥义带着几名侍从，坐在赵何的车辇里，在赵章派来送诏书的一行马队的带领下驶向了甬道。因这里所在位置居中，距北苑和南苑只有不足三里地，很快就到了。

由于天太黑，赵章手下的人并不知道车辇里坐的不是赵何而是肥义，而肥义坐进车辇之后有车帘罩着，只知道是去主父所住的北苑，并不知道这辆车在赵章手下人的引导下，径直去了赵章所住的南苑。

车辇在南苑大门口停下，提前得到禀报的赵章带着田不礼等人出来迎接，这才发现来的并不是赵何而是肥义。

有人撩开车帘，提着灯笼朝车里看看，对赵章说："君主，来的是相国肥义。"

赵章一惊，伸过脑袋问肥义："怎么是肥相国？你来干什么，赵何呢？"

肥义这才发现，此处是赵章所住地，并不是主父的下榻处，就反问赵章："不是主父找君王议事吗，怎么到了这里？"

赵章怒吼道："别废话，我就问你，赵何为什么没来？"

肥义微微一笑："呵呵，下臣就知道，你是假冒圣旨。"

赵章气急败坏："老东西，都是你搞的鬼……"

赵章吩咐手下，没让肥义下车，而是跟田不礼进行了紧急磋商，认为赵何肯定是发现诏书是假冒的，所以必须实施第二套方案，先下手为强，采取突然袭击的夺权行动。

肥义和他的侍从，在车辇上被赵章的手下全部杀死。

因此，肥义是替赵何死的，没有肥义的赴汤蹈火，就没有后来赵何（赵惠文王）三十二年的王位可坐。

后来，为怀念肥义，赵何将邯郸东部的土地作为肥义的封地。五百年后，汉魏帝曹丕为弘扬肥义的忠烈，将此地置为一县，名曰肥乡，意为肥义之乡，"肥乡"地名一直沿袭至今，这就是今天的邯郸市肥乡区，并建有"肥义公园"。

当晚，赵章和田不礼调动埋伏在沙丘周边森林里的一千名死士团，偷袭赵何居住的拱台，与赵何的宫廷侍卫长信期所率侍卫展开激战。信期带的人少，敌不过强悍的死士团，失败后，赵章和田不礼率众将大殿团团包围。

拱台的大殿围墙高大，大门紧闭，围攻的部队只是持有刀枪剑戟，并没有事先准备破城攀墙的工具。

攻不进大殿，赵章有些焦急，和田不礼等人商量怎么破门。有人建议，不远处有商纣王时期留下的残破的石碑，可搬过来将大门撞破。

这样一来，就耽误了时间。

此时，在邯郸通往沙丘宫的大道上，李兑和赵成率领的五千精锐骑兵，正风驰电掣般朝沙丘宫进发。他们是得到急报，前来这里"救驾"的。

原来，肥义他们在车里被杀前，有一名侍从在肥义暗示下，从一侧偷偷溜下车，趁黑夜的掩护钻入一旁的树林里，然后跑到拱台向赵何报告了情况。赵何大惊，急忙派快骑去邯郸向李兑和赵成请求支援……

当赵章的死士团破开大门，将守门抵抗的卫队斩杀以后，即将冲进大殿的时候，突然背后喊声震天，看不清有多少人的骑兵，在围攻拱台的人群里横冲直撞，见人就杀。还有一队骑兵，直接冲进大殿的院子里，把即将攻入大殿的武士全部消灭。

拱台苑区的里里外外，尸横遍野。至黎明时分，一千死士团被李兑和赵成带来的骑兵全部歼灭。

而这个时候，住宿北苑的赵雍正在睡大觉，也许还在做着明天"父子三人"围猎言欢、不计前嫌、和睦相处的好梦呢；也许还重温了十四年前，在游历大陵时的那个"美梦"呢！那个"美梦"的另一个重大收获，是得到了赵何。而自有了赵何，一切都改变了，更有了许多让人喋喋不休或者是欲说还休的故事。

赵雍是在急促的擂门声中惊醒的，当他睁开惺忪的眼睛问侍从什么事时，大门的侍卫已经把两个满身是血污的人领了进来，他们是赵章和田不礼。

赵雍大惊，急忙穿衣起床，恐骇地问："章儿，这是怎么回事，出什么事了？"

赵章跪倒在地，号啕大哭："父王……赵何要杀孩儿……请……请父王救我……"

"啊！这是为何……"赵雍大怒，让人将赵章扶起，问田不礼，"究竟怎么回事，快快说个清楚！"

田不礼跪倒："刚才君王从邯郸调来大兵，突然把南苑包围，臣下和君主是翻墙逃出来的……一会儿，他可能会追杀过来，恳请主父为我们做主……"

对着赵雍，田不礼不能实话实说，因为那样是没有理的，自己这方企图灭掉赵何在先，赵何那方反击在后。"官司"打到主父这里，主父也是有口难言。

赵章和田不礼，是从拱台的激战或者说乱战中逃亡出来的。

当他们的死士团被剿杀殆尽大势已去之时，浑身沾满鲜血的赵章绝望地对田不礼说："怎么办？赵何的人绝不会放过我们……"

田不礼思忖片刻，咬咬牙说："在赵国，咱们无处可逃，现在只有一个办法，到主父的北苑躲避，依仗他的庇护。"

李兑、赵成和信期平息叛乱之后，不见了赵章和田不礼，尸体中也未有二人。很快有人来报，说是他们跑到北苑主父的宫馆里去了。于是，大家立即禀报赵何，一起率兵赴北苑追杀赵章和田不礼……

赵雍望着痛哭流涕、狼狈不堪的赵章，长长叹出一口气，吩咐侍从道："把大门关严把紧，没有我的旨意，不得打开！"

但话音刚落，李兑和赵成就气势汹汹带着兵丁进来了，之后，赵何也在众人簇拥下直接来到了正殿的门前。大门口的侍卫，都是侍卫长信期将军的手下，忠于赵何的信期一个命令就开了，所以他们是长驱直入来到了北苑的庭院里。

赵雍得知，连忙让赵章和田不礼到后面的侧室里躲藏起来。

李兑和赵成率人进入大殿，赵雍怒目而视，连声质问："尔等为何硬闯寡人内宫，要干什么，还有没有礼数了？"

这时，赵何从后面走过来，躬身跪倒在赵雍面前："父王，请为孩儿做主……"

又一个要父亲做主的儿子，赵雍蒙了。

"不是你要加害章儿吗？"赵雍这样问，证实了赵章恶人先告状，此刻一定躲藏在这里并得到了主父的保护。

"非也。"

赵何向父亲赵雍简述了赵章和田不礼在今夜假冒诏书骗他前往南苑，由肥义替他前去被他们杀害后突然发动政变袭击拱台，企图将自己杀害的经过。

李兑、赵成和信期等人做了补充。

赵雍听得惊心动魄，不寒而栗，眨巴着眼睛沉默了片刻，望定赵何问："即使真的这样，何儿你想怎样？"

赵何又给赵雍磕头："父王，弑君之罪，该如何处置，你比孩儿清楚。"

"可他是你的亲兄弟，同胞骨肉啊！"

"父王，自古就说，君不正，臣不忠，臣投外国；父不正，子不孝，各奔他乡。父王，您错就错在，您既然立我为王，就不该再立赵章为君。他野心勃勃，谋反篡权，孩儿是迫不得已，才起兵剿之。现在，你又偏袒于他，如此下去，赵国会天无宁日，非内乱不可。父王，赵何算是不孝了，再次给您老叩头了……"

"你想怎样？要与父为仇不成……"赵雍咆哮。

赵何不再说话，冲李兑和赵成使个眼色，起身往外走。

赵雍追了出来："何儿，你等等，为父还有话要说……"

在众人的簇拥下，赵何下了台阶，快步朝大门口走。

趁这工夫，李兑和赵成令人从宫殿侧室里将赵章和田不礼搜出来押到了大殿里。

赵章踉跄到台阶旁，望着赵雍高大的背影呼救："父王，快救孩儿……"

赵雍回头，看见李兑和赵成各自拔出佩剑，分别刺向了赵章和田不礼的前胸……

"章儿……"赵雍悲哀地呼唤一声，昏厥在地失去了知觉。

　　等赵雍醒来，已经是午后了。

　　天放晴了，阳光从云层的罅隙中透过，又在高大宫墙里刚刚绽放新绿的枝丫间过滤下来，使得刚刚睁开眼睛的赵雍感到一阵眩晕。周围静悄悄地，没有任何声音，静得很可怕，偌大的庭院里空空荡荡。他挣扎着想坐起来，但感到四肢无力，浑身酥软，努力在恢复自己的记忆。噢！想起来了，先是赵章来了，接着赵何来了，两个兄弟反目为仇，都让他做主？可手心手背都是肉啊……这时，有鸟儿在树枝上跳跃着啁啾，枝杈上蓬乱的巢穴边缘，几只黄嘴雏鸟叫唤着嗷嗷待哺，一只大鸟啃啮一条虫子，正往雏鸟张开的大嘴里丢食。赵雍似乎是条件反射，突然觉得饿了，腹中立即像有一只斑鸠咕咕噜噜叫唤，使他毕生第一次体验到了什么是饥肠辘辘。对了，从昨晚吃了御厨送来的夜宵，到现在一直还没有进食呢。可是，人呢？这么大的宫殿里，怎么突然没了人，人都哪里去了？赵雍艰难地支撑起身子，向四周打量一番，突然看见有两具尸体，横躺在大殿门前的台阶旁，一个壮硕，一个瘦小。天啊！这不是长子赵章和他的重臣田不礼吗？想起来了，是李兑和赵成把他们刺死的，这两个乱臣贼子，敢杀王子，可是犯了诛灭九族之罪。此刻，死去的赵章脸色瓦灰，面目狰狞，胸口和嘴角的血已经凝固成了厚痂，有苍蝇在上面叮咬……

　　"来……来人啊！"赵雍恐惧之后，有气无力地喊了一声，见无人应，扶着身边的一棵树勉强站起来，趔趄着踉踉跄跄朝大门口蹒跚。

　　大门紧闭着，赵雍拉了拉没能打开，像是在吆喝，但发出的声音却如同游丝般的气息："人呢……把门……给……寡人开……开……"

　　将赵雍反锁在这里，是李兑和赵成的主意，事先并没告诉赵何，但赵何肯定知道，只是知道后没有表态，那就是默认了。因为，作为一国之君，赵何不能在历史上留下"囚禁父王"的大逆不道的罪名。而李兑和赵成由于兵围赵雍行宫，又亲手杀了他的长子赵章，如果赵雍活着从沙丘宫回到邯郸国都，肯定依仗权威砍下他们的头还会株连其九族。

封门之前，他们令在这里服侍赵雍的所有人迅速离开，不然会被诛杀。所以，众人一窝蜂般散了，只剩下了已不省人事的赵雍，待他醒来，并不知道自己是被李兑和赵成故意封锁在这里，才陷入叫天天不应、喊地地不灵的境地。

宫殿大门不但被反锁，而且门前还堆起了一道高大的土埂，沿整个北苑宫殿围墙的五十米以外，设有重兵警戒，任何人也出不去进不来。

就这样，留下的食物吃完了，赵雍只得把树上的雏鸟用杆子捅下来吃，逢下雨把盆盆罐罐都接满，又坚持了三个多月，终于被活活饿死了。

为此，《史记·赵世家》记载："公子章之败也，往走主父，主父开之。成、兑因围主父宫。公子章死，成、兑谋曰：'以章故，围主父；即解兵，吾属夷矣！'乃遂围之，令：'宫中人后出者夷！'宫中人悉出。主父欲出不得，又不得食，探爵鷇（哺食的雏鸟）而食之，三月余饿死沙丘宫。主父定死，乃发丧赴诸侯。"

消息传来，赵何痛哭流涕，率众大臣来到沙丘宫打开北苑的宫门，按大礼装殓赵雍并为他举行了盛大的国葬。

一代枭雄，英明一世，呼风唤雨，霸气冲天，将赵国带入最辉煌时代，被梁启超称为"黄帝以后的第一伟人"的赵武灵王——赵雍，最后却落下了这样一个令人挽额叹息、唏嘘不止的结局，终年仅四十五岁。

怨李兑和赵成吗？不这样做，他们会死；怨赵何不管不问的默许吗？不这样做，他的国王会被罢黜，没人不愿意当皇帝；怨赵章起兵谋反吗？不这样做，哥哥永远被弟弟所奴役，他想夺取本应该属于他的权力；怨赵雍废长立幼并过早退位吗？爱屋及乌也算人之常情，主动让贤也是一种高贵的品德和非凡的勇气；怨赵雍过于沉湎骨肉亲情怜悯弱者没有义无反顾的魄力吗？人之所以是人，就不该像畜生那样冷血无情……

赵雍这样的结局，究竟该归咎于谁或者其祸根所在哪里呢？

其实，这起旷世谜案的罪恶根源，起源于赵雍十五年前那个"美梦"，而"美梦"最终"成真"并诞生了赵何。这一切，本不该有的，但却有了，因此谁都不能怨，这是天意。

天意，无人能够改变，只能顺其自然。

问天下谁是英雄

彭　城

夜已经深了，室内墙壁上的豆灯，在纱罩里辉煌着橘黄色的光晕，将床榻周围的帷幔映照得缥缈而剔透。梁、檩、椽、柱等原木的气息，廊间的彩绘味道以及家具上的桐油漆，还没有完全挥发干净，浓郁而淳厚的清香依然沁人心脾。三处炭火炉红通通的，暖意四溢，空气温馨。外面城门的谯楼上有梆子声响起，敲出了三更。窗外还有几声轻微的咳嗽，应是在寝宫门外值勤的卫兵可能是受到风寒而至。

在床榻的幔帐内，项羽和虞姬都还没有入睡，在锦被内紧紧依偎着。

"夫君，我还是有点儿担心。"虞姬将头扎在项羽的臂弯里，稍显伤感地说。

项羽爱昵地抚摸着虞姬的脸颊，安慰她道："我说过了，这次出征齐国，是打田荣，如探囊取物，最多两个月就回来了。再说，彭城周边的防线，我都已做了周密的部署，你放心就是。"

"从前，我一直都伴随着你，你打到哪儿，我跟到哪儿。可这一次，你为什么不带着我，把我独自留在这里呢？难道，是你当了西楚霸王，嫌弃我了，不爱我了？"

"呵呵，真像个孩子……"项羽搂紧她，轻轻在她鼻尖上吻了吻，笑着说，"从前，为了推翻秦朝，我和叔叔在会稽郡起义，随后东征西讨，转战南北，一直居无定所，所以我才带着你一路同行，怕你一个人寂寞、不安全，怕你一个人吃苦受累。现在，秦国灭亡了，咱楚国又正式定都在这里，你看，这新建的城池、宫殿和咱们的寝宫，如此豪华气派，终于有了一个安定的家。吃有山珍海味，穿有绫罗绸缎，在家有宫女伺候，出门有卫兵相护。我即使走得再远，也是放心的。不再带你出征，也是不愿意再让你跟着我颠沛流离，过那种风餐露宿的军旅生涯。再说，现在又是冬天，北方很冷，我是心疼你，怎么能说嫌弃你，不爱你呢？我爱你，爱你到海枯石烂、地老天荒！"

虞姬动情地拥着项羽，嗔怪道："看你，我只是开个玩笑，你就当真了。"

"其实，不带你出征，这还是第一次，我心里也有些舍不得啊！"

虞姬动情地说："我知道。咱结婚四年来，你对我的宠爱，对我的柔情蜜意，我是十冬腊月喝凉水，点点滴滴都在心头啊！我一直愿意跟着你，伴随着你，是一刻也不想离开你。一会儿看不见你，就想念你。只有在你身边，天天能看见你，我心里才踏实，才安稳，才吃得下，睡得香……"

项羽信誓旦旦道："我保证，从齐国得胜回来，再也不离开你！"

"去齐国平叛，你有绝对的把握吗？"

"难道，还有你夫打不赢的仗吗？"

虞姬想了想，笑笑说："目前还没有，大家都称我夫是盖世英雄，无敌的战神。"

在这个世界上，最了解或者说最懂得项羽的，莫过于虞姬。

十八年前，同是楚国贵族的项羽和虞姬家族，因逃避秦灭楚的屠杀，从亡国之都寿春①分别迁至家乡泗水下相②和沭阳③隐居，两地相距不足一百里地。由于长辈的关系，项羽和虞姬自小一起长大，青梅竹马，成年后便结为秦晋之好。他们正式结婚这年，项羽二十四岁，虞姬才十六岁。婚后不久，陈胜、吴广在蕲县大泽乡④起义，项羽和叔叔项梁也于秦二世元年（前209）在会稽郡⑤杀了郡守殷通树起了义旗，从此开始了南征北战、戎马倥偬的讨伐之路。从那时起，虞姬陪伴着夫君项羽随军出征，项羽战到哪里，她就跟到哪里。正像传统京剧《霸王别姬》里虞姬的唱词所言："自从我，随大王，东征西战，受风霜，与劳碌，年复年年……"每当项羽在外作战，虞姬就守在帐中备好浓茶，温好热酒等待项羽归来，还时刻挂念着前线的战事，得胜回来为他高兴，战事不利为他分忧。有一次，项羽从定陶⑥战场上归来，虞姬见他不像从前打了胜仗回营后一副"无敌英雄"雄赳赳、气昂昂的样子，而是满面悲怆，眼睛红肿，眼圈儿里还含着一汪泪水。虞姬猜想，夫君可能是在战场上受挫了，便不再多说什么，默默为他脱盔卸甲，解剑摘靴，服侍他坐下，亲自端来由侍女熬制好的鹿茸人参汤。项羽泪眼婆娑地望一眼虞姬，突然抱着她号啕大哭："……叔父死了……被秦军杀害了……"虞姬惊愕了，也搂着项羽痛哭起来……虞姬知道项羽和叔叔项梁的深情厚谊。项羽自幼丧父，是在项梁的抚养下长大的，叔父不但教他精练十八般武艺，还教他研习兵书战策。项梁的父亲、项羽的爷爷项燕是楚国的著名大将，二十年前（前223）与秦将王翦在灭楚的战斗中身亡，从此，项梁与秦国结下了血海深仇，这也是项梁带着侄子项羽起兵反秦的原始动力。现在，爷爷的仇还没有报，叔父

---

① 今安徽省淮南市寿春县寿春镇。

② 今江苏省迁宿市宿城区。

③ 今江苏省沭阳县颜集镇。

④ 今安徽省宿州市。

⑤ 今江苏省苏州市。

⑥ 今山东省菏泽市定陶区。

的命也丧在了秦军之手，旧仇加新恨，项羽怎能不悲痛欲绝呢！自认识项羽以来，虞姬从没有见项羽哭过，更没有见过他还有眼泪，这是虞姬第一次看见他有这么多伤心的泪水，也是第一次听到他还有如此哽恸的哀声。在这个战火纷飞的乱世，最能洞悉项羽内心、最能理解项羽做人、最能欣赏项羽性格的，唯有虞姬。当年在秦始皇巡游会稽郡时，少时就力能举鼎的项羽夹杂在人群中，目睹着皇帝如此排场、奢华威风的场面，恨得咬牙切齿，对叔父项梁说"彼可取而代之"，可见他的霸气和志气，为此虞姬毅然决然嫁给了他；叔父死后，他悲愤之下率领两万将士渡过黄河北上，在"巨鹿①之战"中创作出"破釜沉舟"的传世之作，三天内九战秦国著名将领章邯，杀死十万秦军，那是他智勇双全"战神般"的再造，从此一举成名天下皆知，让虞姬由爱慕变为崇拜；进入咸阳斩杀秦三世子婴及大臣并火烧阿房宫，世人都说他残暴，但在虞姬看来，这正是他为爷爷和叔叔"复仇"的以暴制暴以牙还牙……项羽冷酷无情吗？非也！刘邦因外部条件使然不费吹灰之力先期破秦进入咸阳沉湎酒色和钱财，还企图自立"汉中王"并在函谷关阻击项羽大军入秦。自东一路浴血奋战的项羽愤怒之下，准备将刘邦围歼于灞上，但另一个叔叔项伯却背叛项羽告密，让刘邦逃过一劫，这还不算，在"鸿门宴"上，还阻止"项庄舞剑、意在沛公"除掉刘邦，而以流氓手段耍无赖见长，谎话连篇的刘邦上演了一番"苦肉计"，则让心慈面软、具有贵族精神和士大夫义气和风度的项羽对他依然"称兄道弟"，而且念及亲情，没追究项伯"罪该当诛"的责任……这才是真正的君子，真正的男人，真正的英雄。在虞姬看来，能一生一世跟定这样一个男人，是自己的幸运、自豪和光荣。所以，这些年来，她心甘情愿伴随项羽四处征战，驰骋沙场，看着他跃马扬鞭，身至壕边，兵临城下，所向披靡。盼望他风尘仆仆地凯旋，甚至闲暇起来，悄悄端详他

---

① 今河北省邢台市巨鹿县一带。

的一颦一笑或者是一抹喜乐或忧伤的眼风……

项羽兴奋而又自豪地说："从跟叔叔起义反秦到现在为止，我没有仔细算过，大大小小的仗，可能已经打了大概有几十场了吧，攻无不克，战无不胜。"

虞姬点点头道："我都给你记着，总共三十六场，都是胜仗。"

项羽哈哈大笑："呵呵，那你还担心什么？我是霸王！一个小小的齐国，区区一个弱如草芥的田荣，我大军一到，肯定手到擒来，说不定他们会望风披靡，不费吹灰之力，就能完胜回朝了。"

虞姬沉吟片刻道："我不担心你去齐国打田荣，我有点害怕刘邦……"

"刘邦？"项羽迷惑地望定虞姬，"他远在千里之外大西北的巴蜀汉中一带，害怕他什么呢？"

"我怕他趁你率军北上伐齐之机，来偷袭咱们彭城。"

"这怎么可能，不可能，不可能……"项羽摇着头说，"借他仨胆，他也不敢。"

"我一直有个感觉，军师范增说得对，把秦朝灭了以后，敢跟你争夺天下的，就是那个沛县的地痞无赖刘邦。军师几次设计让你把他除掉，你总是不忍心下手。我跟你在咸阳时，目睹刘邦的所作所为，他可不是个善茬，是一个十足的小人。他说一套，做一套，谎话连篇，富于心计。别看他现在装出一副甘于你之下的老实样子，对你恭恭敬敬，但暗地里，对你是一百个不服，早晚会跟你翻脸，一旦时机成熟，定会反扑过来与你兵戎相见。"

项羽沉吟片刻道："没事，这个我知道，一直有所防范。今年三月分封时，我听从范军师的建议，把他的'关中王'改成了'汉中王'，别看一字之差，就是让他离开富庶之地去封闭贫瘠的山区，对中原鞭长莫及，在交通不便缺兵少将的地盘上，他即使想图谋不轨也无能为力。另外，不管怎么说，我们曾是磕头结交的弟兄，我对他也算不薄，一直给他生路，他虽然心有不甘，但一时也不会对我下死手。我这次去齐国，一两月也就率大军返回了，所以没事。另外，我虽把大军带走了，但周边各地都有驻军，城里也留了一万多人，你放心就是。而目前所发生的实际情况是，第一个跳出来公开反对我，企图搞独立的，并不是刘邦，而是田荣。"

项羽之所以这么判断，是因为他太了解刘邦了。

刘邦投靠项羽之前，是沛县①的一个亭长②。有一次，上级要他押送一批民夫到骊山去做苦工。路途上，每天都有一些民夫偷偷开小差逃走，刘邦根本管不住。这样一路下去，到了骊山就剩不下十几个人了，根本无法交差，非被杀头不可。无奈之下，刘邦带着剩下的十几个民夫，逃到芒砀山③里躲了起来，接着又陆续来了一百多人"落草"。据说，刘邦在这里遇到一条巨蛇挡道，他挥剑将蛇砍成两截，这就是"斩蛇起义"的传说。不久，与刘邦交好的沛县县衙的文书萧何和监狱官曹参杀了县令，请来刘邦当首领，召集了两千多人攻打丰乡，但因人手不够，未能成功。此时，在附近的好几支起义队伍中，只有项梁声势最大，人数最多，刘邦就决定去找项梁请求支援。项梁应允，让项羽带兵去帮刘邦。项羽兵到城破，刘邦感激涕零，对项羽作战时的英勇果敢和指挥能力敬佩得五体投地，一口一个"大将军"地称呼项羽，尽管这时刘邦已经四十九岁了，而项羽才二十五岁。刘邦见项梁兵强马壮，项羽又如此骁勇善战，就带着他的这支队伍投奔了过来，人数相当于一个团吧。如果把项梁的军队比作一个师的话，项梁是师长，项羽是副师长，刘邦算是个团长，必须听从项家叔侄的指挥。不久，陈胜、吴广等主要起义领袖相继战死以后，各地起义军的领导权都落在旧六国贵族的手中，彼此争夺地盘，闹得分崩离析。秦国的大将章邯、李由等，企图趁起义军"闹矛盾"之机将其各个击破。

---

① 今江苏省徐州市沛县。

② 秦朝十里是一亭，亭长是管理十里以内的小官。

③ 今豫、皖、苏、鲁四省接合部的河南省永城市芒山镇。

在此紧要关头，项梁在薛城①召开会议研究对策并整顿起义军。会上，项梁听取谋士范增的意见，把流落在民间成了"放羊娃"的楚怀王的孙子名叫熊心的找了出来，立为楚王。因为楚国人对当年楚怀王受骗死在秦国一直愤愤不平。现在为凝聚人心和提高号召力，大家仍把他的孙子称作楚怀王，其实就是一个傀儡"皇帝"，军政大事还是项梁说了算。几个月后，项梁不幸在定陶战死，楚怀王熊心趁机强势起来，借楚军内部出现分裂，不念及项氏家族立楚的功勋，大肆打压军威甚高、过于锋芒毕露的项羽，极力推崇刘邦并提拔重用。在分两路进攻秦军时，授予没打过几次仗的刘邦为"西征元帅"之职，带兵从西面朝秦国国都咸阳进军，让项羽的军队归于宋义②旗下任副元帅，从东路前去面对秦国主力章邯的部队，并当众约定，谁先入关进入咸阳，谁就是"关中王"。这个约定，不用说是故意偏袒刘邦而制约项羽的，因此，这也是后来项羽将熊心赶出国都将其"路杀"的主要原因。出征时，平步青云、心满意足的刘邦拉着项羽的手，连声向项羽讨好："项大将军，我什么都不是，你身上一根汗毛，比我的腿都粗，这都是楚怀王安排的，我没有办法。项将军神勇无比，肯定是先打到咸阳，在下届时会先去祝贺……"项羽横眉竖目，睨斜刘邦一眼道："你肯定很想做关中王吧！"刘邦连忙说："非也，吓死我也不敢！不信，我高攀一步，咱俩结拜为生死兄弟如何？"项羽闪闪眼睛道："这怕是不妥吧！你比我大太多了，是我叔叔辈儿的……"刘邦一脸虔诚道："八拜结交，不分大小，不求同日生，但愿同日死，在下最佩服将军，与将军结拜是我今生最大的心愿！莫非，项将军是看不起……"项羽闻听此言，连忙说："好吧，好吧！我答应哥哥就是了。"刘邦西进，没打几仗就攻入了咸阳，而项羽随宋义东

① 今山东省枣庄市薛城区。
② 原为楚国令尹，秦末农民起义爆发后，六国复辟，宋义投到楚将项梁麾下，后被楚怀王任命为大将军。

征，在"巨鹿之战"前的途中杀掉宋义取而代之，才迫使楚怀王接受项羽做主帅，从此成为号令天下诸侯的"西楚霸王"。项羽一路攻城略地、浴血奋战，这才去了刘邦已经占领并俘虏了秦二世的咸阳城。尽管，有种种迹象表明，刘邦确实想当"关中王"，有这样那样的野心，但一直以来，他一直是项羽的部下，不可能要跟他争取天下。项羽认为，列土分封不服气的，可能是那些跟自己没有并肩作战，也没有什么交情的诸侯，刘邦不会有也不敢有这样的野心，目前，他即使有这个心，但也没这个胆，更没这个实力……

听了项羽一席话，虞姬想了想说："可我听说，刘邦已经出关了，而且击败了你立的雍王章邯，收降了塞王司马欣、翟王董翳，占了三秦之地。谁知道，下一步他会怎么样呢……"

项羽一愣："你听谁说的？"

虞姬笑笑："范增可是咱们的义父啊，我无意中听他说的。"

项羽不以为然道："是有此事，但张良来了书信，说刘邦占领汉中，是为了遵守当初楚怀王熊心所颁'先攻入咸阳者即为汉中王'的盟约，想得到关中而已，并无东进与我争雄的意图，不用担心。正因为这个，我才把熊心这个小崽子赶出国都，在半道上杀了他永绝后患。要不，他真把自个儿当成了皇帝，天天在我眼皮底下指手画脚，发号施令。"

"铲除熊心，我是赞成的，因为当初是叔叔项梁为反秦需要，把流落到民间的楚怀王孙子找出来，立了这么一个楚王的'牌位'，便于各路英雄在恢复了楚国的旗号下结成反秦联盟。如今秦朝被推翻，他也就没有任何用处了，再说，他一贯偏袒和支持刘邦……"虞姬说着，话锋一转，忧心忡忡道，"但张良说刘邦无意东进的话，可信吗？他可是刘邦的谋士啊！"

"张良虽辅佐过刘邦，但分封时，我故意把他们剥离开了，让本来就是韩国人的他去韩国任相国了。张良跟咱们楚国的项家都是贵族，与叔叔项梁和项伯是至交好友，还救过项伯的命，和我也早就相识。张良跟我一样，先祖也是被秦朝所害，他在博浪沙刺杀秦始皇，虽没得手但名扬天下，是个真正的义士。这么一个大英雄，况且他已经离开了刘邦，面对这么重要的事情，怎么会无缘无故欺骗我呢？不会，你一百个放心就是。"

"好吧，但愿如此……"虞姬不再说什么了，朝项羽怀里拱拱，将脸颊贴在他的胸膛上，柔声道，"妻盼夫君万事珍重，胜利凯旋……"

项羽和虞姬的这一幕暂时离别的情景，发生在汉元年（前205）十二月上旬的某天深夜，地点是彭城西楚霸王新落成的寝宫里。

第二天凌晨，从咸阳归来不到半年的项羽，告别爱妻虞姬，统领二十万大军从彭城出发，奔赴千里之外、与楚国北部接壤的齐国都城成阳。

成阳是个古地名，在今山东省菏泽市胡集镇一带，当时是秦朝灭亡后齐国复立后的国都，由已故齐王的后代田荣为相国。田荣在反秦的战争中立有功勋，但项羽在灭秦后分疆裂土时，因种种原因没有封他为王，因此大为不满，不久便起兵打跑和杀死由项羽分封的"三齐"国王田都、田市和田安，将"三齐"之地全部占领，自立为王，公开与项羽叫板。

这是自灭掉秦国，由项羽"主政"分封天下诸侯以后，从咸阳①回到自己楚国新设定的国都彭城②不到三个月，就发生的第一起"谋反"事件。项羽十分震怒，但由于刚刚回来，有许多大事要做。一是在阳翟③收拾了亲近刘邦和张良的韩王成；二是将碍手碍脚的"傀儡"楚怀王"义帝"熊心赶出彭城并指使自己的亲信九江王英布在半道将其暗杀；三是全力以赴建设国都尤其是营造自

---

① 今陕西省咸阳市。
② 今江苏省徐州市。
③ 今河南省许昌市禹县。

己豪华的宫殿。因此没有时间和精力亲自前去"平叛"，只是派大将前去镇压，但走到半道，就被与刘邦交好并投奔田荣的彭越部队击败。直到半年以后，田荣不断扩张，越来越严重危及到楚国北方的安全，大有与自己争霸天下之时，而项羽此时也腾出手来了，才决定亲率大军去齐国征讨田荣。

但这场在项羽看来，虞姬也深信不疑，肯定会"手到擒来"的战事，并没有他们想象和预料得那么顺利。当然，田荣根本不是项羽的对手，楚军一到成阳，就把城池破了，从这一点来看，项羽的自信不可置疑。但意外的是田荣在混乱中逃跑了，逃亡到二百多公里外的平原县^①，被憎恨他的当地百姓所杀。事已至此，按说也可以完事了，齐国又回归了楚国，派将驻军即可班师回国了。只是，本该结束的战事，却让项羽的一时意气用事，生生给搅乱了。田荣被杀，项羽痛恨齐国背叛自己，同时也因没能擒获或手刃田荣而感到不快。于是，他将齐国的城郭和房屋烧毁，坑杀齐国降卒甚至平民百姓，疯狂洗劫。齐国上下对项羽的暴行深恶痛绝，奋而反抗，尤其是田荣的弟弟田横，见民怨沸腾，便趁机收拢残余的兵力与楚军展开了激烈的对抗，一时间齐国全民皆兵。项羽率领的楚军虽然强大，但却一时难以平息反抗控制局面，双方形成了拉锯战。就这样，项羽和楚军陷入齐国战争的泥潭之中，一直从十二月到第二年的四月，还拔不出腿来。

有时候，一念之差，会付出惨痛的代价甚至是覆国的危险。

如果，项羽没有忘记虞姬对他的期盼，早点回归，也就没有后面的故事了。但问题是，项羽忘记了，说忘记也不是很准确，准确地说是项羽可能没有忘记，而是由于自己与生俱来的从不受挫和服输的性格使然，发泄一下再回归不迟，反正胜利是肯定的，只是迟早的事。

正是这个当时看来无足轻重的"发泄"没能及时撤军，让虞姬

---

① 今山东省德州市平原县。

担心、而项羽则认为"不可能"的事情发生了——

刘邦亲统五十六万大军，趁项羽率楚国主力部队北伐齐国、后方空虚之机，突然袭击并一举占领了楚国的国都彭城。用句俗话说，是刘邦对项羽实施了"抄家"行动，端了项羽的"老窝儿"。

举世闻名的"彭城之战"由此爆发，并从此正式拉开了"楚汉战争"的序幕。

其实，趁项羽率楚军主力平息田荣反叛之机，把他的国都"拿下"，并不是刘邦跟项羽争夺天下的战略构想，而是临时动议，也可以说是突发奇想。

在项羽没有征伐齐国之前，刘邦和他的汉军在大将军韩信指挥下，以"明修栈道、暗渡陈仓"之计打入并占领汉中。同时，利用一些诸侯在项羽分封功臣时没有得到相应的位置和地盘而怨声载道之时，挑拨离间背叛项羽，结成了统一的"反项战线"和联盟。接着，刘邦出兵函谷关[①]，进至陕县，河南王申阳、韩王郑昌相继投降。此时，刘邦所控制的区域，已经接近彭越活动的巨野泽地区[②]。如此一来，不仅东部黄河南北两岸的几支反楚力量连成了一片，而且与西部的刘邦也很快就能合成一体了。但这种状况并没有引起项羽的重视，他只是出兵应付，认为只是局部的不稳定因素，主要原因是对他分封不满意而"闹事"，再加刘邦在十一月初的时候，又带兵返回了关中，而项羽，也忙于在彭城建设国都等诸多事宜。一直到齐国把事情"闹大"，他才腾出手来亲率大军去征讨，此时已经到了十二月的冬天。

得知项羽出兵齐国的时候，刘邦还没有打算攻打彭城，而是想把楚国周边的地盘都彻底"瓦解"占领了，对彭城形成包围圈儿，然后再开始全面进攻项羽。于是，他于汉二年（前205）三月，再

---

① 位于豫陕晋三省交界，今河南省三门峡市灵宝市北十五公里处。

② 今山东省菏泽市巨野县城北至梁山县以北一带。

次率兵出关，东渡黄河后，在平阳①收降了魏王魏豹，接着又攻占河内郡②，掳获殷王司马卬。然后刘邦试探性继续南下，由平阴津③南渡黄河，抵达洛阳。在这里，刘邦宴请各路反叛项羽的诸侯，席间，有人呼吁，乘项羽率大军在齐国作战之机，攻打彭城，一下子把楚国灭了吧。但刘邦不以为然，只是抿嘴一笑。这时，有人在他耳边说，你老爹老娘和老婆，还有两个孩子都在老家沛县，离彭城才一百多里地，现在项羽的地盘上，不接出来早晚会有后患的。刘邦一愣，心里一颤，可不是吗？自"斩蛇起义"后投奔项梁和项羽反秦胜利到现在，已经三年多没有回老家沛县泗水亭了，爹娘岁数大了，妻子吕稚，还有长子刘盈和长女刘乐，现在境况如何呢？实在是太让人想念和挂念了，若日后和项羽公开翻脸干仗，岂不是成了项羽的人质？想到这里，刘邦还偷偷掉了几滴眼泪。因此，刘邦突然决定偷袭彭城，完全是因想念至亲并从项羽的地盘上将他们"解救"出来以防被项羽"劫持"。但是，出师的名义，则是昭告天下诸侯，以项羽暗杀义帝"为义帝熊心复仇"为名，宣誓伐楚，攻打彭城。为此，《史记·高祖本纪》曰："发使者告诸侯曰：'天下共立义帝，北面事之。今项羽放杀义帝於江南，大逆无道。寡人亲为发丧，诸侯皆缟素。悉发关内兵，收三河士，南浮江汉以下，愿从诸侯王击楚之杀义帝者。'"

于是，当年四月，"彭城之战"正式拉开了序幕。

刘邦占领彭城，不费吹灰之力，因为项羽率大军远在齐国，留下的那点部队，根本经不住刘邦几十万联军分三路长驱直入的进攻。这个过程，史书有详细记载，在此没有必要详细叙述。但值得言说的是，气势汹汹、人多势众的刘邦联军，被项羽率三万精锐从齐国绝地反击，只用了半天时间，就击溃了刘邦的五十六万大军，歼灭

① 今山西省临汾市。

② 今河南省焦作市武陟县大虹桥乡一带。

③ 黄河古渡口，今河南省洛阳市孟津县白鹤镇鹤西村白鹤古渡。

了刘邦的主力，创造了中外古代战争史上速战速决的"闪电战"典范，亦是中国历史上以少胜多的著名战例。

彭城之战，不是因为刘邦偷袭并占领彭城而闻名，而是以项羽英勇果敢、雄才大略的卓越军事指挥才能，仅用一比二十的兵力，就打得占领彭城的联军措手不及，顷刻间土崩瓦解，溃不成军，使刘邦陷入"发关中老弱未傅悉诣荥阳"的危机局面，从而扭转了项羽四面皆敌、孤立无援的政治局面，重新占据楚汉战争的主动权，才名垂千史，万古流芳的。

刘邦占领彭城又很快丢失并导致毁灭性惨败，原因是多方面的，据《史记·项羽本纪》记载："春，汉王部五诸侯兵，凡五十六万人，东伐楚。项王闻之，即令诸将击齐，而自以精兵三万人，南从鲁出胡陵。四月，汉皆已入彭城，收其货宝、美人，日置酒高会。项王乃西从萧，晨，击汉军，而东至彭城。日中，大破汉军。汉军皆走，相随入縠（音鼓）泗水，杀汉卒十余万人。汉卒皆南走山，楚又追击至灵璧东睢水上。汉军却，为楚所挤，多杀，汉卒十余万人皆入睢水，睢水为之不流。围汉王三匝。于是大风从西北而起……汉王乃得与数十骑遁去。"可见，以三万对五十六万，兵力悬殊，但刘邦和联军的主帅骄傲自纵，轻敌而不以为备。另外，汉军虽多，却是乌合之众，其中大部分是收集来的诸侯之兵，各自为战，不能协调一致，兵员虽多，却没有战斗力。特别是自巨鹿之战以后，人人皆畏惧项羽，以致望风而丧胆，因此一见楚军来进攻时，不战而逃，自乱阵脚。再加刘邦进入彭城后，"收其货宝、美人"，把妻子、父母、子女从沛县接来，天天庆贺，日日饮酒狂欢，根本想不到远在齐国的项羽会从天而降、反戈一击。

西楚霸王做了不到一年，国都被占，"老窝儿"被端，尤其是爱妻虞姬落入了刘邦之手，项羽陷入了有生以来的第一次重大危机，也可以说是毁灭性的打击。可见，他"咬碎钢牙"收复失地，夺回家园，置之死地而后生的决心是多么的强烈。项羽在义愤填膺的同时，迸发出了一个军事天才的异常灵感和刚烈的血性。他将主力部队继续留在齐国应战，以迷惑刘邦自己的大军没有回撤的意思，悄悄精选出三万骑兵由齐地向东迂回然后疾驰南下，长途奔袭，接着自东向西以迅雷不及掩耳之势，趁拂晓向彭城发起总攻，到中午就攻入城中，斩杀联军数十万。还在梦中的刘邦顾不得妻儿老小，只带了十余个贴身护卫仓皇出逃。项羽率军追至灵璧①以东的睢水上，再斩杀联军十余万。刘邦和其余部逃入睢水，溺死者不计其数，"睢水为之不流"。项羽将刘邦及其残部包围，正待聚歼之际，忽然西北大风猛袭而来，飞沙走石，树木连根拔起，一时间天昏地暗，使得项羽军阵营大乱。刘邦趁机仅带十余名骑兵突围而逃，联军几乎全军覆灭……

更重要的是，刘邦刚从老家接来的父母和妻子，成了项羽的俘虏。

傍晚时分，项羽率军返回彭城，迫不及待来后宫会见虞姬。

虽然，他已经得知爱妻安然无恙。

项羽从乌骓马上跳下来，提着长戟，顾及不得战袍上还溅满鲜血，就急冲冲走进寝殿，看见虞姬朝他扑来，一把将她抱在了怀里："爱妻，你受惊了……"

虞姬扎在他怀里抽泣："我……我以为再……再也见不到你了……"

"刘邦这个老匹夫，没有欺负你吧？"

"没有，他还派人守在宫外，不得越步，仍由原来的宫女侍奉于我。"

项羽出口长气，拭拭虞姬眼角的泪，欣慰道："这就好，刘邦还算是个人。"

"我虽然一直辱骂他，但他不曾恼怒，口口声声叫我弟妹，说不会伤害我一根汗毛，还让他妻子和母亲，来宫里陪我说话。"

---

① 今安徽省宿州市灵璧县。

"他这样善待你，那我也以礼相还，不伤害他的妻子和父母。"项羽放开虞姬，对身边的侍卫道，"传令下去，对刘邦的家眷解禁，松绑，一日三餐好生款待。"

项羽出征齐国时，是隆冬时节，现在打回来，已是初夏了，快有半年光阴了。

虞姬仔细打量着项羽，见他面容憔悴，瘦了许多，眼睛里布满了血丝，胡茬子有半寸多长，盔甲上血迹斑斑，一只长靴还撕开了一道长口，像是被剑刺破的，心里一紧，近前紧紧拥住他道："太可怕了，从今往后，我再也不离开你了……"

项羽将长戟递给护卫，搂着虞姬，爱怜地说："好，好！以后，我走到哪儿，就把你带到哪儿，永不分离！"

荥　阳

初夏时节，万物竞荣，鲜花盛开，黄河水波涛滚滚，广武山巍峨苍翠。

在太阳变大渐渐朝西山坠落的时候，项羽带着虞姬，率领大军越过黄河，从齐地来到了荥阳郡①的地界上。

此时此刻，是汉三年（前204）四月某个傍晚，在黄河南岸的沙滩上，距离荥阳城约十五公里处。

项羽下令："把荥阳城围住，中军在此安营扎寨。"

现在，"彭城之战"大败后的刘邦逃至此地据守。

去年，大概也是在这个季节，项羽将占领彭城的刘邦打败。死里逃生的刘邦一路向西逃亡，到了下邑②，才收集陆续溃败而来的残兵败将，然后退到荥阳防守，补充兵员，训练人马。荥阳是西进函谷关与东出黄河的必经之地，战略位置十分重要。刘邦

---

① 今河南省郑州市荥阳市。

② 今安徽省宿州市砀山县。

和汉军在荥阳西北经黄河修筑运粮通道，取秦二世留下来的"敖仓之粮"①以保障荥阳的供给，再加留守在关中的萧何征集到大批兵员和物资送来，准备与楚军再次决战。而当时的项羽，因为齐地的彭越一直袭扰楚国的北部，再加齐国的田横作乱还没有完全平息，击败刘邦后，便又带着大军去讨伐了。当然，这次出征，带上了虞姬。因为刘邦偷袭彭城使虞姬落入"虎口"，让项羽和虞姬都心有余悸，再不能有半点差池和丝毫的大意了。齐国的反叛终于镇压下去了，彭越也被打散隐匿于山林之中落草为寇。于是，项羽这才从齐地追打刘邦至荥阳，报其偷袭国都"占领彭城"之仇。

后世有论者称，项羽何不乘胜追击，一鼓作气把刘邦赶尽杀绝，甚至一举占领了关中？连毛泽东也诗曰"宜将剩勇追穷寇，不可沽名学霸王"，埋怨项羽的优柔寡断。不然，也就没有了旷日持久、艰苦卓绝，致使自己最后失败的楚汉战争而统一中国当上皇帝了。但是，事实应该是，项羽当时也想"追穷寇"，但他通过对局势的研判，感觉一是大军还在齐国，只带了三万骑兵往远里追讨是很危险的，再加刘邦逃到的第一个落脚点是大邑，那里是他小舅子吕侯的地盘，城池坚固，仅靠骑兵是拿不下来的；二是，之前本是他手下大将的九江王英布投靠了刘邦，从中拦截了一下；第三，刘邦从大邑退到荥阳后得到了萧何的补给，粮草充足，兵员剧增。而自己这里的情况是，齐国的战事又起，所以他不得不"放生"刘邦，先去齐地收拾了彭越和田横，才率大军再去寻刘邦交战。

历史无法改写，也没有对错，所有的一切，都在按照应该有的逻辑和节点向前递进。

项羽指挥大军将荥阳城团团围住，昼夜攻打，但城池坚固，刘邦坚守不出，半个多月也不能奏效。

---

① 敖仓是秦代设置的重要粮仓，在今河南省荥阳东北敖山下黄河和济水的分流处，中原漕粮由此输往关中和北部地区。

这时，军师范增对项羽说："大王，你不必着急，咱们只要将刘邦围住，用不了几日，汉军会不战自乱，他也会主动前来求和。"

　　"对！对！"项羽恍然大悟，高兴地说，"之前，我听从亚父的计策，已经派大将钟离眜将他的敖仓粮道切断了，不投降就会被饿死。"

　　范增今年已经七十三岁了，五年前，他不顾年老体衰，追随项梁反秦当了军师，为义军出谋划策，项梁战死后，又做了项羽的谋士。项羽极其尊敬范增，对他言听计从，一直以"亚父"相称。

　　果然，刘邦派使者举着白旗，出城来找项羽求和了。这是没有办法的事，因为粮道被项羽切断后，城里储备的粮草已消耗殆尽，外围的周边被楚军卡死，真是"内无粮草，外无救兵"，城里的士兵和百姓，已经饿死了三分之一，再这样硬挺下去，无异于自取灭亡。

　　使者带来了刘邦的手书，意思是只要项羽答应退兵，愿意以"土地换和平"，将荥阳以东土地割让给楚国。

　　项羽看过书信，眨眨眼睛，之后挑起眉头令使者退下等候答复，将书信递给了范增："亚父，你看……"

　　范增看罢，皱起双眉问项羽："大王，你的意思呢？"

　　"我觉得……"项羽沉吟片刻道，"仗多打一天，士兵和百姓的伤亡就多了几分，我厌倦了战争，想过太平的日子。既然刘邦主动求和，这说明他已经失败了，认栽了。我们得到荥阳以东的土地，扩大了楚国的地盘，双方就此偃旗息鼓，各安生息，应是正道，亚夫以为如何呢？"

　　"错！大错特错！"范增不假思索，瞪大眼睛，铿锵有力道，"大王，你难道还不吸取教训吗？从刘邦加入义军起，我就提醒你和你叔项梁，可你们不听，一而再再而三放过他，让他不断做大做强。现在，他陷入前所未有的危机，断粮无援，军心涣散，城里百姓扒光了树皮，士兵无力举起刀枪，是一举歼灭他的最好时机。他是在走投无路、万般无奈之下才出此缓兵之计，难道你还要给他生路，让他死里逃生卷土重来吗？"

"嗖……嗖……"项羽额头冒出一层细汗，望着激动的范增嗫嚅道，"亚父别着急，亚父的意思是……"

"现在，不只是围而不打，还要全力攻城！"范增掷地有声道，"拒绝议和！"

项羽听从范增的决定，赶走使者，加紧对荥阳的进攻。

然而，正当项羽加紧修复和制作云梯、撞车、飞桥、抛石机等助攻破城的器械和工具，即将对荥阳城全面展开攻击时，对楚国和项羽忠心耿耿的范增，却突然去世了……

范增离世，严格来说，是被项羽气死的，进一步细说，是被生性多疑的项羽怀疑他对自己"不忠"甚至"功高盖主"，一怒之下将其逐出楚营。范增不得已"告老还乡"，走到半道"疽发背而死"。

但这件事的发生，项羽并不知道是刘邦为摆脱困局和危机，在关键时刻精心策划的"离间计"。为此，虞姬和项羽还为"范增的去留"展开了激烈的争吵，这也是他们夫妻毕生第一次产生矛盾冲突。

这是一个夜晚的巳时许，也就是现在的九点半左右，在楚军大营的军中宝帐里，范增弓身站在项羽的背后，因为范增实在老了，脊背弯曲了，而此刻项羽则不愿意看见他。

范增咳嗽一声，是想提醒项羽自己来了，但项羽并没有转身。

"大王……"范增感觉到了异样，轻轻唤了一声，接着说，"十多天过去了，为何还不下令攻城呢？"

项羽还是没有转身，也没有说话。

虞姬在一旁连忙用手捅了捅项羽，示意他转身回范增的话，之后给范增搬来椅子："亚父，快快请坐！"

范增没有坐，望着项羽高大厚实的后背，心里不由一阵阵颤抖。现在，范增陡然明白了，项羽果然"中计"了。因为，最近几天，营中的官兵不断传出流言，说自己对项羽在分封天下时没有赐予自己爵位十分不满，暗地里与刘邦来往交好。这些流言蜚语，不但造谣中伤自己，还把项羽最信赖的大将军钟离昧也捎带上了，说是两个人和刘邦约定好了，要共同消灭项羽，分占项羽的国土。范增闻后，哈哈一笑，知道这是刘邦的"反间计"，如果传到项羽耳朵里，他是不会相信的。但没有料到的是，昨天项羽突然削弱了钟离昧的兵权，在一次重大的军事会议上也没让他参加，对自己也有些冷淡。莫非，项羽将流言信以为真，上当受骗了吗？正是抱着这样的心态，范增趁夜深人静之时来找项羽谈谈心，以消解他的疑惑和猜疑。可没想到的是，项羽突然判若两人，对自己如此木然和冷漠，变得如此陌生和薄情，因此不寒而栗。

跟随项羽已经四年了，他对项羽的性格了如指掌。他是一个大英雄，却不是一个好领袖；他能经常打胜仗，但不一定能赢得最后的战争；他为人真诚，处事果敢，但却刚愎自用，孤傲多疑。看来，现在对他说什么都是多余的了，再解释也改变不了他，所以只能是尴尬离开才对……

"王驾千岁，不打扰您休息了，老朽告退了。"范增是第一次开始这样称呼项羽，也是第一次称"您"给他弯腰作揖施了一个重礼。

"慢！"项羽突然一声断喝，转过身来，用犀利的目光逼视着范增问，"我想知道，我待你如同父亲，可你为何私通刘邦呢？"

范增微微一笑，捻着几乎全白的须髯反问："王驾千岁是相信刘邦，还是相信老朽呢？"

项羽颦蹙双眉，想了想，愤怒地说："前几天，我让使者去汉营，他们以为是你派去的，隆重接待，后听说是代表我去的，立马慢待且羞辱一番。可见，你跟刘邦关系非同一般，早就在暗地里私通，可惜我傻傻的一直被蒙在鼓里！"

范增愣了愣，问："此事是听谁说的？"

"我派去的使者，回来后向我报告的，不然我也不会相信。"

"汉军是谁接待的使者？"

"陈平。"

但项羽并不知道，这出"离间"项羽与范增"分道扬镳"的大戏，正是陈平导演的。

原来，前些天为摆脱"荥阳被围"的困境，刘邦派使者找项羽求和未能得逞，是范增阻止的结果。刘邦得知后非常愤恨，再加范增从前屡次几乎将自己置于死地，就召集手下人商量如何解荥阳之危并除掉范增，不然迟早会毁在这个老家伙的手里。这时，身为护军中尉的陈平献出一计，说是他最了解项羽的禀性，最好的办法是用"反间计"，以"软刀子"把范增"杀"了，并由自己亲自实施。刘邦满口答应，按陈平的要求，不惜拨给他四万两黄金，让他放手去做。史书记载称"乃出黄金四万斤，与陈平，恣所为，不问其出入"，"行反间，间其君臣，以疑其心，项王为人意忌信谗，必内相诛"。陈平在汉军里找了一些能说会道的士兵，化装成楚军士兵，带着重金偷偷潜入楚营，贿赂一些楚军士兵散布小道消息，造谣说在项王的部下里，范亚父和钟离眜的功劳最大，但却不能裂土称王，有了谋反之心，准备和刘邦一起灭楚等等。一时间，谣言在楚营里四处流传。一开始，项羽当然不相信，但一直有这样的声音出现，还不断有人向他报告，而且夜间巡察军营时，亲耳听到了这种说法，就起了疑心。接着，刘邦故意邀请项羽派使者来荥阳会谈。使者到了刘邦营中，陈平前来热情接待，让手下准备好精美的餐具和上等佳肴端进使者房间，还将使者请到上座。陈平再三向使者询问军师范增的起居近况，穷尽辞藻赞美范增，贬低项羽，并附耳低声问："亚父范增可有什么吩咐？"使者迷惑不解道："我们是项王派来的，不是亚父派的，你一直问范军师何意？"陈平一听，脸立即沉了下来，故作吃惊地说："哎呀！我们以为是亚父派来的人，原来你们是项王的人啊！"立即让人撤去上等的酒席，还将使者领到一间简陋的客房里，改用普通的家常便饭招待。陈平跟进来冷眼看看，板起面孔拂袖而去。使者尴尬至极，没料到会受此羞辱，气愤不已，回去就将此事一五一十告诉给了项羽，还添油加醋说汉军最佩服范增，项羽只是匹夫之勇……

"陈平！"范增惊恐地问，"陈平是什么人，难道王驾千岁不知道吗？"

陈平是阳武县①人，反秦时先投奔魏王，因得不到重用，又投奔项羽，因表现不错，项羽提升他为都尉，但他并不满足。后在鸿门宴上见到刘邦，认为他能成就大事，就偷偷投向了刘邦。刘邦待他不错，封他为护军中尉，负责监督诸将，调节诸部关系等事务，常伴于刘邦左右。离间项羽和范增的关系，是陈平投靠刘邦后，帮他谋划的第一个计策。

"陈平是个出尔反尔的小人，但这跟你的不忠有关系吗？"

"不忠！"范增心头一沉，感觉胸腔里已经凉透了。他觉得，自己矢志为楚国鞠躬尽瘁的夙愿已经走到了尽头，失去了自己余生将项羽推向最后辉煌的舞台，不是自己不努力，是辅佐的这个后生太年轻气盛……

"亚父，您老人家快快坐下来。"这时，虞姬端着茶走过来，再次招呼范增，"坐下慢慢说，误会一定会消除的。"

范增浑身颤抖，突然双膝跪下了："老朽年事太高，请辞告老还乡！"

"亚父，别……千万别……"虞姬惊叫着不知所措。

不料，项羽平心静气地说："好吧，我会给足你银两，让老人家永无衣食之愁，并派卫兵一路护送到彭城……"

"夫君！你说什么呢？快快收回成命，向亚父道歉，挽留他老人家！"

范增仰天叹道："天下大局已定矣，你好自为之吧……"说着转身离去。

虞姬冲项羽吼叫："快去把亚父追回！"

---

① 今河南省新乡市原阳县一带。

"不必。"

"你可以怀疑任何人，但不能怀疑亚父！你会后悔的……"

"妇道人家，不必多言。"

虞姬气得掩面抽泣起来……

第二天清早，祖籍居鄵①的范增从荥阳东部楚军大营启程，返回千里之外的家眷所在地国都彭城。途中，因愤懑淤胸且失魂落魄，致使毒疮发作而死。

护送他的士兵报来噩耗，项羽大惊，虞姬更是悲痛欲绝。

此刻，项羽知道是上了刘邦的当，但为时已晚。

如今，范增墓位于徐州市和平路乾隆行宫后的土山上，是国家级风景区。据说，对范增的离去和病死，项羽追悔莫及，隆重厚葬范增，派出万余大军用头盔盛土，堆出了这个巨大的坟墓，史称"范增冢""亚父冢"。

但这有什么用呢？

也许，范增的存留，并不能成为影响楚汉决胜的关键，但却意味着，没有范增之后，项羽所率领的楚军则是江河日下，启动了从战无不胜到屡遭失利的异常模式。

还是这个陈平，在实施"反间计"逼死范增，砍掉项羽一只臂膀，扳倒项羽的一根擎天柱，让项羽失去良谋，成为孤家寡人之后，又以一条"毒计"破解了"荥阳之围"，让刘邦成功逃脱。

范增去世后，项羽化悲痛为力量，加紧对荥阳围攻，发誓活捉刘邦和陈平为亚父报仇。然而，正在这时，刘邦派使者前来投书，宣称打开城门"投降"。

上次是求和，项羽听从范增的建议，没有答应，而这次是投降，怎么办呢？

如果亚父还在身边……

可惜，眼前已经没有可商量的人了。

① 古地名，今安徽省桐城市双港镇一带。

"投降？"项羽疑惑地望着使者，"你说具体点，怎么实施呢？"

使者说："我们打开面向楚军的东城门，先让老弱病残，还有妇女儿童先出来。之后，我家主公带着随从跟在后面，之后，城内将士全部缴械。"

项羽点点头，但有点不放心地问："此话当真？"

使者信誓旦旦道："主公有降书，项王您已经看了，此事重大，何能儿戏。来时，主公特意交代，投降之后，他愿意请罪，俯首称臣，杀剐存留，由项王处置。"

项羽笑了笑，得意地说："这个乡巴佬，老流氓，终于服输了！"

使者说："主公的妻子和父母，都在项王你的手里，他这样做，也是为保全亲人尽孝心，望项王成全。主公还说，你们是磕头的弟兄，不应该如此争斗下去，他是当哥的，今年五十三岁了，比项王您大二十四岁，应该是叔叔辈的，要主动让着你才是。说到这里时，我家主公还流了眼泪……"

"唉……我何不想过太平的日子啊……"项羽长叹一声，沉吟片刻道，"此事什么时候进行呢？"

使者说："您同意后，我回去禀报主公，明天就可执行。"

"明天？"

"对，怕迟则生变，是越快越好。"

使者退去后，项羽征求众将的意见，大家一致同意刘邦投降。因为，仗打这么久了，将士们远离故土和亲人，已有了厌战情绪。

接受刘邦投降之事议定完毕，众将散去。

这时，虞姬从大帐后面走出来，忧虑地对项羽说："这刘邦，别不是又耍什么鬼花招吧？你可要小心，不该这么操之过急，应观察几天，派人潜入汉营，打探一下虚实。"

项羽不以为然："刘邦会亲自从城门里出来投降，见到他本人，当场把他俘虏，就完事大吉了，这还有什么信不过的？"

"他如果是诈降呢？"

"笑话，怎么可能！"项羽笑了，"我派重兵守在城门，看不见刘邦本人出来，我大军会攻入城门把他抓了。一样的事，这次，他投降正好，如果是诈降，我照样破城将这老匹夫生擒，无论如何也跑不掉他。"

"亚父生前是让你不给他任何喘息机会，必须置他于死地的。上次求和，你就动了心思，好在最后听了亚父的。"

"可这次不是议和，是投降，性质不同。当断不断，会错失良机，也让世人讥笑我胆小如鼠，没有男子汉的气度和风范。"

"唉……"虞姬叹息道，"如果亚父还在，就好了……"

"别再说了……"项羽一阵愧疚和心酸，喟叹道，"亚父在世，也会赞同这么做……"

第二天一早，项羽在东城门外举行纳降仪式。

城门打开了，护城河上的吊桥也放了下来。待城中的数万百姓拖着缓慢的步履陆续出完，已临近傍晚了。此时，暮色四合，背对残阳的荥阳城东门显得有些朦胧，没有风的踪迹，空气闷热，城楼及城墙箭垛处的旗帜，都换成了白色。

按照约定，再过一会儿，刘邦带着随从，会从这个城门出来受降，因此，项羽将布防在其他城门围攻的军队，抽出一多半调到这里。一是以强大的阵容让刘邦看看楚军的威风；二是防范刘邦以"诈降"出城突袭逃跑。楚军情绪高昂，意气风发，特别是得知刘邦要投降项羽，楚汉战争将要结束，项羽不久即可称帝，大家可以返回老家江东的消息传来，众将士无不欢欣鼓舞，看见项羽直呼"万岁"。

项羽骑在乌骓马上，显得踌躇满志，意气风发，和剑戟林立、威武雄壮的楚军林立在城门，先看见成群结队的妇女从城里走了出来，之后是老弱病残，接着，一辆黄盖车缓缓驶出，车上居中而坐的人，方额头，方脸膛，大鼻子，浓密的长胡子，头发朝上束起成髻，穿着平日的王者袍服……

项羽全神贯注目视着坐在黄盖车上的人，在暮色中依稀可辨：

不错，此人正是刘邦。

黄盖车越来越近了，在距项羽不足十米处停下。

刘邦从黄盖车上下来，原地站着未动，而是微笑着朝项羽施礼。

出于礼节，项羽从马上跳下来，站定后目不转睛盯视着刘邦……

突然。项羽发现，此人虽然长相和大致的体型轮廓很像刘邦，但神态异样，特别是微笑的样子，还有眼神，与自己再熟悉不过的刘邦形似而神异。

"沛公，请近前说话。"为了证实自己的疑惑，项羽想再看看他走路的姿势。

但他刚走了几步，项羽就抽出了佩剑，指着他怒吼道："非刘邦也，你是什么人？！"

此人哈哈大笑："项羽，你上当了，我叫纪信，是代替主公前来受降的。"

"刘邦呢！"项羽咆哮。

"早从西门走了。"

"啊！这老匹夫……"项羽如五雷轰顶，命令楚军立即赴西门堵截。

但为时已晚，由于楚军将主力集中在了东门，西门防守薄弱，刘邦穿着平民的服装，率领汉军从西门突围逃跑了。

刘邦"诈降"，从项羽眼皮底下溜走，亦是陈平设计。

这个酷似刘邦的纪信，是陈平找来化装一番，冒名顶替刘邦，并谋划了一整套"金蝉脱壳"的详细实施方案。为此，陈平被后世评价为楚汉战争时期的"第一阴谋大师"，在《资治通鉴》中，司马光赞誉他"从帝征伐，六出奇计"。其中的前两计都与项羽有关，即"巧施反间计"和"金蝉脱壳计"。

项羽气急败坏，杀掉荥阳被俘的军民，烧死纪信，占领了荥阳。

刘邦从荥阳逃跑后，北渡黄河，项羽紧追不舍至成皋[①]，双方

① 今河南省荥阳市汜水镇西北一带。

展开了历时近两年的拉锯战。之后，刘邦在东北约三十公里处的广武山构筑军垒，后称"汉王城"，而项羽则隔着山中的一条深涧（鸿沟）建设军营，后称"霸王城"，又开始了新一轮的生死对决……

一个和风惠畅、春光明媚的午后，我们登上了广武山。

广武山，又名邙山，呈东西走向，峰峦峭拔，崖壁参差，林木峥嵘，位于现今荥阳市东北约十七余公里的广武镇东北。大山北面，滚滚黄河紧贴山脚而过，西南则万山丛错，谷深坡陡。其中，群峰杂峙着一条自南向北、约三百丈宽的巨壑，名曰"鸿沟"（又名广武涧）。鸿沟两侧，各有一座古城，沟东面的是霸王城，沟西边的为汉王城，所谓汉霸二王城，指的就是这里。

在这里，号称"大战七十、小战四十"，隆重而又残酷的楚汉战争大戏，不知不觉中出现了"拐点"。经久不息、世代相传甚至是脍炙人口的战争故事或者民间传说，都曾在这里激烈澎湃地孕育和演绎，亦是项羽和刘邦这两个"王者"争霸即将谢幕的前奏之地。

现在，霸王城村和汉王城村是荥阳市广武镇的两个自然村，中间相隔的就是鸿沟，但已经没有水了，里面是条弯曲的小路。霸王村的村口，仿汉式城阙大门上，刻写着"楚河汉界古战场风景区"，1986 年 7 月，被河南省政府命名为省级文物保护单位。

两千多年前的城池，在时光的磨砺和黄河水的长期南侵冲刷下，两城的北半部分均已全部坍塌，唯有残存的南城墙和部分东、西城墙颓圮成了现在供人凭吊的遗迹。当地为了旅游需要，新建了一些"景点"：比如门口路中央草坪上矗立着项羽举鼎的雕像，似是表现他"力拔山兮气盖世"的豪迈；在濒临鸿沟的城边处，有一尊"战马嘶鸣"铁塑，高七米，重十九吨，面对滔滔大河，引颈长嘶，底座上，是丢弃的刀枪剑戟，其意为战马的主人已喋血沙场，只留下故马恋主，徘徊悲鸣；广武山头，还立有一座汉白玉石碑，顶端雕刻着一个老虎头，虎头下刻着刘邦、项羽"临涧对话"时楚汉两军对峙的画面；还有据说是项羽将刘邦父亲作为人质要挟刘邦投降的"项羽堆"（今称太公台）。霸王城村建有"霸王祠"，村里有人称自己是楚军的后代，说是项羽撤军时留下来的余部，不知是真是假。

伫立在霸王城，目光越过干涸成道的鸿沟和葱葱郁郁的山峰，眺望对面的汉王城依稀可辨的残迹，眼前和耳畔，似乎浮现和回荡出当年这里曾经东西对峙时的旌旗蔽日、剑戟林立和人吼马嘶，箭矢呼啸，以及项羽和刘邦这两个叱咤风云的历史人物斗智斗勇的情景甚至是一些细节的复活和重现……

几天来，项羽陷入了极度的焦灼与无奈之中，因为粮草供应不上了。自从彭城出兵齐国又转向荥阳追打刘邦，已经三年多了。为确保大军的后勤保障，项羽开辟了一条从彭城到荥阳的漫长的"补给线"，也就是"运粮通道"，同时也占领了"敖仓"，才使得这场战争能雄赳赳气昂昂地打下去。但是，"敖仓"在成皋之战中又被刘邦夺回了。特别是最近，被项羽平叛下去的彭越东山再起，受刘邦唆使，在梁地①和楚地一带袭扰运粮队伍，还把劫来的粮食送给了刘邦，逼迫项羽不得不亲自带兵前去攻打，但彭越采取"游击"战术，大兵到了躲进深山，走了再卷土重来袭击"粮道"，基本上将这条"补给线"切断了。军中无粮，人心惶惶，将士们个个面黄肌瘦，无精打采，一些士兵还开小差逃跑了。近几天，各营盘一天只能做两顿饭，都是稀米汤，无奈之下，只好把一些老战马杀了。但是，坚持十天半月还行，长期对峙下去，怎么办呢？

另外，据报，韩信攻占了齐国后，出动十万大军前来支援刘邦……

因此，现在摆在项羽面前最大的问题是，这场战争不能再拖下去了，必须与刘邦速战速决。但项羽无论怎样讨敌骂阵，刘邦就是闭垒不出，与项羽斗智不斗勇。

为急于结束这场战争，迫使刘邦投降，项羽将"被俘"的刘

---

① 今河南省东北部开封、商丘市一带。

邦妻子及父母从彭城押到广武山的军营，在鸿沟旁修筑了一个高台，让刘邦父亲站上去，下面放一口烧沸的大油锅，然后隔沟喊刘邦对话。

刘邦出来了，站在沟西冲项羽笑笑，大声说："贤弟，好久不见了，是不是想我了，有什么话，你说吧，哥哥洗耳恭听。"

项羽厉声吼叫道："刘邦老贼，你来看，这高台上站立的是谁！"

刘邦转目定睛，一看是自己父亲被绑缚，由两名楚军押着，正佝偻着身躯在高台上抖擞双腿，顿时就惊呆了，头皮一麻，浑身冒出了一层大汗。但刘邦旋即就稳定住了情绪，迅速将视线从父亲那里收回，镇定自若地望定项羽说："看见了，那是我亲爹，怎么了？我以为你早把他杀了，没想到还留着，贤弟，谢谢了！"说着还冲项羽抱了抱拳。

项羽咬牙切齿道："老贼，你听着，你投降不投降！"

刘邦嬉皮笑脸问："投降怎样，不投降又怎样？"

"投降，我放还你的父亲，还有押在营中你的母亲和妻子，不投降，把你父亲推下油锅烹死，看见没，油锅都烧开了。"

刘邦哈哈大笑："呵呵！好啊好啊！咱们曾是结拜的兄弟，我的父亲也是你的父亲，如果贤弟非要烹死你的父亲，你能吃肉，请分给我一杯汤如何？"

"啊……"项羽气得哇哇大叫，喝令道，"推下去，给我烹死！"

"慢着！"旁边有人说话，走近项羽劝阻道，"项王，这是我们胁迫刘邦就范的最后一张王牌，切不可自毁了……"

项羽点点头，只好作罢。

"烹父"这场戏，项羽虽然没有成功，演砸了，但对刘邦来说，却是致命的一击。因为，这是有生以来，刘邦于"烹父"而不顾，面对是要天下还是要父亲这一重大抉择，冒天下之大不韪所压下的最大"赌注"。据说，刘邦吓得都尿裤子了，回到营中吓得口吐鲜血，三天昏迷不醒，汤水不进。清楚之后，第一句话就说："一定要把我父亲母亲，还有老婆从项羽手里救出来。"

军师张良说："只有一办法。"

"快说，只要能把我的家人救出！"

"议和。"

"议和？不成不成，项羽肯定不干，原来就拒绝过。"

张良胸有成竹道："时过境迁了，这次他一定会接受的。"

刘邦精神大振："那你具体说说，怎么协和？"

"双方以鸿沟为界，中分天下，沟西归我们汉地，沟以东归项羽的楚国。前提条件是，项羽必须释放拘押的你所有的家眷，然后双方罢兵后撤。"

刘邦瞪眼道："不可，咱这损失也太大了吧！项羽得到的可是七分之四的地盘啊！"

张良笑笑说："主公，你要想赎回你的家眷这些人质，不让项羽占点便宜，不做出点妥协和让步，不付出点代价，怎么能让项羽相信你的诚意呢？"

"嗯，有道理。"刘邦想了想，点点头道，"好吧，自古忠孝不能两全，为了亲人，也只能失去一些土地了。这件事，都由你操持，协议的起草和前往楚营去签订，你要亲自布置和落实。"

"好的，在下即刻实施。"

张良转身要走，刘邦在他身后长叹一声："哎！难道，真要给项羽那么多土地吗？我可是心有不甘啊……"

张良回过头，眨了眨眼睛意味深长道："主公，我理解你的心思，以后的事，我们回头再说，眼下，是让项羽签订议和的协议。"

汉高祖四年（前203）九月，"鸿沟协议"签署，项羽率楚军东归。

"鸿沟协议"是"楚汉战争"的重要转折点，也是中国历史上著名的"楚汉相争，鸿沟为界"的故事由来，从而还演绎成中国象棋盘中"楚河汉界"双方不得逾越的"鸿沟"界线。这一事件，改写了中国历史的进程，决定了"西楚霸王"项羽和"汉中王"刘邦的最后命运，拉开了双方一场生死大决战即将开始的序幕。

为此，毛泽东主席在评价项羽时说："项羽有三个错误，一个是鸿门宴不听范增的话，放跑了刘邦；一个是楚汉订立了鸿沟协议，项羽机械地认真了，而刘邦却不以为然，不久就违反协定东进攻楚；再一个就是他建都徐州，位置没有选好。"①

垓　下

这年的冬天，似乎比往年来得更早一些，也更冷一些。

刚刚进入十一月上旬，天气就持续阴云密布，北风仿佛中邪一样呼啸。两天前，一场小雪又不期而至，悄悄覆盖了大地，焦黄的树叶纷纷飘落，像是丑陋的蝴蝶蹁跹起舞，旷野皑皑，一派肃杀。

黎明时分，在垓下②楚军大营的中军宝帐里，项羽从噩梦中醒来，出了一身冷汗。他轻轻起身，坐起来穿上便衣，又披上一件棉斗篷，下床后，转身给熟睡的妻子虞姬掖掖扯开的一角棉被，之后推开帐帘，独自悄悄走了出来……

外面，天依然阴得沉重，薄薄的一层残雪大多已经融化，东方渐渐泛白。四周，不计其数的连营，星罗棋布般绵延了数十里，如同一片盛长的蘑菇。有哨兵在其间巡逻，一些营帐前，升起的炊烟被寒风吹散了。

这是项羽率领他的十多万大军，自去年秋天与刘邦在荥阳广武山签订"鸿沟协议"之后，严格遵守承诺，一路向东南撤军，计划退回到自己的国都彭城，经过连年战争，在剩下的这十多万的将士之中，也包括他的"江东八千子弟兵"。现在，这些江东子弟兵阵亡了将近一半，现在仅有不足五千人了。

---

　　① 见《党史博览》2016 年第 12 期《"不可沽名学霸王"——毛泽东点评项羽、刘邦》一文。

　　② 今安徽省蚌埠市固镇县垓下村一带。

所谓"江东八千子弟兵"，是项羽和叔父项梁反秦起义时，在家乡招兵买马，共征集了八千名精壮的青年，从此成为楚军的精锐部队。他们训练有素，作战勇敢，是清一色佩带长剑和弓箭的轻骑兵，对项羽忠心耿耿。

昨夜里，项羽几乎一夜没能睡沉，先是为几天前在阳夏[①]、固陵[②]与汉军的两场激战而懊恼，接着是悔恨半年以前与刘邦签订的"鸿沟议和"，之后对自己和楚军的未来忧心忡忡……

阳夏之战，是"鸿沟议和"后，项羽率军从荥阳东撤返回国都彭城，在半路上被刘邦尾追而来所经历的第一场战事。当时，项羽按照"停战协议"，领着剩余的十多万楚军，缓慢向东行进至不足三百公里外的阳夏时，突然被追击而来的二十万汉军包围。猝不及防的项羽大败，一名将军被俘，还损失了近万人，不得已只能向南突围，来到近五十公里外的固陵，又与追来的汉军展开了激烈交锋。撤至固陵的第二仗，项羽组织有效的反击，大破刘邦，歼灭汉军两万余人。刘邦大败后退至陈下[③]筑壁坚守，而项羽继续东进，行军约四百公里，来到垓下安营扎寨，使疲惫之师稍作休整并补充给养。

现在，经过阳夏、固陵之战，楚军兵力已不足十万人了，这让项羽痛心疾首。本以为，与刘邦"讲和"了，他可以平安地将这些将士带回家乡，但没想到刘邦撕毁盟约，调集重兵突然从背后追来，袭击毫无提防的楚军，让自己又丢失了一些弟兄。尤其令他痛惜的是，剩下的五千多自会稽起义以来跟他一路南征北战的"子弟兵"，又牺牲了一千多，现在仅剩下三千多人了……

"眼看就要回家和亲人团聚了，可在半道上，又让一些弟兄血洒战场，我对不起他们啊！"项羽黯然神伤，眼圈儿发红，久久不

---

① 今河南省周口市太康县一带。

② 今河南省周口市淮阳区柳林镇一带。

③ 今周口市淮阳县一带。

能入眠。

虞姬安慰他道："打仗，肯定要流血牺牲，是你司空见惯了的，再说，固陵之战，你是打了胜仗的，不必耿耿于怀。"

项羽叹息："唉，我是说，这仗不必再有，死伤也不该发生了。"

"这都怨刘邦背信弃义，出尔反尔。"

"据说，撕毁和约，从背后追击偷袭我们，是张良的主意。"

虞姬不屑道："无论是谁唆使，最后决定的，还不是刘邦吗！"

"是啊是啊！我明知道刘邦是个不讲道德、不守规矩、不遵守承诺的小人，可还是上了他的当。到现在我才明白，他那鸿沟协议是假的，是个阴谋，是场骗局，骗我释放他的家眷，然后再毫无忌惮对我下死手。"项羽义愤填膺，并深深自责道，"我又一次误判了局势，又一次钻进了他设出的圈套！莫非，我项羽为人处事光明磊落，遵守信誉和承诺，崇尚真诚和直率，真的是错了吗？"

"不，夫君没错……"虞姬劝慰他道，"在鸿沟签订罢兵协议，想早点结束战争，是你的仁；让跟随你多年征战的将士们返回故土，是你的情；不伤害刘邦家眷并把他们全部送还，是你的义。做人就应该这样，讲仁义，有情感，不像刘邦那样两面三刀，一贯当面是人，背后是鬼，说了不算，算了不说，不讲信誉，靠阴谋诡计耍把人得逞，这样的小人，迟早会没有好下场的。"

"唉！古人有言，铺桥修路讨人嫌，挖坟掘墓子孙全。"项羽叹气道，"老天有时候并不偏袒正义之师啊！现在的处境令人不安，刘邦如果继续追来，如何是好呢？"

"在固陵，我军不足十万，虽然疲倦缺粮，还不是照样把他的二十万大军打得落花流水！论打仗，刘邦什么时候也不是我夫君的对手，天下真正的英雄，非我夫君莫属！"

项羽仍然忧虑："就怕他搬来援兵。"

"好几天过去了，一切都风平浪静，刘邦肯定让你打怕了，不敢轻举妄动，或许已经罢兵西撤了。"

项羽摇摇头："没有，探马来报，说退至陈下扎营，不知道又要耍什么鬼花招。"

虞姬想了想说："那咱们快点赶路吧，回到彭城，就万事无忧了。"

项羽说："停在这里是补充给养，我已派出将士在周边征集粮草，休整一下，粮草到了，会立刻上路。"

"好吧，夫君，你一天天太累了，别多想了，早点睡吧。"

"自彭城出来到现在，你一直随我征战，真是吃尽了苦头。"

"我愿意，能躺在你身边，我睡觉才踏实。"

虞姬转过身睡了，但项羽辗转反侧，怎么也睡不着……

垓下是一座小镇，规模不大，在史前，曾是淮河流域一座颇具规模的古城，但后来被洪水淹没了，目前只有两条大街，是楚国的地盘。项羽和近十万楚军来到这里以后，小镇根本容纳不下，为不打扰百姓的生活，他下令在镇子东边五里外扎下营盘……

此时，卫兵见项羽出了营帐，前来施礼请安，问项王有何吩咐。项羽挥挥手，令卫兵退下，踱步到帐后的小树林旁，见马夫正在给自己的乌骓马喂料，便近前拍拍它硕大健壮的前胸，捋了捋脖子上又长又硬的鬃毛。乌骓马抬起头来，嘴里一边咀嚼一边看看项羽，鼻孔剧烈翕动一番，打出一连串响亮的鼻声，似乎是在跟项羽打招呼。

这匹高大健硕的战马，通体黑缎子一般光滑油亮，唯有四个蹄子雪白，前胸宽后裆窄，背长腰短而且平直，四肢筋腱强劲，日驰千里，夜行八百，号称"踏雪乌骓"，是项羽心爱的战骑，已经伴随他六年了。

据说，乌骓马原是一匹野马，是项羽起义一年后在深山里发现的。当时，项羽和叔父项梁在山中露营休息，天快亮时，忽然传来一阵嘈杂声，仔细一听，有马的嘶鸣还有人的喊叫声。项羽起来跑出去察看，见有一伙儿人追着一匹大黑马在山林里奔跑，过去一问，才得知这是一匹不知从哪里跑来的野马，几个村民想逮住它，但这马狂放不羁，跑得飞快，谁也撵不上抓不住。年轻气盛、身高力壮的项羽不信也不服治不了它，见黑马往山上奔跑，便跟着追了过去。项羽在山里追着大马狂奔，一直追了十多里地，最后黑马可能累得跑不动了，项羽才走过去，突然抓着马鬃骑到了它的背上。黑马长嘶一声，腾空尥着蹶子，企图把项羽甩下来，但项羽搂着它的脖子，双腿紧紧夹住马肚，嘴里不停地喊着"吁——吁——"这马的两肋可能是被项羽夹疼了，气喘吁吁，浑身大汗淋漓，打了一阵响鼻，之后便老老实实停下了。项羽从马背上跳下来，笑着对黑马说："老黑，你还跑不跑了，服不服？"就这样，这匹野马被项羽制服了，从此成为他纵横战场的坐骑。而且，这匹乌骓马只让项羽上骑，也只听从他的使唤。

"感觉它身上的毛，突然长了许多。"项羽抚摸着乌骓马的额头说，"老黑可是瘦了啊！"

马夫叹口气道："项王，饲料撑不到三天了，我一直省着喂。"

项羽挑挑眉头说："不要委屈老黑，征集的粮草很快就要到了。"

东方有点渐渐发亮了，但依然浓云滚滚，寒风在林间呼啸。

辕门外有一队骑兵疾驰而来。

项羽见状，快步朝辕门赶去，近前才看清楚是大将军钟离眜和他的随从。

楚军主力从固陵撤离时，项羽令钟离眜断后，在固陵外围筑起防线，以阻止退到陈下的汉军向南跟进，现在怎么突然回来了呢？

钟离眜冲进大营，看见项羽，连忙滚鞍下马，气喘吁吁道："大王，大事不好了！"

项羽头皮一麻，镇静地说："钟将军，别着急，慢慢说。"

在前线警戒汉军的大将军钟离眜，带来了极其残酷的坏消息，主要有五个方面——

第一，刘邦的骑兵大将军灌婴，不久前率汉军精锐深入楚地，连克数城后攻入彭城，国都丢失了。

第二，在固陵大战时，刘邦之所以失败，是因为他请求的救兵韩信和彭越的军队都没有到位，气得刘邦直跺脚："诸侯不从约，为之奈何？"但最近，刘邦听从谋士张良的建议，把陈县①以东到海滨一带的土地封给韩信为"齐王"，把睢阳②以北到谷城③的地方许给彭越为"梁王"，以此为报酬和诱饵，终于动员了二人出兵。于是，韩信率三十万大军，彭越带六万人马，浩浩荡荡挥师南下与刘邦会合。

第三，南方一带，早已叛变的英布在刘邦封以"淮南王"的诱惑下，遣将进入九江地区，诱降了守将、楚国的大司马周殷，随后合军北上进攻城父④，兵力约有三万。

第四，目前，各路人马正朝这里集结，再加刘邦在陈下本部的二十万，共计约七十万大军，将项羽现在所处的垓下之地形成包围之势。

第五，派出征粮的军队，已经被汉军所俘。

项羽闻讯，大叫一声，晃晃身子，但旋即就控制住了自己的情绪，咬牙切齿道："好啊！刘邦老匹夫，还有那个小小的执戟郎韩信，曾当上马石让我踩在脚下，他算个什么东西！项羽在此，要跟他们决一死战！"

韩信之人，可以说闻名如雷贯耳，他是西汉开国功勋、著名军事家，被世人誉为"汉初三杰"之一、"兵仙""神帅"。没有他，就没有刘邦的称帝和西汉二百一十年的江山社稷。但韩信在未成名之前，是先投奔项梁和项羽而去的。当时，项梁和项羽领着起义军到达淮河以北地区，家乡是淮北的韩信闻讯前来投奔项梁，开口就

---

① 今河南省周口市淮阳县。

② 今河南省商丘市。

③ 今河南省南阳市一带。

④ 今安徽省亳州市涡阳县东部。

要当将军。项梁嗤之以鼻，对这个出身卑微、吃了上顿没下顿、听说还甘受"胯下之辱"的乡下人印象极差，见他长得高大魁梧，相貌堂堂，就让他当了一名"执戟郎"，就是持枪戟戍卫营中大门，说白了就是个站岗放哨的低级军官。为了能有口饭吃，韩信就留在了楚营，等有了机会再施展自己的才能和抱负。后来，项梁战死，项羽当了大帅，韩信以为机遇来临，在几次战事前屡次向项羽献计献策，但项羽比他叔叔项梁还看不起韩信，认为他"始为布衣时，贫无行"，出身低贱不说，既无德无才还狂妄自大，不但不采纳他的建议，还讥笑斥责他，甚至有时候项羽出战时，让韩信弯下腰踩着他的后背上马。为此，韩信早有"脱楚"之心，但却不知投向何处。反秦胜利后，韩信在"鸿门宴"上见到了刘邦，觉得他将来能成就大事，便离开项羽投奔了刘邦。从项羽的角度来说。他是变节投敌的"叛徒"，从韩信的角度讲，则是"此处不养爷自有养爷处"另寻出路"跳槽"了。开始，刘邦也没拿韩信当回事，并不重用，但架不住他的亲信夏侯婴和萧何一再推荐，特别是"萧何月下追韩信"之后，刘邦才拜他为统帅三军的大将军。韩信治军有方，深谙兵法，率军"出陈仓、定三秦、擒魏豹"等战功显赫，一时名噪天下。刘邦感觉到了韩信"功高盖主"的威胁，收回他的兵权，让他带两千老弱病残的士兵去"东征"和"北伐"，没想到韩信一路"破代、灭赵、降燕、伐齐"，每次胜利后收编残兵败将至自己麾下，等打下项羽统治下的齐国时，已经有了二十万大军，比刘邦的汉军还多。这也是项羽和刘邦在荥阳一带连年相持"耗战"时，不见韩信踪迹的原因，他在北边连破数城，几乎占领了黄河以南的所有地盘，连刘邦都不放在眼里，更别说项羽了。当然，项羽知道韩信已经做大做强，不可小觑之后，派出使者带着重金厚礼去说服韩信做自己的"合伙人"，但韩信对从前项羽对他的冷遇和奚落怀恨在心，一口拒绝。此时，刘邦也派出使者前去动员韩信前来助战，韩信对刘邦的"不信任"也耿耿于怀，因此在"固陵之战"时并没有出兵救援刘邦，直到刘邦分赏他土地并封他"齐王"，他才率军前来助战。其实，韩信对刘邦的"分地"和"封王"并不当回事，因为你分封不分封，他都是北方广大土地上的王者，最关键的是，他拥有三十万军队。在这个重要的时刻，这三十万军队倒向哪里，哪里就会胜利。韩信决定助攻刘邦，是念及刘邦在他人生最"低谷"的时候，慷慨地给了他实现人生理想的最大"平台"，而讨伐项羽，则是秋后算账，要报他"不重视人才"的"一箭之仇"……

然而，在韩信的问题上，项羽此刻并没有后悔。他以为，韩信无论怎样千变万化，都是这乱世里一个跳梁小丑，一时得势弄来那些兵马，无非是各诸侯残余的乌合之众而已。

"大王，这仗怎么打？国都也丢了……"

"就地筑垒，血战到底，夺回彭城！"

"联军约七十万，我们才十万啊！"

"别忘了巨鹿和彭城之战,本王专打以少胜多的恶战和硬仗！"

汉高帝五年（前202）十二月，规模空前，在中国和世界战争史上影响深远，被列为世界古代战争史中著名的七大战役之一，垓下古战场也被专家们称之为"东方滑铁卢"的"垓下之战"正式打响。

据专家考证，垓下古战场俗称霸王遗址，现在叫濠城，当年的垓下古战场就位于今天安徽省蚌埠市固镇县城东二十余公里处沱河南岸的垓下一带，现在的垓下村，就是两千多年前的霸王古城。

其实，当年所谓的"霸王城"，就是一座土筑的营垒，是项羽被围之后，在这里组织大军就地修筑的临时防御工事，比如鹿砦①、距马沟、战壕、陷阱等。据当地村民说，在五六十年代，每当大雨过后，土城的周围常有残剑和箭簇露出地面。现实中的"垓下村"，就是历史上的"垓下"，而整个古战场的范围应该是以此为中心，分布于现在的泗县、灵璧、五河、固镇等县交界处的方圆百余平方公里的广大地域上。因此这些地方都有"霸王城"，灵璧县境内不

---

① 用树枝或树木混杂放倒形成障碍物。

仅有"霸王城"，附近还有韩信的"吹箫台""虞姬墓"等景点。这些县的县志均有垓下之战的记载，足以说明当时战争规模之大和分布之广。

是啊！因为那是楚汉两军近百万大军，在冷兵器时代的激烈决斗啊！

如今的垓下村，住着几十户人家。而民间广为流传的"四面楚歌""十面埋伏""霸王别姬"等动人凄美的故事均出于此。村头立有大型的项羽怀抱死去虞姬的雕像。雕塑中两把青铜利剑拔地而起，对峙形成一个大三角，寒光剑影象征着战争阴霾，预示着楚汉战争的惨烈，也正是这两把利剑决定了楚、汉各自的命运。利剑底座还雕刻着左青龙右白虎图形，以示龙虎之争。雕塑向人们诉说了霸王别姬这个凄美动人的爱情故事，刻画出西楚霸王项羽与虞姬的生离死别、爱恨交加的感人一幕……

现在置身在这片曾经空前绝后的古战场上，我们的笔力，或者说文字的叙述能力，实在无法再现和复原当时激战的情景，用尽所有描写战争情景的词汇和句子可能都显得词不达意。那么，我们不妨换个角度，来尝试着描绘一番，项羽和虞姬这对英雄加美人的最后诀别吧。

因为，《史记》的作者司马迁已经在《项羽本纪》里，破天荒也是绝无仅有的一次"歌颂"了战争中为祖国献身的"一对恋人"。这不但是司马老先生的大著里从没有过的情节，而且，在中国古代战争史的纪录上，也从没有人如此这般为"英雄加美人"树碑立传。在浩繁的历史长卷里，美貌的女子不是被视为"红颜祸水"、祸国殃民，就是男性成就大业的腐蚀剂，三国的典型英雄人物关羽，是绝对不近女色的，而迷惑吕布的貂蝉亦是反面形象，至于《水浒传》中武松等英雄，则大多是靠杀女人成名，至于花木兰、穆桂英、樊梨花等巾帼女英雄，基本上都与男人无关。而只有虞姬，和中国古代的天下"第一猛将"的盖世英豪项羽，成为司马迁笔下经典中的经典故事而流芳百世，成为绝无仅有的历史绝唱。

《史记·项羽本纪》曰："项王军壁垓下，兵少食尽，汉军及诸侯兵围之数重。夜闻汉军四面皆楚歌，项王乃大惊曰：'汉皆已得楚乎？是何楚人之多也！'项王则夜起，饮帐中。有美人名虞，常幸从；骏马名骓，常骑之。于是项王乃悲歌慷慨，自为诗曰：'力拔山兮气盖世，时不利兮骓不逝。骓不逝兮可奈何，虞兮虞兮奈若何！'歌数阕，美人和之。项王泣数行下，左右皆泣，莫能仰视。"

译为白话文是："项王的部队在垓下修筑了营垒，兵少粮尽，汉军及诸侯兵把他团团包围了好几层。深夜，听到汉军在四面唱着楚地的歌，项王大为吃惊，说：'难道汉军已经完全取得了楚地？怎么楚国人这么多呢？'项王连夜起来，在帐中饮酒。有美人名虞，一直受宠跟在项王身边；有骏马名骓，项王一直骑着。这时候，项王不禁慷慨悲歌，自己作诗吟唱道：'力量能拔山啊，英雄气概举世无双，时运不济呀骓；不再往前闯！骓马不往前闯啊！可怎么办，虞姬呀虞姬，怎么安排你呀才妥善？'项王唱了几遍，美人虞姬在一旁应和，项王眼泪一道道流下来，左右侍者也都跟着落泪，没有一个人敢抬起头来看他。"

虞姬是怎么回答项羽的呢，司马迁没有说，但唐代张守节^①在《史记正义》里从《楚汉春秋》中引录了这首诗歌："汉兵已略地，四方楚歌声。大王意气尽，贱妾何聊生。"

唱罢，虞姬认真看了看项羽，笑了笑道："夫君放心，我不会成为你的累赘，更不会当刘邦的俘虏……"

话音未落，虞姬突然一转身，冷不防从项羽腰间拔出佩剑。

"爱妻，你……"项羽冲过来夺剑，但为时已晚。

虞姬引颈自杀，鲜血从她白皙的脖子上喷出……

这就是"霸王别姬"的典故由来，其实应该说是"姬别霸王"，之后演绎成至今仍为人们津津乐道的凄美动人的爱情传奇。

---

① 唐代开元年间的著名学者。

号称民国第一才女的张爱玲，十七岁（1937）那年在读高中二年级时，写过一个短篇小说《霸王别姬》，用四千多字，柔婉、细腻、生动、极富想象力地描写了虞姬"自刎"的过程，现辑录一段，来看看她是怎样再现"虞姬之死"的：

"大王，我想你是懂得我的，"虞姬低着头，用手理着项王枕边的小刀的流苏。"这是你最后一次上战场，我愿意您充分地发挥你的神威，充分地享受屠杀的快乐。我不会跟在您的背后，让您分心，顾虑我，保护我，使得江东的子弟兵讪笑您为了一个女人失去了战斗的能力。"

"噢，那你就留在后方，让汉军的士兵发现你，去把你献给刘邦吧！"

虞姬微笑。她很迅速地把小刀抽出了鞘，只一刺，就深深地刺进了她的胸膛。

项羽冲过去托住她的腰，她的手还紧紧抓着那镶金的刀柄，项羽俯下他的含泪的火一般明的大眼睛紧紧瞅着她。她张开她的眼，然后，仿佛受不住这样强烈的阳光似的，她又合上了它们。项羽把耳朵凑到她的颤动的唇边，他听见她在说一句他所不懂的话："我比较喜欢那样的收梢。"

收梢，是收场、结局的意思。

虞姬最后这句话的意思，应该是她喜欢这样的结果，要比终老深宫，从此沉入历史长河，不再被世人记起这招结局好得多。现在这样的"离去"，定会在项羽最后的辉煌中，她自己也将光芒万丈，所以她"比较喜欢"，所以才这样选择。

虞姬，这位贤淑、聪慧、温柔、漂亮、善解人意、知书达理，绝对忠诚于自己男人并陪伴丈夫整个戎马生涯的女人，就这样香消玉殒，结束了短暂而光鲜的一生，终年二十四岁。这样的年龄，按现在的说法，应该是一个刚刚大学毕业，或者是刚刚踏入社会绽放青春才华和活力的女孩儿。但虞姬，却在这一刻，凝固成了一个令人敬仰并扼腕叹息的偶像和千古绝恋的典范……

项羽抱着虞姬，眼泪一道道流下来。

这是项羽第二次流泪，第一次是因叔叔项梁的死。

"来人啊！给我备马！"项羽疯狂地吼叫。

卫兵牵来了乌骓马。

"还有多少人？"

"八百骑兵。"

"传令，把吾妻放我马上，全体随我突围！"

在"四面楚歌"的"十面埋伏"下，"霸王别姬"后的项羽在失去爱妻的剧痛和盛怒中，带着仅剩下的八百骑兵，猛狮般从垓下几十万联军丛中奇迹般成功突围，一路向东南方向奔袭。

行军途中，迎面有汉军拦截，项羽一手抱着马背上虞姬的遗体，一手挥戟斩敌，左冲右突，率领的八百骑兵虽然又阵亡了过半，但终于杀出一条血路，折返向东北方向狂奔，这才暂时摆脱了围追堵截，在一个叫"霸离铺"的地方停了下来。

霸离铺，是现在江苏省宿州市灵璧县虞姬乡的一个村名，原本叫什么地名不清楚，或许当时这里并没有人，应该属于垓下战场外围的旷野地带。现在，这个村庄之所以叫霸离铺，是因为项羽带着虞姬的遗体来到这里停下吃饭休息时，不久追兵又至，不得已把虞姬埋葬在这里，这里才有了这个"霸离铺"的村名。据说，项羽离开后，还留下几位士兵脱下战袍，换上民服在这里守护虞姬的墓。这里的一些村民，据说就是为虞姬守坟的楚军后代并渐渐繁衍成了一个村庄。

在霸离铺村正西东一公里处，是虞姬葬身之处，称"虞姬墓"，省级文物保护单位。墓前立有石碑："巾帼千秋西楚霸王虞姬之墓"，两侧刻有："虞兮奈何，自古红颜多薄命；姬耶安在，独留青冢向黄昏。"墓旁有明代所立虞姬墓碣，另一块石碑上，刻着清代词人杨兆鋆的《虞美人》："楚歌声逐愁云起，夜帐明灯里，振衣献舞拭龙泉，拼取一腔热血洒君前。顾骓无语军情变，似雪刀光乱，桃花片片堕东风，化作原头芳草泪丝红。"

虞姬墓、霸离铺村隶属于虞姬乡，而虞姬乡政府所在地就叫虞姬村，虞姬村的主街叫虞姬大道。虞姬的芳名，在这里俯首皆是，于历经沧桑中，早已嬗变成这一带大地上最光鲜的文化符号和地域标志，不以时间推进为改变，不以朝代更迭为转移。

抑或，这里才是真正"霸王别姬"的地方。

盛夏时节，伫立在现在已开辟成"虞姬文化园"的虞姬墓前，凝望着一片片鲜红艳丽的虞美人花海出神，眼前，似乎浮现出两千多年前，项羽站在这里，或者是跪倒在地，于凛冽的寒风中，为爱妻安葬的情景。那一刻，他的眼睛已经没有了泪水，而是流出了如同虞美人那样鲜红凄美的血液，从心底喷薄而出，恰如著名歌手屠洪刚那首恢宏、荡气回肠的《霸王别姬》歌词所言——

> 我站在烈烈风中，恨不能荡尽绵绵心痛，望苍天四方云动。剑在手，问天下谁是英雄。人世间有百媚千种，我独爱爱你那一种。伤心处别时路有谁不同，多少年恩爱匆匆葬送。我心中你最重，悲欢共生死同。你用柔情刻骨，换我豪情天纵。我心中你最重，我的泪向天冲。来世也当称雄，归去斜阳正浓。

是的，埋葬过虞姬，夕阳正浓，项羽在汉军紧紧不舍的追讨声中与虞姬诀别，一路南下，第二天天黑前，来到距霸离铺百余公里的东城[①]。在这里，失去爱妻虞姬的项羽，又创造出了他载入史册的最后辉煌的巅峰之作——东城快战。

也许，这是项羽掩埋虞姬后为她的复仇之战、喋血之博。

途中，因为又经过几次激战，到达东城后，项羽身边仅存二十八人，后面有五千追兵。

时值傍晚，项羽和将士们的战袍都被血污染红，刚在城西一棵大榕树下聚齐，从马上跳下准备休息片刻时，从正西方向就传来了

---

① 今安徽省蚌埠市定远县东南一带。

汉军的追杀声……

"项王，你先走吧，我们掩护。"

项羽提起长戟，纵身跨上乌骓马，慷慨激昂地对将士们说："弟兄们，我项羽起兵至今，可以说身经百战，没打过败仗。可现在却落到如此境地，看来是天要亡我，并不是我不会打仗用兵！现在，我要带领弟兄们，再打三个胜仗！"

将士们纷纷上了战马。

"这三个胜仗，就是突围、折将、砍旗！"项羽挥动长戟，铿锵有力道，"我们二十八人与汉军短兵相接后，分成四队突围，分散汉军进城以各个击破，然后到东山集合……"

之后部署了详细的作战方案。

"弟兄们，跟我冲！"项羽一声断喝，率先冲入刚刚尾追而来的汉军，用这杆丈八长重百余的虎头盘龙戟，连刺两员汉将落马，杀死汉兵数百。汉军惊愕，纷纷溃逃。稍顷，汉军组织反扑，项羽一声令下，二十八人变成了四队朝不同方向外撤。汉军只好也分队去战，但由于人多混乱，机动性差，所以没等完全组织起有效的进攻。此时，在项羽指挥下，四队又变成了三队，项羽与其中一队会合后向东山集结。敌人不知项羽在哪一队，顿时阵形大乱。项羽乘机跃马闯进一面插在半山腰标有"汉"字的军旗前，抽出佩剑将旗杆砍掉，然后与另两队赶来的将士合为一队，再次成功突围，向东南逃去……

东城快战，仅仅持续了不足一个小时，项羽在连日逃亡疲惫不堪的情境下，带领二十八名将士，斩杀了近两千汉军，实现了"突围、折将、砍旗"的"破敌"军事谋略和诺言，而只折损了两名将士，可谓奇迹中的奇迹，千古无二。

再往下，就是"乌江自刎"了，是众人皆知的，不必细述，也不值得大惊小怪。

因为，项羽在为期四年半的"楚汉战争"中，以最后的失败并自杀结束，是必然的。尽管导致这一结局的因素很多很多，但有一点需要提及，那就是：项羽面对的主要敌手——刘邦、韩信、张良、陈平——"围殴"置他于死地的，都是他的"熟人"甚至曾经的"战友"。这些秦末汉初时期著名的"战将"和"高参"，联合"组团"成如此豪华的阵容与一个项羽（失去范增后）"PK"，失败是自然的，不失败才是笑话。可见，项羽的"牛气"是有天地为证，日月可鉴的，称他为"盖世英雄"是名副其实的。

项羽在乌江自刎，终年三十一岁。

当时的乌江，即如今的安徽省马鞍山市和县乌江镇，别名临江、江都、齐江、同江，地处苏皖两省交界处，为八百里皖江第一镇，是安徽面向"长三角"的东大门。镇旁的乌江，是长江的一条小支流，大致呈南北走向。

项羽带着二十六人，从东城突围后策马向东南疾驰一百五十公里，来到了乌江镇，与追击而来的汉军展开搏杀，退至乌江西岸，挥佩剑杀敌百余，自己身上也多处负伤，自愧无颜见江东父老，刎颈而死。所以，才说他"无颜见江东父老"而"不肯过江东"。李白、孟郊、杜牧、王安石、辛弃疾、陆游等大诗人都为他作诗，宋代著名女词人李清照《夏日绝句》曰："生当作人杰，死亦为鬼雄。至今思项羽，不肯过江东。"

但莫言却说："他不过江东，并不是不敢去见江东父老。这家伙是打够了，打烦了，也不愿打了，就用刀抹了脖子，够干脆，够利索。他其实从没有认真考虑过夺江山、当皇帝的事，那都是范增等人逼着他干的，他的兴趣不在这里……他是为战斗而生的，英勇战斗就是他的最高境界、最大乐趣。中国如果要选择战神，非他莫属。不必为他惋惜，项羽只有一个。"

也许，这就是一个战士对自己尊严、忠诚和荣誉的坚守吧。

虞姬与项羽，这对英雄与美人，或者是因爱情而自尽，或许是因名节而自戕，但他们在烽火连天、铁骑蔽日的历史天空上，以侠骨柔情作大笔，涂抹出了波澜壮阔的专属于自己的血性画卷。他们虽是败者未能得到天下，但却虽败犹荣，千百年来在民间的"榜单"上，享受着至高无上的"国民待遇"。

以《霸王别姬》故事为素材创作的同名京剧，是京剧艺术大师梅兰芳表演的梅派经典名剧之一；同名电影由李安导演，张国荣、巩俐、张丰毅主演，是首部荣获"奥斯卡最佳外语片"和英国电影和电视艺术学院奖"最佳非英语片"的中国电影；同名小说的著名作家有张爱玲、李碧华等；同名歌曲有几十首之多；同名相声中，姜昆、李文华、郭德刚、于谦等许多演员都表演过；诗歌、话剧、舞蹈、小品、美术等各种文艺表现形式更是不胜枚举；与项羽事迹有关的成语"破釜沉舟""取而代之""衣锦还乡""先发制人""十面埋伏"等三十余条；日本漫画家大山匠的第一部漫画作品，就是《最强少年项羽》。而刘邦虽然最终赢得战争建立西汉登上了皇位，但在项羽面前则黯然失色，不得不沦落为一名配角而显得尴尬……

所以，不以成败论英雄。

谁是天下真正的英雄？

按虞姬的说法是："非我夫君莫属！"

金屋藏娇

一

这个故事的最初，与一个叫刘嫖的女人有关。

刘嫖可不是一般的女人，她是汉文帝刘恒与窦皇后的嫡长女，汉景帝刘启的同母姐姐。一个女人的父亲和亲弟弟，前赴后继都当了皇帝，而且，这两个皇帝历经七十来年，都干得非常漂亮，犹如腿上挂铜锣，走一路响一路，开创了封建社会有史以来"海内安宁，家给人足，后世鲜能及之"的"盛世"，史称"文景之治"。可见，刘嫖的地位在当时是多么显赫和尊贵，可以说是举世无双，在两个皇帝面前应该是说一不二。

我们都知道，汉文帝刘恒的父亲是汉高祖刘邦。刘邦死后，长子刘盈继位，没几年就死了，之后又有嫡长子前少帝刘恭和同父异母的弟弟后少帝刘弘继位，但两人加在一起才八年时间，最后由另一同父异母的弟弟刘恒取而代之。汉文帝刘恒即位后立长子刘启为太子，即后来的汉景帝；封自己的长女刘嫖为长公主，其食邑所在地位于馆陶，也是现今的河北省邯郸市馆陶县，因此也称她为馆陶公主。不久，刘嫖下嫁给了世袭堂邑侯陈午为妻，故又称堂邑大长公主。

也就是说，刘嫖的爷爷是汉高祖刘邦，父亲是汉文帝刘恒，弟弟是汉景帝刘启。

地位如此显贵的刘嫖，为何嫁给身份低微的陈午，史书上没有记载，但民间流传着两种说法：一是自己本身就身份尊贵，位居一人之下万人之上，自己强大了就没有必要再找个生存的依靠，所以对门当户对不屑一顾；二是她比较风流，是个水性杨花的女人，嫁到名门望族，会在私生活方面受到约束，这有她年迈之后豢养男宠并死后要与美男子董偃合葬为证。因此，刘嫖嫁给陈午，没有爱情，就是搭伙过日子而已。但她和陈午生了两子一女三个孩子，女儿最小，这就是大名鼎鼎的陈阿娇：即西汉第七任皇帝、史称"汉武大帝"刘彻"金屋藏娇"的那个第一任妻子或者说皇后陈阿娇。

"金屋藏娇"这个成语典故，是刘嫖一手导演的，故事发生在汉景帝前元六年（前151）一个夏日的午后。

这天，碧空湛蓝，骄阳似火，大地燠热。

刘嫖领着九岁的爱女陈阿娇来到长乐宫，向母亲皇太后窦漪房请安。

长乐宫坐落在长安城[①]未央宫的东侧，是汉高祖刘邦在秦始皇兴乐宫的基础上修建并在此听政，后来又因为筑造了未央宫，朝廷才迁往新的临朝之地，从此，长乐宫就改成了太后的居所，因该宫位于未央宫的东侧，亦称东宫。

长乐宫是一片金碧辉煌的宫殿，整个建筑群占地约六平方公里，周回二十余里，宫墙四面各设一座宫门，其中东、西二门是主要通道，门外有阙楼称为东阙和西阙，南宫门与覆盎门南北相对，东、南两面临城墙，西隔安门大街与景帝听政的未央宫相望。宫内有坐北向南的十四座宫殿，其中前殿位于南面中部，前殿西侧有长信宫、长秋殿、永寿殿、永昌殿等；前殿北面有大夏殿、临华殿、宣德殿、通光殿、高明殿、建始殿、广阳殿、神仙殿、椒房殿和长亭殿等。

---

① 今西安市西北郊一带。

另有温室殿、钟室、月室以及秦始皇时在兴乐宫中建造的高四十余丈的鸿台。大殿的四周，古树参天，绿树成荫，红墙黄瓦，气势磅礴。宫内的各个大殿自成一体，相互通联，甬道和台阶铺有精美的印画砖，均用鹅卵石垫地后用砂浆抹平，遍地奇花异草，芬芳四溢。亦是皇帝的后宫，除嫡妻皇后为女主外，沿袭秦时"美人、良人、八子、七子、长使、少使"等设置的"十四等"的众多嫔妃们，也都安置在这里。

汉景帝刘启的母亲，也是刘嫖的母亲皇太后窦漪房，居住在长乐宫的长信宫里。

尽管是炎炎夏日，但宫内并不闷热，八只青铜冰鉴放置在室内的墙边处，散发着习习的凉气。窦太后身着白色提花丝绸长裙，居中而坐，两旁的宫女，手持紫玉冰壶，轻轻摇动着竹扇子。其他皇亲贵胄，则坐在两旁，礼毕之后，微笑可掬地与她聊天。

此刻，团聚在长信宫向窦太后问安的亲朋们，除了刘嫖和女儿陈阿娇等人，还有美人①王娡和她的儿子刘彻。

"来，彻儿，过来，到奶奶身边来。"窦太后眯着眼睛，伸出双手朝前摸索，她一直患有眼疾，看不清楚远处，"奶奶有半个多月没见你了。"

王娡推推倚在身边的儿子刘彻道："奶奶叫你呢，快去给奶奶请安。"

刘彻欢快地跑到窦太后面前，刚要跪下施礼，窦太后就将他拉住抱在了怀里："彻儿，我的小乖乖，坐到奶奶这儿，彻儿今年几岁了？"

"六岁。"

窦太后微微一笑，亲昵地抚摸着刘彻的小脑袋道："这一晃，当胶东王都两年了……"

"奶奶，什么是胶东王啊？"刘彻稚气地问。

---

① 对后宫妃子的一种称谓，地位仅次于皇后。

"胶东在咱们大汉的最东边，临着大海，如今叫胶东国，有七万二千多户，人口三十多万呢，你被封在那里为王啊！"

　　刘彻迷茫地眨巴着一双眼睛说："这个我知道，父皇和母亲给我说过，可我没有去过胶东，不知道那里是什么样子。"

　　窦太后微笑着说："你是皇子，按照祖宗的规制，你是要有封地的，胶东王就是你的一个封号，你现在还小，大了就懂得了。"

　　"长大后，我就可以去胶东当王了吗？"

　　窦太后捧着刘彻的小脸蛋道："长大了有大了的说法，这得听你父皇的……"

　　"奶奶，我想吃那里的樱桃。"

　　窦太后顺着刘彻手指的方向望了望，没有看清楚，觉得一定是那边一只青铜冰鉴里面所镇着一些食物和水果，其中有一碟紫红的樱桃。

　　"好，奶奶让人给你洗一洗。"

　　窦太后召唤身边的宫女，嘱她从冰鉴里取出去冲洗再端来。

　　"奶奶，我最近新学了一首诗，要不要背诵给奶奶听？"

　　窦太后高兴地道："好啊！好啊！奶奶要听。"

　　刘彻从窦太后怀里站起来，昂起小脑袋，咳嗽两声，清清嗓子，音质尽管稚嫩，尖细，但却清脆、响亮、抑扬顿挫、铿锵有力："大风起兮云飞扬，威加海内兮归故乡，安得猛士兮守四方……"

　　在场的亲朋贵胄无不拍手赞叹。

　　"还有呢……"刘彻挥舞一下小手臂，伸出小舌头舔舔嘴唇，继续道，"鸿鹄高飞，一举千里。羽翮已就，横绝四海。横绝四海，当可奈何！虽有缯缴，上安所施……"

　　掌声和欢呼声更加激烈。

　　窦太后开怀畅笑，乐得双眼溢出了老泪："我的好孙儿，你知道，这是谁的诗句吗？"

　　"知道，我曾祖父刘邦的。"

"知道这是老祖宗的什么诗名吗？"

"当然知道，《大风歌》和《鸿鹄歌》，也是他老人家毕生传世的两首诗。"

"里面的意思呢？能理解不？"

刘彻亮着尖细的嗓子，绷着小脸道："《大风歌》是曾祖父在四十五岁前打败淮南王英布后，回到咱们老家沛县后宴请父老乡亲喝酒喝得半醉时当众脱口而出的一首诗。意思是，大风刮起来了，云随着风翻腾奔涌啊！如今威武平定了天下，我荣归了故乡，可怎样得到勇士去守卫国家的边疆啊！曾祖父是在表达统一天下的豪情壮志和得到天下的忧虑，真是踌躇满志，气势磅礴。第二首《鸿鹄歌》，说的是我老爷爷刘盈，说他天鹅飞向天空，一下能飞翔到数千里之高。羽翼已经丰满了，可以在四海里翱翔了。可以四海翱翔后，能将它怎么样？即使拥有利箭，又能把它怎么样？这是我曾祖父对他儿子，我爷爷刘盈汉惠帝的赞赏和希望。在这首诗里，我好像读出我曾祖父对我们刘家后代的嘱托，要做鸿鹄，不做燕雀，鹏程万里，为大汉的江山社稷鞠躬尽瘁，死而后已……"

窦太后激动得站起来，一把将刘彻抱在怀里："说得好，何止做胶东王，我孙彻儿有帝王之气啊！"

大家又是一阵欢呼……

这时，刘嫖用手捅捅坐在她身边的女儿阿娇，从几案上的花瓶里抽出一枝玫瑰，递到他手里，并小声对她说："阿娇，你过去，把这束花送给你弟弟彻儿。"

当时刘彻六岁，阿娇九岁，所以阿娇比刘彻大三岁，是刘彻的亲表姐。

阿娇眨眨大眼睛，有点紧张地说："当着这么多人，我说什么啊？"

刘嫖推她一把："随便说。"

阿娇出口长气，稳定住情绪，双手捧着玫瑰花，款款朝窦太后怀抱里的刘彻走去。

"表弟，你刚才说得太好了，祝福你，祝贺你，也祝愿你！"阿娇笑容嫣然、落落大方地望着刘彻，双手举着玫瑰递到他面前，"我把这朵鲜花献给你，愿你的前程像这朵花一样鲜红着盛开！"

"谢谢表姐！"刘彻接过玫瑰，望定阿娇道，"表姐今天穿得可真好看……"

阿娇今天穿的是一件荷色粉莲花薄丝长裙，上面缀满淡黄色繁复的连枝纹理刺绣，脚着暗红丝履，脖颈上围着一条彩珠与金牌串联而成的项链。盘于头顶的乌黑高髻，一支玳瑁簪从中间穿过，与两腮略呈红晕的鸭蛋形脸庞般配得如同精美的仕女画。她杏核般的小嘴微微上翘，从张开的红润的双唇之间，露出一口瓷一般洁白细密的牙齿，像是两片带露的花瓣含着一排碎玉。加之细嫩的皮肤，纤巧的身姿，真是婀娜多姿，楚楚动人……

"只是穿得好看？"阿娇似是嗔怪道。

刘彻顿顿，脸微微一红，有点口吃道："不，不，是都好看……都好看……"

"都好看？"

刘彻连声说："人好看，是姐姐人好看，人比衣裳好看！"

阿娇开怀大笑："呵呵！表弟这不很会说话吗……"

在旁边的窦太后见状，眉开眼笑道："还是阿娇乖，还懂得给她弟弟献花。"

刘彻回到母亲王娡身边还没落座，王娡便说："彻儿，快过去给你姑母请安。"

因为，刚才阿娇的这个举动，王娡认为肯定是刘嫖的主意。同时，王娡还在想，当着这么多人的面，刘嫖让女儿阿娇献花，如此"抬举"刘彻，是什么意思呢？莫非，她是在试图把女儿阿娇许配给太子刘荣，被其母栗姬严词拒绝后，又将目光投上了我儿刘彻这里来了吗？如果自己能和刘嫖联姻结成亲家，能在这位在皇上面前说一不二的"馆陶公主"的支持下，让我儿刘彻将刘荣太子之位取而代之，那可是一桩求之不得比天都大的事情啊！必须趁机"讨好"她才是，不然，自己的地位永远都是个"美人"啊……

这王娡可不是一般的女人，也可以说是一个命运多舛但又非常幸运的女人。

王娡的母亲名叫臧儿，其祖父是当年霸王项羽分封十八路诸侯王时封过的一个叫臧荼的燕王。臧儿虽然贵为汉初的名门之后，但到她成年时家道早已中落，所以就嫁给一位平民王仲为妻，生有一子和两个女儿，其长女就是王娡。王娡刚成年，就被母亲臧儿做主嫁到一户普通的农家并生了一个女儿。一年后，母亲臧儿找相士给王娡相面。相士说，王娡是大贵之人，以后会生下天子。于是，臧儿千方百计拆散了王娡的婚姻，托关系把王娡送进了太子宫给皇太子刘启做妃子。刘启被王娡的美貌所倾倒，对她甚是宠爱，封其为"美人"。王娡给刘启一连生下了三个女儿，在怀着刘彻的时候，梦到一轮太阳扑入腹中，就把这件事告诉给太子刘启，刘启说："这是贵显的征兆。"孩子还没有出世，文帝刘恒去世，太子刘启即位，是为汉景帝。景帝即位当年，王娡生下皇十子刘彻。刘启还是太子时，就已经有了九个儿子，其中前三子都是栗姬所生，长子为刘荣，所以刘启即位后就封刘荣为太子。一向专横跋扈而富有心计的刘嫖看刘荣将来能继位当皇帝，就找了栗姬，想把女儿阿娇嫁给刘荣当太子妃，但栗姬对刘嫖经常给他可哥景帝刘启"进献美女"怀恨在心，断然拒绝了。这让刘嫖颜面扫地，十分恼火，从此在后宫不断诋毁栗姬母子。这件事，宫中上上下下都知道，王娡当然也多次动过心思，一直在想，能不能利用刘嫖对栗姬母子的怨恨，寻找机会让自己和儿子刘彻"上位"呢？别的渠道和途径，似乎都不如这个皇帝的亲妹妹长公主好使，再加上景帝对自己和刘彻的宠爱……

刘彻来到刘嫖面前，躬身施礼道："侄儿给姑妈请安了！"

"彻儿免礼，快来姑妈身边坐下！"刘嫖眉开颜笑道，"几日不见，彻儿不但文采经纶满腹，而且个头儿也长高了，清逸俊朗，真是一表人才啊。"

"来，坐在我这儿。"阿娇站起来，将自己的几凳让给刘彻，自己则移到刘嫖的另一旁。

"谢谢姑妈和表姐！"刘彻依偎着刘嫖坐下了。

刘嫖侧过身，抱着刘彻亲昵地问："彻儿长大后，要不要娶媳妇儿啊？"

刘彻面现红晕，垂下眼帘道："要啊！"

"你想要哪一个呢？"刘嫖指指殿内亲朋和众多宫女，笑着说，"从这些小姑娘里挑一个，让姑妈先替你过过眼。"

刘彻抬起头，眨眨眼睛，在大殿里浏览了一圈儿，最后将目光停留在母亲这里时，只见母亲王娡冲他悄悄摇了摇手……

刘彻心领神会，将目光收回来，看着刘嫖摇摇头道："都不要。"

"哈哈！都相不中啊！"刘嫖把身旁的女儿拉一把，笑着说，"那阿娇好不好呢？"

刘彻看一眼脸色绯红的阿娇，又偷偷眄斜一眼母亲，见母亲对他点了点头。

"好！阿娇姐最好……"刘彻直视着阿娇，见阿娇正含笑咬着半个嘴唇，用一抹妩媚的眼神冲自己微笑，于是挺挺小胸脯，庄重地说，"若能得阿娇作妇，当作金屋贮之。"

自此，"金屋藏娇"传遍大汉朝野，不但成就了一桩"龙凤配"般尊贵的姻缘，还孕育着一个"千古帝王"汉武大帝的横空出世。

二

没有"金屋藏娇"的事件发生，刘彻当不了太子，也就没有他后来的王位可坐。

阿娇母亲刘嫖导演的这出"戏"，还得益于刘彻母亲王娡的积极配合，只有这样，才能由两个女人"强强联手"，将排名倒数第十，且还是庶出的刘彻安然送上帝王的宝座。

因为，刘彻和阿娇都还小，一个六岁，一个九岁，都还是个孩子。俩人在长信宫的这出由母亲大人们"指挥"的表演，跟小孩儿"玩过家家"是一个意思，儿童游戏而已。

"金屋藏娇"故事诞生后，倒霉的是栗姬和她儿子刘荣。谁让她那么"任性"，拒绝刘嫖为女儿阿娇的"拉郎配"呢？她不知道"楼外有楼，山外有山"，景帝的皇子有十四个，你不答应，还有"下家"接盘，不会在你栗姬这一个儿子的刘荣身上"吊死"。

别忘了，刘嫖是汉景帝的亲姐姐，长公主，得罪她，等于得罪了半个皇帝。

现在，"金屋藏娇"使刘嫖和王娡"结盟"成为"统一战线"，是"一家人"了。

"准亲家母"开始为"两个孩子"行动了，一起来为儿子和"准女婿"谋"福利"。

第一步，是获得汉景帝刘启"批准"，画圈同意这门"婚约"，这是必须的。

景帝刘启闻声皱皱眉头："两个孩子，可是亲表姐弟啊，这……"

"这有什么奇怪的，亲上加亲嘛！咱高祖刘邦驾崩后，高祖母吕太后不就是把亲外甥女张嫣嫁给当皇帝的儿子吗？是当舅舅的，娶了他的外甥女啊！这样，咱们的皇室才能固若金汤呢！皇弟，看在你姐姐我的面子上，你就同意了吧。让皇亲结成连理，是一桩功德无量的千古美谈呢！"刘嫖这样对哥哥汉景帝说。

关于"近亲"婚配这件事，在现代看来属于"乱伦"，是法律禁止的。但在古代，近亲结婚却非常普遍，并不以为耻，有时反而为荣。自己的儿子与姐姐的女儿婚配，汉景帝只是迟疑了一下，但并没有否定。以前，皇室内为了巩固皇权的统治，也多有这种近亲结婚的做法，刘嫖刚才所说也是事实。其实，不但在中国古代，即使在古埃及、日本一些皇室中，都有近亲结婚的现象存在。那时候，科学还没有兴起，人们不懂得有血缘关系的结婚后，会在繁衍后代时造成婴儿的畸形，大多没有关于近亲结婚的不合理或者有违伦理道德的思想意识。在日本皇室，到了近代，还有天皇女儿嫁给亲侄子的情况。在我国宋朝，大诗人陆游也和他的表妹唐婉儿有过一段温馨而浪漫的爱情，后因唐婉儿不能生育，陆游的母亲强行将他们拆散，为此，陆游还深情地赋诗《钗头凤·红酥手》，向世人公开表达他对表妹唐婉儿的眷恋和相思之情……

而王娡，则吹起"枕边风"，趁汉景帝"临幸"她的时候，在耳边柔声道："阿娇又聪明又美丽，百里挑一，跟咱儿子站在一起，简直就是绝配，阿娇若是以后嫁给别人，就太可惜了。"

景帝最听母亲窦太后的，尤其是家务事，必须征求她的意见。

窦太后眉开眼笑道："在我的宫里，娘虽然眼神不好，可听得真真切切，彻儿当着众人的面，说长大了只要阿娇，还说等娶了她，要给她造一座金子做成的屋子住，哈哈……"

叫来两个孩子，景帝要当面询问。

"彻儿，你是真心想娶阿娇吗？"

刘彻不假思索道："是的，父皇，孩儿非阿娇姐不娶。"

"阿娇，你是真心要嫁给刘彻吗？"

阿娇信誓旦旦说："是的，皇舅，外甥女非刘彻不嫁。"

景帝望着一个英俊，一个漂亮，此刻正手拉手，如同一对金童玉女般在他眼里呈现，欣慰地点了点："好，朕日后希望你们互敬互爱，白头偕老！"

汉景帝，俨然成了这场"婚约"的"证婚人"。

从此，"准亲家母"变成了名正言顺的"亲家母"。

于是，第二步行动开始了。

"亲家母"刘嫖和王娡的"两个女人一台戏"正式上演：挑拨、离间栗姬和儿子刘荣太子与汉景帝的关系，为刘彻"上位"取而代之铺路搭桥，营造舆论氛围。

常言道："谎话说上一千遍，也就成了真理。"再加上有真有假，无论你怎样有智慧，也是真假难辨。

刘嫖对弟弟汉景帝说："栗姬常在背后说你的坏话，说你身体不好，房事也不行，不会活大岁数，还让宫女们利用巫术，在背后诅咒唾骂你喜爱的王娡和王儿姁姐妹俩。"

景帝微微咧嘴，不信，心想：我房事不行？正式的嫔妃有六个，还生了十四个儿子，一大堆女儿，如果这是不行，那什么才是行呢？再说，咒我早死，对她有什么好处呢？她对自己心仪的爱妃王娡和王儿姁是心有不满，但那是女人们的嫉妒和争风吃醋吧，可以理解，不必求全责备。

王娡对老公景帝说："刘荣这孩子没礼教，在街上看见要饭的，差人上前把人家打得头破血流，趁你外出巡视不在长安之机，效仿你的銮驾规制，在大街上招摇过市，似乎是把自己当皇帝了，这不是想篡权吗！"

景帝挑挑眉头，不以为然，心想：说太子不好，会不会是想让你儿子当太子呢！

窦太后对儿子说："皇儿啊！你这一大堆嫔妃中，就数栗姬和刘荣不孝，不懂事。有一次他们母子来看望我，穿一身黑衣服，还不给我行大礼，真是没一点礼貌和规矩。"

景帝"扑哧"一声笑了："母亲大人，您老的眼疾，最近是不是有点严重了？可能是没看见他们行礼吧，要不要我派御医来给你看看？"

开始不信，但这三个人经常说，大同小异变着花样反复说。再说，这不是三个普通人，是自己身边最亲近的人，难道不是为自己好，是在故意害自己吗？绝对不会，可能是有夸大其词、添油加醋之嫌，不可全信，但也不能一点不信。

于是，景帝就想找个机会试探一下栗姬。

这天，体弱多病的景帝又身体不适了，咳嗽，发烧，在病榻前，他对栗姬说："我百岁之后，你一定要善待其他妃子和她们的儿子，能做到吗？"

栗姬阴沉着脸说："你身边这些女人，除了我，没有一个好东西！"

"可那都是朕的至爱和后代啊……"

栗姬歹毒地说："到时，你既然不在人世了，就管不了这事了，还操这闲心干吗？我不会让她们有好下场！"

景帝不寒而栗，有点开始相信姐姐刘嫖、王美人和母亲窦太后对她的"非议"了。

关于这件事的记载，见《史记·外戚世家》："景帝长男荣，其母栗姬。栗姬，齐人也。立荣为太子。长公主嫖有女，欲予为妃。栗姬妒，而景帝诸美人皆因长公主见景帝，得贵幸，皆过栗姬，栗姬日怨怒，谢长公主，不许。……景帝尝体不安，心不乐，属诸子为王者於栗姬，曰：'百岁后，善视之。'栗姬怒，不肯应，言不逊。景帝恚，心嗛之而未发也。"

当时景帝很"恚"，非常愤怒，对她十分厌恶，但又确实"未发也"，并没有怎么样她，也就是对她没做"处理"。

因此，第三步行动立即实施，继续给栗姬"挖坑"，制造出了震惊朝野的栗姬"请求册立皇后"事件。

此事件的策划者，当然还是这对"亲家母"刘嫖和王娡，而出面"上书"的，是王娡指使一位大臣进行。这一"计谋"的用意，是正值景帝对栗姬不满、恼怒之机再"火上浇油"，让大臣出面要求皇上册立栗姬为皇后，使景帝再次确信她迫不及待的野心，迫使景帝下定决心：如果不废太子，将来她成为皇后，大汉江山和满宫的嫔妃以及子女，还不知落得多么悲惨的下场。为此，《史记·外戚世家》曰："王夫人知帝望栗姬，因怒未解，阴使人趣大臣立栗姬为皇后。大行奏事毕，曰：'子以母贵，母以子贵，今太子母号宜为皇后'，景帝怒曰：'是而所宜言邪！'遂案诛大行，而废太子为临江王。栗姬愈恚恨，不得见，以忧死。卒立王夫人为皇后，其男为太子，封皇后兄信为盖侯。"

废太子，将栗姬打入冷宫，那么选哪个儿子做太子呢？皇子十四个，不一定必须是刘彻吧？刘彻之所以能脱颖而出，成功逆袭，还是刘嫖和王娡联手"推送"的结果。

这就是第四步行动的方案：大力颂扬王娡母子的高贵品德。

当然，这件事主要由刘嫖和窦太后来做。

因为王娡不能总是说自己好，那有"王婆卖瓜，自卖自夸"之嫌，说儿子好也要有分寸。她只是强调了她怀孕时，有太阳入腹的梦境，还说刘彻出生时，正是景帝继位的这一年，这让景帝十分欣慰，点点头道："嗯，显贵，是个好兆头。"

更关键的是，刘嫖不但自己说，还发动母亲窦太后说。

窦太后不说别的，专跟儿子景帝说刘彻在家里给她背诵先祖诗作的情景，夸赞道："彻儿面如冠玉，目若朗星，雄才大略，是栋梁之才，有帝王之相。"

窦太后与文帝刘恒生有三个子女，长女刘嫖，长子刘启，次子刘武。在外人看来，她最喜欢刘嫖，最疼爱刘武，对刘启比较冷漠。其实不然，刘启被封为太子的第二年，窦太后被封为皇后，但不久就患了眼疾。文帝去世后，刘启继位，整天忙于朝政，前来探视她的次数相对少了一些。但刘嫖是个女孩，又是长女，能经常来陪伴她，跟她说话，聊天，而刘武被封为梁王，事情也没有那么多，所以也经常前来嘘寒问暖，逗她开心。因此，从这个角度上来说，一向孝顺的皇帝刘启跟姐姐和弟弟相比，好像是对母亲疏远了。为此，他一有空闲，就来向母亲请安，出外巡视带回来一些好吃的和稀罕物件，都第一时间给母亲送来。凡是母亲跟他说的话，无论大事小事，他都一律照办，以此来弥补自己因当皇帝"日理万机"而探视母亲较少的遗憾。

当着儿子景帝的面，如此夸赞一个皇子或者她的孙子，这是母亲窦太后从未有过的。

对母亲关心不够，就要多顺从母亲，满足她的愿望。

而母亲、姐姐、爱妃的共同心愿，是让刘彻成为太子，而立刘彻为太子，必须先封她母亲为皇后，这样才顺理成章，不然，其他皇子会不服的。而在他目前的六位嫔妃里，他最喜欢、最宠爱的，还真是这个王娡。王娡不但美丽、温柔、贤淑，还给他推荐跟自己一样漂亮的亲妹妹王儿姁入宫当了妃子，一连给他生下了四个儿子，是妃子中生育儿子最多的。但可惜的是，她三年前生下第十四子（最后一个皇子）刘舜不久，就不幸病故了。王家这姊妹俩，实在是为刘家做出了"巨大贡献"。如今，妹妹王儿姁短命仙逝，而她姐姐王娡，理应得到应有的补偿和赏赐……

于是，"金屋藏娇"故事发生的第二年，也就是前元七年（前150）夏四月乙巳日，王娡被封为皇后，同月丁巳日，王娡七岁的儿子刘彻被册立为太子。

栗姬被打入冷宫，想见汉景帝一面都不能，后郁闷而死；太子刘荣废掉，改封临江王，赴遥远的南郡江陵①上任，一年余后，因"侵占宗庙扩建王宫"一案"受辱"在囚室自杀身亡。

这对曾经荣光和尊贵的母子，成为"金屋藏娇"后政治联姻的牺牲品。

九年后，景帝病逝，西汉的第七位皇帝刘彻登基，时年十六岁。

刘彻继位后，恪守"金屋藏娇"的诺言，与陈阿娇步入婚姻的殿堂。朝廷放假三日，在长安城举行了盛大而豪华的婚礼。尽管这是一场宫廷斗争和皇权更迭的政治势力博弈，但举国上下，还是眼羡和盛赞他们两小无猜、青梅竹马的纯真而又神圣的爱情。

阿娇，成为汉武帝的第一个皇后。

导演和当演员的四位当事人，全都皆大欢喜，光彩无限。

---

① 今湖北省荆州市一带。

三

应该相信，"金屋藏娇"的承诺，是刘彻发自内心的真诚。

就像现在一个男孩儿向一个心仪的女孩求婚，手捧一束鲜花单膝跪在女孩儿面前，对她深情地说："我爱你，嫁给我吧，我给你买最好的房子，最好的汽车，挣很多钱给你花，永远爱你，海枯石烂不变心！"

还应该相信，阿娇这个女孩，是目前大汉帝国甚至世界上最幸福也最幸运的。她不单单有一个英俊、睿智的少年天子让她成为年轻的皇后，更重要的是，她有一个爱她、宠她，将"爱情宣言"落到实处的男人。

什么政治婚姻？什么宫斗的需要？什么虚荣的母亲们的安排和"订制"？那都是后人凭个人臆想捏造出来。刘彻和阿娇当时可不懂这些，更不会这样去想，所以他们从相恋、相爱到携手共衾，是真心的、纯洁的、干净而透明。

但是，时间在流逝，人也不断在变，什么都没有永恒，包括天和地。

一个男人能保证一辈子爱一个女人吗？或者再反过来说。如果说能，那只有在特殊情况下，或者时间和人都静止没有发展以后；如果说不能，那是普遍规律，人力无法抗拒。再说，未成年时的承诺，尽管是发自内心的，但那毕竟是 场游戏一场梦。

年轻的皇帝刘彻变了，不是自己变的，是皇后阿娇让他变的，变得郁郁寡欢，不安甚至是急躁。

这种情绪一开始并不怨刘彻，应该怨阿娇一直没有生育。

看看，这就是随着时间推移而出现的人力无法抗拒的变化。谁会想到，阿娇婚后一直不怀孕呢？等一等吧，可等了好几年，阿娇的肚子还是没有动静。当然，大帝国有最好的御医和名贵的药物，但仍然无济于事。

别说是皇帝本人，皇家，即使在平民家庭里，一个女人没有生育能力，那也是比天都大的事，所谓"不孝有三，无后为大"啊！

皇后长期不孕，皇帝没有后代，尤其是没有皇子，那可是"要命"的事。

刘彻还算不错，虽然法律允许"六宫粉黛、三千佳丽"，但他没有像他父亲和爷爷或者祖爷那样迫不及待"纳妾"无数，他还是愿意再等一等，等待阿娇的肚子出现"奇迹"。

在等待陈皇后怀孕，或者说"皇子"诞生的时间段里，发生了一件事，让刘彻陷入迷茫和困顿之中，并最终移情别恋。

这件事，就是他认识了一位叫卫子夫的姑娘，并第一次"出轨"。

这年阳春三月的上巳日，刘彻去霸上①的水边参加"祓褉"②，以祭祀先祖，祈福除灾。活动结束后，回宫时顺路去平阳侯在京府邸看望当时嫁给平阳侯曹寿的大姐平阳公主。

平阳公主是刘彻同母的姐姐，两个人感情甚好。

当晚，宴席开筵之后，平阳公主拍拍手，便有一群穿戴艳丽的女子，随着一阵环佩的叮当作响和轻柔的乐声，飘至筵席的大堂上款款起舞，并合着悠扬的音律歌唱，声如银铃，姿若燕飞，美轮美奂，犹入仙境，令人心旷神怡。

平阳公主俯在刘彻的耳边，轻声说："皇阿弟，这些姑娘都是姐姐挑了又挑，选了又选，可以说百里挑一选出来的，年龄都在十四和十六岁之间。你看上哪个了，给姐姐指指就成。"

"噢！"刘彻警惕地看看平阳公主，"姐姐，难道，你事先……"

"是啊！得知皇阿弟今年要去霸上祓褉，归时要在这里小憩，我特意为弟弟准备的。"

平阳公主为博得皇帝弟弟的欢心，提前半年，从各地花重金买来一批良家少女，在这里进行封闭式的歌舞和才艺训练，专等弟弟

---

① 今陕西省西安市东，因在霸水西高原上得名，即今白鹿原一带。

② 洗濯去垢，消除不祥，源于古代"除恶之祭"。

的到来。

"这……"

"当皇上的姐姐，能不为皇上着想吗？到现在，皇阿哥还没有后嗣，我能不着急吗？别人操不操心，也就罢了，可咱们是骨肉同胞啊！"

刘彻叹口气，没有说话，端起一爵酒一饮而尽。

"时间还早，你慢慢喝，慢慢看。"平阳公主斟满酒，离座出去了。

刘彻一边观赏歌舞，一边独自喝闷酒，姐姐刚才的话，让她想起了阿娇的至今不孕，真是愁肠百结，苦不堪言。

不大一会儿，又有六个穿戴更加暴露的女子进入大堂，在一群歌者之间穿梭跳动。她们穿着薄如蝉翼，不同颜色的透明短裙和犹如兜肚的上衣，轻轻旋转时，露出了洁白的大腿、浑圆的屁股，还有饱满的乳房……

刘彻的酒，已喝至微醺状态。

一个头发浓密，光洁且乌黑，插满宝钿花钗搭配鲜花和饰物，穿着葱绿的透明薄纱的少女，开始顽固地在刘彻的眼帘里盘踞，让他欲罢不能。

这少女的舞姿不像其他舞者那么狂野，而是舒缓的，柔软的，仿佛一条青蛇呈直立的状态在那里律动。身体的曲线，犹如一股波浪，从脚尖处向伸直的手臂上蜿蜒起伏。在璀璨但有些迷离的灯光下，她的小嘴儿微微翕动着，似嗔似嗔，脖颈挺拔，锁骨凸凹恰到好处，双臂如刚洗净的白藕。丰腴的胸脯上，是一双犹如扣着的小银碗，乖巧、坚挺，甚至能看见粉嘟嘟犹如紫豆蔻般的小乳头，在薄纱后边随着她的舞步颤抖，似乎是卧在她怀里的两只小白鸽，呢喃着即将呼之欲出。她就这样慢慢扭动着身子朝刘彻走来，几乎快贴住了他的脸颊，气味馥郁、芬芳、甘甜……

一股从未有过的感官和嗅觉，让年轻的刘彻心底油然而生一种美妙得不可言说的渴望和冲动。使他的目光，再也无法抗拒离开这个"葱绿"的少女。他端起爵杯，试图把自己喝醉，以忘却内心的疾苦和这眼前不属于自己的美妙和诱惑。

平阳公主又过来了，移开刘彻面前的酒爵："皇阿弟，别喝了，回去休息吧。"

刘彻晃晃身子，站了起来。

"告诉姐姐，你喜欢哪个？"平阳公主搀着刘彻。

刘彻眨眨眼睛，嗫嚅道："大姐，这……"

"现在，可是播种的好季节，别辜负了大好春光。"平阳公主对他耳语道。

刘彻回头朝大堂看看，打了酒嗝说："那个，那个像葱一样颜色的……"

平阳公主捏捏刘彻的手，高兴地说："嗯，我知道了，安排！皇弟真是好眼力，她十五岁，名叫卫子夫。"

当晚，刘彻"临幸"了"嫩葱一般"的卫子夫，这是继阿娇后，他所"占有"的第二个女人，从此才切身体会到了女人和女人是不一样的，也理解了祖辈们"妻妾成群"的嗜好，开始了他自己的"好色"之路。

从此，这个名叫卫子夫的女子，成为大多皇帝"只进入身体，不进入生活"的例外，当了刘彻的第二位皇后。

当然，卫子夫的"幸运"并不是一帆风顺。

她被刘彻"睡了"的第二天，跟随着刘彻"入宫"了，但到了长安未央宫后，刘彻就把她交给后宫的管理人员，由于工作繁忙，没再找她，后来渐渐就把她忘了。直到有一次宫里要选择一些年迈体弱的宫人释放，送其回家，卫子夫才有幸再次见到了刘彻。

卫子夫年轻漂亮，本不在清理之列，但她感觉皇上与自己"一夜情"后，可能早把自己给忘了，一直不能相见，现在终于能见到皇上了，便哭着跪倒在了他的面前。

"万岁爷，请您开恩，也释放小女子回家吧……"

"你是……"刘彻望着她，"抬起头，让朕看看。"

"我是卫子夫啊……"卫子夫抬起头来，拭拭眼泪道，"万岁爷忘了吗？在平阳公主家，我那天穿着葱绿色的……"

"噢，卫子夫！"刘彻大惊，脑海里立即闪现出那次夜宿姐姐府邸与她激情而缠绵的一幕，连声道，"知道，知道，快快请起！"

卫子夫站了起来，望着刘彻泪眼婆娑。

"唉……"刘彻叹口气，爱怜地说，"别哭了，这都怪朕，别走，留下吧。"

入夜后，刘彻第二次"临幸"卫子夫。

不久，卫子夫居然怀孕了。

刘彻欣喜若狂，对卫子夫更加宠爱。

但阿娇却陷入了巨大的悲哀和痛苦，甚至是巨大的愤怒和仇恨之中。

也许，这是女人的本能反应：嫉妒。

自此以后，陈阿娇见刘彻一面也难了。好不容易见到了，诘问他道："你当初的诺言呢？都忘了吗？不是我母亲，不是因为有我，你能当上皇帝吗？"

刘彻耷拉着眼皮说："没有忘记。"

阿娇继续道："还有，你的奶奶，我的姥姥窦太后，自你继位后，并不喜欢你，几次想废你，都是我和母亲为你说好话。不是我和母亲积极周旋，你这皇上怕是早被赶下台了。"

的确如此，在刘彻刚登基执政时，当时只有十六岁，并不知道如何治理天下，因此大权还是窦漪房这个自皇后到太后，如今又是太皇太后的祖母手里握着。但刘彻天生比较叛逆，对当时存在的一些法规制度很不满意，所以就想改革，并在董仲舒的帮助下决定"罢黜百家、独尊儒术"。然而，此时"文景"之时崇尚道家的黄老思想，还在帝国很流畅地运行着，所以上至窦太后，下至很多文武大臣都坚持黄老之说。在这种情况下，窦太后开始干预朝政，她用粗暴的手段逼迫刘彻罢免董仲舒职位，并且不允许刘彻的一系列改革，还恐吓他不听话就罢免他的皇位。丈母娘刘嫖一听，这怎么得了，赶紧不停地劝说母亲，说刘彻岁数还小，还不太懂事，等长大之后就会好的，就会对您孝顺的。阿娇也在外祖母面前替刘彻说好话，搂着窦太后撒娇道："姥姥，我只要刘彻，您可不能废了他，没有他，我可怎么活啊！"本来窦太后也只是随口说说，一听长公主和阿娇这样为他求情，哄自己开心，转而喜笑颜开，也就不再追究了。那时，在刘彻心目中，丈母娘刘嫖不单单是他的丈母娘，还是他能站稳脚跟的靠山；阿娇不仅仅是他的皇后，更是他推进变革的政治保护伞……

"我也没有忘记这些，谢谢你和母亲一直以来对我的支持……"刘彻感动地看看阿娇，感慨之后又皱紧眉头道，"可是……"

"可是什么？"

"难道，你非要让我断子绝孙，才算是对你的爱吗？"

阿娇一时无语了。

"还有，你对我的爱呢？是让朝野上下都在偷偷讥笑我没有子嗣吗？"

阿娇还是无言以对，就对母亲咬牙切齿地说："我都恨死那个卫子夫了！"

母亲刘嫖叹气："唉！可那又能怎么样呢？"

"你得替女儿出这口气。"

刘嫖沉吟了片刻道："好吧，我来想个办法。"

这个办法，就是"刺杀卫青"。

卫青是卫子夫同母异父的弟弟，是因姐姐受宠来到长安，被安排到建章宫①当差的。

这天入夜，刘嫖安排一帮武士潜入建章将卫青抓捕，准备杀掉

---

① 汉武帝时的宫苑，遗址位于三桥镇北的高堡子、低堡子村一带。

以恐吓卫子夫。但消息泄露，卫青的朋友公孙敖带领一干壮士及时将卫青从牢中救出，才使卫青免于一死。但这时，卫子夫不知是受到惊吓，还是别的原因，突然流产了。

刘彻勃然大怒，但由于刘嫖和阿娇的特殊地位和身份，再加窦太后是她们的坚强后盾，他还不能跟她们"撕破"脸皮，公开"叫板"。在不能"处理"刘嫖和阿娇的情况下，他"退一步海阔天空"，采取迂回的方式：你们不是恨卫家吗？那么，我就大张旗鼓对卫家"好"，奖掖卫家。你们不是想杀卫青吗？那好，立刻连续提拔卫青为建章监、侍中（皇帝身边近臣），这为卫青后来七征匈奴，甚至参决政事、秉掌枢机内朝的大司马大将军打下了良好基础。你们不是痛恨卫子夫吗？那好，即刻封卫子夫为"夫人"，其位置仅次于阿娇这个皇后。

如果这算是"偷鸡不成蚀把米"，或者是"搬起石头砸自己的脚"，吃个"哑巴亏"也就罢了，但问题是，时间没有停止，斗争仍在继续。

处于长期郁闷和精神极度崩溃状态的阿娇，情绪无处发泄，找谁也没法诉说，那怎么办？只得以巫蛊之术来排解。她找来一位名叫楚服的巫女，制作出一个小偶人，在上面写着卫子夫的名字和生辰八字等，进行诅咒、射杀和毒蛊，然后摆放到被诅咒者卫子夫后宫的住处或旁边。

此事被人告发，刘彻震怒："好歹毒的阿娇，你非要咒死她，让我绝后不成！"

该事件发生在光元五年（前130），刘彻以"大逆无道"的罪名将楚服枭首于市，诛杀牵连者三百余人。秋·七月乙巳日，武帝下废后诏书，收皇后玺绶，并将阿娇逐出长安，幽居于郊外的长门宫中。

阿娇的"巫蛊"案是真是假？从史料里难以断定，是不是有人栽赃陷害呢？阿娇出生于名门望族，自幼就出入于皇宫，能不知道朝廷对于"巫蛊"极其严苛的惩罚，故意"踩雷"找死吗？或许是刘彻羽翼已丰，急需清除"外戚专权"，或者是为立卫子夫皇后提前清除障碍？都很难说，总之，这个"巫蛊"案，是让阿娇"倒下"的最好办法。

"巫蛊"之术，从秦汉时期就有，是源于远古的信仰民俗，用以加害仇敌。汉代的法律和唐代的法律都明令禁止过"巫蛊"之术。因为"巫蛊"之术操作简便，说不清道不明，被怀疑者无法自辩，因此成为宫廷斗争时用于栽赃陷害对方的绝好手段。纵观中国数千年的历史，多少后妃、重臣、皇子和公主都冤死在"巫蛊"这两个字上。

为此，《汉书·外戚传上》记载："元光五年，上遂穷治之，女子楚服等坐为皇后巫蛊祠祭祝诅，大逆无道，相连及诛者三百余人，楚服枭首于市。使有司赐皇后策曰：'皇后失序，惑于巫祝，不可以承天命。其上玺绶，罢退居长门宫。'"

一对从小相恋并终成眷属的夫妻彻底决裂，"金屋藏娇"又回归于幻想之中。

但是，我们还是应该肯定"金屋藏娇"的存在，否定它的永远。

永远有多远？没有多远，永远没有永远。

两年以后，卫子夫终于生下刘彻的第一位皇子：刘据。

皇帝当了十余年，到了二十八岁才有个皇子，刘彻的激动和亢奋可想而知。他诏令当时善为文者枚皋及东方朔作《皇太子生赋》及《立皇子禖祝》之赋。为感谢上苍赐予他的第一位皇子，他又修建了婚育之神高禖神之祠①以祭拜之。举朝文武百官和黎民百姓，都为这位迟来的大汉皇长子的诞生而欢欣鼓舞。

卫夫子被册封为第二任皇后。

好在，陈皇后阿娇已经从容而安静地坐在了"冷宫"里，不然，

①高禖庙供奉的是女娲，高禖、女娲与远古社会的生育、繁殖、部落文明、华夏文明紧密相连，是中华民族的根祖文明之源。

还真不知道她该怎样面对这一切。自小在皇家长大，一向傲慢自大、颐指气使的阿娇，会有什么更剧烈的反应，难道，会气疯或自杀不成？

提前去长门宫里过平淡而安静的生活，似乎才是陈阿娇最好的归宿。

四

现在，陈阿娇与世无争、平心静气地隐居在长门宫里。

长门宫位于长安城东南霸陵邑①，原是馆陶大长公主刘嫖所拥有的私家园林，后经过改建，献给刘彻用作皇帝祭祀时休息的地方。可见，这里也是一处皇家园林，条件虽比不上当皇后时的甘泉宫，但也差不了多少，各种设施应该是非常齐全，依然是公主般的日常生活。

《资治通鉴·卷十八·汉纪十》载："后虽废，供奉如法，长门无异于上宫也。"

可见，"打入冷宫"的阿娇，能有这样的生活待遇，已经很不错了，绝不可与那些被幽禁的皇后和妃子同日而语。这里有山有水的亭台楼阁，翘起的飞檐或托着一轮明月升起，或衔着一缕缕晚霞落山，遍地的奇花异草，一年四季都在传递着清香和大自然的消息，再加上吃喝不愁，有佣人侍候，"无异于上宫"，真是个修身养性的好去处。

刘嫖当初修建的宫苑，现在则由被"囚禁"的女儿来住，似乎是嘲讽，也似乎是冥冥之中，母亲为女儿结局作出的最好安排。

阿娇住在这里唯一的区别，是没有了自由和话语权。

但是，你还想说什么呢，有什么可说？

还想说"金屋藏娇"的故事吗？那太幼稚了吧。

---

① 今陕西省西安市灞桥区境内。

阿娇自己不必说，也不能说，更没必要说，有人替她说。

很快，当时的大文豪司马相如老先生就为阿娇写了一篇《长门赋》。据说，此赋是阿娇母亲刘嫖掷百金请他所作，刘彻读后大为感动。因这篇文章感情充沛，词藻华美，行文甘畅，是汉赋中的经典之作，不妨将"原文"和"译文"一并抄下来欣赏——

原文：

夫何一佳人兮，步逍遥以自虞。魂逾佚而不反兮，形枯槁而独居。言我朝往而暮来兮，饮食乐而忘人。心慊移而不省故兮，交得意而相亲。

伊予志之慢愚兮，怀贞悫之欢心。愿赐问而自进兮，得尚君之玉音。奉虚言而望诚兮，期城南之离宫。修薄具而自设兮，君曾不肯乎幸临。廓独潜而专精兮，天漂漂而疾风。登兰台而遥望兮，神怳怳而外淫。浮云郁而四塞兮，天窈窈而昼阴。雷殷殷而响起兮，声象君之车音。飘风回而起闺兮，举帷幄之襜襜。桂树交而相纷兮，芳酷烈之闿闿。孔雀集而相存兮，玄猿啸而长吟。翡翠胁翼而来萃兮，鸾凤翔而北南。

心凭噫而不舒兮，邪气壮而攻中。下兰台而周览兮，步从容于深宫。正殿块以造天兮，郁并起而穹崇。间徙倚于东厢兮，观夫靡靡而无穷。挤玉户以撼金铺兮，声噌吰而似钟音。

刻木兰以为榱兮，饰文杏以为梁。罗丰茸之游树兮，离楼梧而相撑。施瑰木之欂栌兮，委参差以槺梁。时仿佛以物类兮，象积石之将将。五色炫以相曜兮，烂耀耀而成光。致错石之瓴甓兮，象瑇瑁之文章。张罗绮之幔帷兮，垂楚组之连纲。

抚柱楣以从容兮，览曲台之央央。白鹤噭以哀号兮，孤雌跱于枯杨。日黄昏而望绝兮，怅独托于空堂。悬明月以自照兮，徂清夜于洞房。援雅琴以变调兮，奏愁思之不可长。案流徵以却转兮，声幼妙而复扬。贯历览其中操兮，意慊慨而自印。左右悲而垂泪兮，涕流离而从横。舒息悒而增欷兮，蹝履起而彷徨。揄长袂以自翳兮，数昔日之諐殃。无面目之可显兮，遂颓思而就床。抟芬若以为枕兮，席荃兰而茝香。

忽寝寐而梦想兮，魄若君之在旁。惕寤觉而无见兮，魂迋迋若有亡。众鸡鸣而愁予兮，起视月之精光。观众星之行列兮，毕昴出于东方。望中庭之蔼蔼兮，若季秋之降霜。夜曼曼其若岁兮，怀郁郁其不可再更。澹偃寒而待曙兮，荒亭亭而复明。妾人窃自悲兮，究年岁而不敢忘。

译文：

什么地方的美丽女子，玉步轻轻来临。芳魂飘散不再聚，憔悴独自一身。曾许我常来看望，却为新欢而忘故人。从此绝迹不再见，跟别的美女相爱相亲。

我所做的是如何的愚蠢，只为了博取郎君的欢心。愿赐给我机会容我哭诉，愿郎君颁下回音。明知是虚言仍然愿意相信那是诚恳，期待着相会长门。每天都把床铺整理好，郎君却不肯幸临。走廊寂寞而冷静，风声凛凛而晨寒相侵。登上兰台遥望郎君啊，精神恍惚如梦如魂。浮云从四方涌至，长空骤变、天气骤阴。一连串沉重的雷声，像郎君的车群。风飒飒而起，吹动床帐帷巾。树林摇摇相接，传来芳香阵阵。孔雀纷纷来朝，猿猴长啸而哀吟。翡翠翅膀相连而降，凤凰由北、南飞入林。

千万感伤不能平静，沉重积压在心。下兰台更茫然，深宫徘徊，直至黄昏。雄伟的宫殿像上苍的神工，高耸着与天堂为邻。依东厢倍加惆怅，伤心这繁华红尘。玉雕的门户和黄金装饰的宫殿，回声好像清脆钟响。

木兰木雕刻的椽，文杏木装潢的梁。豪华的浮雕，密丛丛而堂皇。拱木华丽，参差不齐奋向上苍。模糊中生动的聚在一起，仿佛都在吐露芬芳。色彩缤纷耀眼欲炫，灿烂发出奇光。宝石刻就的砖瓦，柔润的像玳瑁背上的纹章。床上的帷幔常打开，玉带始终钩向两旁。

深情的抚摸着玉柱，曲台紧傍着未央宫。白鹤哀哀长鸣，孤单的困居在枯杨。又是绝望的长夜，千种忧伤都付与空堂。只有天上的明月照着我，清清的夜，紧逼洞房。抱瑶琴想弹出别的曲调，这哀思难遣地久天长。琴声转换曲调，从凄恻渐渐而飞扬。包含着爱与忠贞，意慷慨而高昂。宫女闻声垂泪，泣声织成一片凄凉。含悲痛而唏嘘，已起身却再彷徨。举衣袖遮住满脸的泪珠，万分懊悔昔日的张狂。没有面目再见人，颓然上床。荃兰茞等做成的枕头席子，散发着以兰茞的草香。

忽然在梦境中醒来，隐约又躺在郎君的身旁。蓦然惊醒一切虚幻，魂惶惶若所亡。鸡已啼而仍是午夜，挣扎起独对月光。看那星辰密密横亘穹苍，毕卯星已移在东方。庭院中月光如水，像深秋降下寒霜。夜深深如年，郁郁心怀，多少感伤。再不能入睡等待黎明，乍明复暗，是如此之长。唯有自悲感伤，年年岁岁，永不相忘。

此文写得感伤、感慨、感动，可谓字字珠玑，句句锦言。把阿娇深居长门"冷宫"后那悲怆的情怀、矛盾的心境、痴情的怨悔、孤独的苍凉借境喻情，触景生情，描述得酣畅淋漓，掷地有声。不仅细致入微地书写了阿娇一人的心境，也再现了失宠后妃和宫女们苦闷孤寂的共同心声，开创了后世关于"宫怨"一类题材写作样式的先河。

先别管《长门赋》是不是后人的伪作，它确是以阿娇为原型，以在"冷宫"生活为素材创作的文学作品，可见阿娇这个"废皇后"对后世的影响多么巨大。

七百多年后，唐代大诗人李白也为阿娇写了一首《长门二怨》诗作：

其一

天回北斗挂西楼，金屋无人萤火流。

月光欲到长门殿，别作深宫一段愁。

其二

桂殿长愁不记春，黄金四屋起秋尘。

夜悬明镜青天上，独照长门宫里人。

译文：

其一

北斗七星高高地挂在西楼的上空，寂寞的金屋里只有那萤火在流动。月光即使照到长门殿，恐怕在凄凉的深宫后院也只会生出许多哀愁。

其二

桂殿哀愁的生活长久得已记不清多少年，屋内四壁已积起秋的尘埃。夜里青天上高挂着镜子般的明月，只照射着长门宫里那孤寂的情怀。

从整首诗看，呈现在我们面前的是一幅以"斗柄横斜"为远景、以"空屋流萤"为近景的月夜深宫图。境界是这样的阴森冷寂，让我们不必看到居住其中的人，而其人处境之苦、愁思之深就已经可想而知了。

后世描述阿娇深锁"幽宫"的文章和诗作很多，大多是"悲切、凄凉、痛苦、孤独、寂寞"一类的词句，几乎是穷尽所有伤感、压抑和清冷的词汇来形容她，还总拿小公主、"金屋藏娇"、首任皇后，与她入住长门宫后的生活境遇相比。似乎是在为她"鸣不平"，替她喊冤甚至伸冤。

也许，这都是后人或者文人们的想象、个人理解和感慨。

阿娇自己作何感想呢？换句话说，对于这样的结局，她自己怎样看待她自己呢？恐怕是永远没人知道，也永远说不清楚。

时间真快啊！如白驹过隙，一晃，阿娇来长门宫已经十余年了，与她当皇后在甘泉宫的日子几乎相同，也是十年。"受宠"与"失宠"仿佛是抵消了，如果用数学的计算方式来看，得到的是零：没有。没有就是没有得到，也没有失去，有什么不划算呢？

对于阿娇来说，一个个漫长而又风平浪静的日子，其实并不是那么枯燥无味和病恹恹的。

又是一个夏天，阳光灿烂，满庭院的树木、藤蔓和花草，还有悦耳的蝉声、鸟叫和虫鸣，在热烈而欢快地制造着清凉和静谧。那边从假山半腰泻下来的小瀑布，发出哗哗啦啦的流水声，有一群小白鹅和小鸭子在水池里游弋着。枝头遍布形形色色的花朵，散发的香气不仅仅是扑鼻而来。

现在，阿娇穿着淡黄色丝长裙，躺在葡萄架子下的椅子上读书。她读了很多书，大多是古书，才知道自己从前不愿意读书，不知道世界有那么多的故事，是多么的不懂事。除了读书，还养了很多家禽和小动物，有小鸡、小鸭、小鹅、小羊、小猪、小狗、小兔子、小鸽子、小刺猬、小猴子等等。只养小的，养大就送人，让服侍她的宫女拿走送人。因此，她一天天过得很忙碌，很充实。

谁说阿娇郁闷呢？她说过吗？自进了长门宫，你们见过她吗？

这些年，阿娇只哭过一次，那是五年前，她外祖母窦太后去世。

消息传来，还说她之前立下遗诏，将她自己宫中所有的金钱财富都赐予自己唯一还在人世的女儿、长公主、阿娇的母亲刘嫖。尤其是，在之前的半个月，她还差人来长门宫看望阿娇，给阿娇带了一件金锁——长命锁。为此，阿娇哭了整整三天，没吃也没喝。

从那以后，结合古书里的故事，阿娇懂得了"人无千日好，花无百日红；天下没有不散的筵席；月满则亏，水满则溢；天有不测风云，人有旦夕祸福"等等这些人生的至理名言。

可见，三十多年前的那个夏天，在外祖母窦太后的长乐宫里，阿娇与刘彻在众目睽睽下订下的那桩"终身大事"。现在看来是多么荒唐、多么好笑、多么好玩，太天真了，真是孩子们的把戏……

阿娇听说，她自入住长门宫后，她母亲刘嫖曾找到刘彻的姐姐太平公主哭诉："刘彻是因我而登上皇位的，然而他现在却这样对待我的女儿，你来评评这个理。"

平阳公主轻蔑地一笑："还不是因为皇后不能生子。"言下之意就是说，不能怪我家皇阿弟忘恩负义，要怪，就怪你女儿的肚子不争气。

阿娇也"扑哧"一声笑了：怪我吗？我怪谁，我何不想为皇帝生子呢？

之后又喟叹道："要怪命运，可什么是命运呢？命运在哪里，怎么去怪命运，又到哪里找命运算账呢？"

难道要怪刘彻吗？刘彻算不算"命运"？

刘彻是个正常的帝王，更是一个正常的男人。

从镜子里，阿娇看见自己不知道从什么时候长出的一绺绺白发，这是岁月的痕迹和时光打磨成的，也是经历和成熟的标志，年老色退，自然规律，如同花开花谢，瓜熟蒂落。

连自己都喜欢"小动物"，为什么要苛求他人去饲养"老家伙"呢？

将心比心，阿娇释然而安然。

天已经进入黄昏，暮色低垂，不远处的寺院传来阵阵的钟声，一群老鸦掠过枝头即将归巢，院子里各种家禽和小动物也都懒洋洋地准备回窝。

阿娇梳过自己的长发，涂上胭脂和口红，撩开沉香木阔床边悬着的鲛绡宝罗帐，和衣躺在了床榻上。有轻风拂来，幔帐上遍绣洒珠银线的玫瑰花，如幻海一般飘动。身下，铺着软纨蚕冰簟。大殿的顶上，悬挂的灯烛在熠熠生辉……

"谁能说这里不是金屋呢！"阿娇闭上眼睛，心想，只不过是换了个地方而已。

在阿娇看来，结局并不重要，重要的是那个曾经，也不是那个天长地久，是那个曾经的拥有，这就够了。她不再是那个心浮气躁的小姑娘了，那时，她在配合大人们演戏，现在，她活的才是自己。"金屋藏娇"的故事尽管没有演完，但依然没有任何时代和任何的复制重演，成为他人不可企及的漫长而遥远的绝响。

入夜，阿娇去世了，就这样平静地躺着走了。像所有人一样，都是这个世界上的一个过客，如同灰尘落入泥土。

当夜是个阴天，一直都没有月亮，如果有月亮一定很亮，但亮也没用，可没用却依然亮着，一如阿娇的死。

死后的阿娇，虽然没能知道，在她死后，继任她的卫子夫卫皇后，也是在"巫蛊"案中死去的，还捎带上了已经成为太子的儿子刘据，下场要比阿娇惨得多。再往后，又有李夫人、尹婕妤、邢娙娥、赵婕妤（钩弋夫人）等更替受宠，但都是"新人迎来旧人弃，掌上莲花眼中刺"，没有一个能够善终。

大家都是至高无上的皇帝，或者说都是一般男人的过客，而你阿娇，还有一个任何女人都没有的"金屋藏娇"的故事流传于世。

倘若阿娇九泉之下有知，一定会更加欣慰、自豪和荣耀。

云想衣裳花想容

华 清 池

开元二十八年（740）十月，是北方初冬的季节，天空阴云密布，伴有轻微的寒风，比往常冷了许多。

这天傍晚时分，一队快马簇拥着一辆黄色弧顶高篷辇车，穿透过早的暮色，从京都长安出发，一路疾行，在临潼城南骊山西北麓山下的温泉宫前缓缓停了下来。

温泉宫，是当时的叫法，现在则称华清池。

华清池，也叫华清宫，位于京都长安城西北六十余里处的骊山北麓[1]，背靠秦岭，面对渭水。因这里有着多处清澈丰沛的地下温泉，自古以来就是历代帝王沐浴、游玩的风水宝地和行宫别苑。最早可追溯至西周的周幽王，在这里建有骊宫，秦始皇时期改为"骊山汤"。到了唐代，在李隆基称帝之前，这里叫"温泉宫"，是唐高宗李治在其父唐太宗李世民起初"汤泉宫"的基础上扩建而成的一处皇家"避寒"离宫。

"王妃，到了，请您下辇吧。"一个戴着黑色幞头、身穿紫色长袍又瘦又高的男人躬下身子微笑着，一手挑开辇帘，一手打出"请"

---

[1] 今陕西省西安市临潼区。

的手势。

这位瘦高的男人，就是当朝大名鼎鼎的宦官、太监总管高力士，唐王朝第六任皇帝李隆基身边最亲近的人。

稍顷，一位妙龄的女子，在随身带来的几位侍女的搀扶下，从辇车里走了出来。

"请吧，贵人，我们一同上山。"

女子站在辇旁迟愣了一下，没有动身。在此之前，高力士可是一直称她为"王妃"的，现在怎么改口叫"贵人"了？

她轻轻皱了一下眉头，有些惊慌地打量着眼前陌生的一切：浓郁苍翠的山峰上，隐翳着的亭台楼阁点缀其中，回廊复连，曲径通幽，鸟语花香。不知从哪里，还传出一阵柔和而清脆的响声，似是琴弦、丝竹拨动，也犹如笙箫低吟，更像是流水潺潺。再看脚下，铺着一条浅红色的地毯，一层层往前拾级而上，一直通向半山腰由绿树与花丛环绕着的一处宫殿，透过窗棂，可以看到里面璀璨的灯火。从宫殿的大门口到这条地毯的两旁，是两排跪着的太监、女官、宫女、侍女，似乎是在迎接她的到来……

"高公公，这里是什么地方？"

高力士微笑道："这里是温泉宫，请贵人往前走。"

"温泉宫？"

"对，天然温泉。"

"噢！听说过，是先帝唐太宗李世民所建吧？"

"正是。"

女子这才款款起步，沿着地毯慢慢朝山上走去，两边的太监和宫女，虽然都低着头，但还是偷偷打量她的样子。大家虽然只是悄悄地瞥了一眼，但都被她的容颜和身姿惊呆了，可以说成是惊鸿一瞥。

她不高不矮，丰腴而健美，不施朱粉，身着素衣，天生丽质。鼓囊囊的脸庞白里透红，肌肤如软玉凝脂，一头乌黑的密发束成时兴的堕马髻，端庄而妩媚。浓眉似远山之黛，直而英挺的鼻梁，鼻头有点上翘，像是很单纯很顽皮的样子，长而浓密的睫毛下，一双眼睛清澈而明净，向上看时亮晶晶，像是珍珠放光，向下看时黑幽幽，犹如黑潭一般深邃。薄而小巧的嘴唇，宛若樱桃，两个嘴角微微上挑，似乎一直在微笑。小巧的云朵形高头锦履，在她轻若蜻蜓点水般的莲步前移时，仿佛是嫦娥在云端蹁跹起舞……

这女子就是杨玉环，第一次"奉旨"来到温泉宫。在没有接受皇帝李隆基"召见"之前，其形象和气质，就被全体"服务人员"所倾倒的情景。

后来，大家不禁窃窃私语，惊叹世上还有如此惊艳绝伦的女子。说皇上后宫那些女人，包括她最宠爱却于两年前病故的武惠妃，与她相比全都黯然失色。还说，她走过后，一路上都散发着她桂花般的体香。

在高力士的引领下，杨玉环来到宫殿旁的一间厢房里："贵人，请在这里稍事休息，我去禀报皇上。"

一名女官领着一群宫女送来了各种水果，还为她沏茶。

杨玉环打量着室内，见房间尽管不大，但也是奢华精美，摆设别致。

靠东墙的窗口下，放着一个黄花梨喜鹊石榴纹梳妆台，上面摆满了面脂、手膏、口霜和眼影等各种化妆品和用具。

由于来时匆忙，杨玉环没有化妆，甚至曾经哭过一会儿，眼睛还有点红肿和发涩，现在就想去简单涂抹一下，毕竟一会儿要见皇上，但她想了想，又作罢了。

那位女官和几个宫女又进来了，这次端来一盘盘形形色色的糕点。

天已经黑了，杨玉环确实有点饿了，但她不想吃。她现在很茫然，也有点焦灼，忐忑不安，不知道一会儿见到皇上，是怎样的情景？也不知道，高力士奉皇上之命，突然从寿王府把她带到这个温泉宫的地方来，究竟要干什么？当走出寿王府，将要坐进高力士带来的辇车里时，寿王李瑁突然抱住她哭了："爱妃，这一别，可能就再也不能相见了，请爱妃多珍重……"杨玉环打个寒噤，上路后心里一阵阵后怕，不由潸然泪下……

"难道，皇上会……不会吧，我可是他的儿媳妇啊！"杨玉环坐在一个红木三围护板、底垫铺着像是豹子皮的床榻上，心里一阵阵凄凉与愤怨，"但李瑁你是什么意思呢？我可是你明媒正娶的妻子啊！"

五年前，杨玉环十七岁，貌美出众，天资聪慧，又精通音律，擅歌舞，并善弹琵琶，当时被李隆基的第十八子寿王李瑁的母亲武惠妃一眼相中，从此正式成为李瑁册封的寿王妃。这些年来，虽然过得平淡，但在王府吃尽穿绝，享受着富贵，倒也生活得安详、幸福和美满，这次突然离开王府，是杨玉环第一次离开李瑁。在此之前，高力士带着一队人马来到王府，说是"圣旨到"，李瑁连忙跪下接旨。此刻杨玉环没有在场，父皇李隆基为什么事特意给儿子李瑁下圣旨，她一点都不知道，但既然是高力士亲自带队来"宣旨"，那一定是有很重要的事情。过了一会儿，李瑁阴沉着脸进来了，杨玉环连忙问父皇有什么事。李瑁直勾勾看着杨玉环，半天没有说话，接着就是唉声叹气。杨玉环又问，李瑁还是不吭声。这时，高力士在外面喊他，像是在催促他，李瑁这才咬着牙，跺跺脚吼了一声："爱妃，你走吧，父皇要召见你！"杨贵妃震惊，惊叫道："啊！召见我干什么，你不去吗？"李瑁眯着眼嗫嚅道："快跟高公公走吧，见到父皇了再说，不去，就是抗旨不遵，咱们都是要掉脑袋的……"片刻之后，高力士和几个随从进来了，还都给她施礼。高力士笑着说："王妃，辇车在外面等候多时了，请吧。"就这样，杨玉环简单收拾了一下，没有化妆，就带着平时侍奉她的几个侍女上了高力士带来的辇车……

李瑁和高力士，肯定知道皇上"召见"她要干什么，但谁都没有明说。尽管杨玉环已经猜测到了，但她还是在"不能抗旨"必须前来进行最终的确定。如果真是那样，除李隆基这个荒淫无道的老昏君企图霸占儿媳妇让人恶心，你李瑁忍气吞声把自己恩爱了五年的爱妃拱手让给父亲，也是无情无义、极其无耻的。

看来，你们皇家这爷儿俩，都把我杨玉环当成玩物了吧！

"贵人，请入席吧，皇上要宴请你。"高力士一声呼唤，打断了杨玉环的胡思乱想。

不知道高力士是什么时候进来的。只见他弯着腰，依然笑容可掬地对杨玉环做着手势，身后还有几位宫女和她带来的侍女，上来搀扶她，还有一些宫人打开了房间南面的一扇门，然后垂手站立在两旁。看来，大家都很敬重她，待她极其尊贵。

原来，这个房子跟别的地方是通着的。

在高力士和一群宫女的引导下，杨玉环走进一个大殿。

大殿高深而宽敞，烛光绚烂，亮如白昼，金碧辉煌。殿堂南端居中坐着一位身穿黄绫袍常服，头戴黑纱幞头，腰系红丝带，脚穿乌皮六合靴的人，下面跪着百余名着不同服装的各色人等。不用说，居中而坐的，就是大唐的皇帝李隆基。

杨玉环随高力士近前，不敢直视李隆基，连忙跪下行拜大礼："吾皇万岁，万岁，万万岁！"

李隆基在高力士对他耳语之后，仰着脸问："可是杨玉环吗？"

"是的，小女子杨玉环，给万岁爷请安！"

"免礼，请坐下说话。"

"万岁在上，小女子不敢。"

"坐下说话方便，快快赐座！"

有宫女搬来几凳，杨玉环起身坐下，但还是不敢抬头。

"玉环，今芳龄几何啊？"

"二十有二。"

"二十二，好岁数。"李隆基点点头，"能抬起头跟朕说话吗？"

"是。"杨玉环这才抬起头，拘谨地朝高高在上的李隆基望去。

杨玉环见到李隆基的最后一面，是三年前武惠妃病逝时，当时李瑁携她一同去参加母亲的葬礼，见到了极度悲痛中的父皇。在众多的嫔妃中，李隆基最宠爱武惠妃，这不单单是因为武惠妃是李隆基奶奶武则天的侄孙女，还非常美丽和贤惠，但后来为了让儿子李瑁能当上太子，策动陷害太子李瑛未能得逞，事发后赔上了为她做事的好几条人命，自己不久也被吓得病死了，而李瑁的太子之位，也从此"泡汤"了。武惠妃去世后，李隆基念及旧情，追赐武惠妃为皇后，从此郁郁寡欢，而寿王李瑁也是一蹶不振，作为寿王妃的杨玉环，这几年一直陪伴他在寿王府里深居简出。

现在的李隆基比上次见到瘦了一些，须髯也白了不少，但仍然面色红晕，精神矍铄，双目炯炯有神，国字形皙白的面孔看不出有明显的皱纹，不像是已经五十六岁的样子。

这时，李隆基在端详杨玉环，一直没有说话。

杨玉环感觉到了他犀利的目光，心里怦怦跳了两下，连忙低下了头。

"好，好……"李隆基似乎是在自言自语，继而接着问，"听说，你是在蜀州长大的，是这样吗？"

"是的，小女子祖籍蒲州永乐[①]，因父亲杨玄琰担任过蜀州司户，所以我自幼生长在蜀地。十岁那年，我父母双亡，只好去洛阳随叔父杨玄珪生活……"

"呵呵！看来，蜀地的风水好啊，不但物华天宝，还盛产美女呢！"李隆基眉开眼笑，"听说，你还深谙音律，能歌善舞，弹得一手好琵琶。"

"谢谢万岁爷夸奖，小女子只是喜欢而已。"

这时，李隆基站了起来，连击三掌道："来啊！奏乐！"

旋即，一阵舒缓而委婉的乐声轻轻响起，接着渐渐进入畅快的

---

① 今山西省运城市永济市。

节奏之中，然后又急转直下，之后再次减慢，似闲庭散步，时而悠扬，如百鸟鸣啭，时而粗犷，如山涧飞瀑……

杨玉环定睛望去，见乐池里有近百人的乐工，操动磬①、筝、箫、笛、箜篌、筚篥、笙等金石丝竹，其声"跳珠撼玉"般令人陶醉……

"贵人，您知道这是什么曲子吗？"高力士在旁边说。

杨玉环摇摇头："不知。"

"这是皇上亲自谱写的，名为《霓裳羽衣曲》，现专为贵人重新编排演奏。"

"噢，霓裳羽衣曲？"杨玉环惊讶了，她知道有这首曲子，据说是李隆基有一年在洛阳登上三乡驿②时，望见几女山③，被这里瑰丽的自然风光所倾倒，遂触发灵感而作，但从未亲耳聆听过。

曲调太美妙了，杨玉环被深深震撼并陶醉其中。真是"一曲霓裳醉月宫，依稀仙袂起舞鸿"，"此曲只应天上有，人间难得几回闻"。看来，传说中李隆基精通音律和乐器并非徒有虚名，是个性情温文尔雅的男人，多才多艺的皇帝。

突然，乐声戛然而止。

杨玉环正恍惚时，高力士走了过来，轻轻唤她："贵人，请随我来。"

杨玉环不知道高力士让她干什么，就跟着他来到了大殿旁的一个侧厅。

原来，这里是一个放置衣服并可以化妆的大厅。各种色彩和样式的服装不计其数，四周全是落地的镜子，梳妆台连在一起，一些高级、贵重的化妆品和琳琅满目的饰品，有很多是杨玉环没有见过的。更让她惊奇的是，还有挂在墙上的各种类型的琵琶。

高力士说："请贵人在这里挑选舞服，打扮一下，皇上要请你

---

① 当时在唐代指铜钵。
② 今河南省洛阳市宜阳县三乡镇一带。
③ 今花果山，是吴承恩《西游记》中花果山的创作原型。

跳舞。"

"跳舞？"

高力士点点头走了，一群女官和宫女围拢过来，躬身请她吩咐。

多久没有唱歌跳舞弹琵琶了？应该是从五年前被李瑁选为王妃起。是啊！之前自己是多么酷爱，多么痴迷啊……

似乎是，皇上对自己什么都了解，都清楚。

杨玉环开始化妆了，但却是简单的敷铅粉、抹胭脂、画黛眉、贴花钿、点面靥、描斜红、涂唇脂。接着，没有挑选那些非常华丽的舞服，而是择出一件纹饰精美秀丽，宽大舒适，广袖飘飘，有垂坠感的淡青色窄袖上襦，肩搭粉色披帛，下着描有金花的红裙，脚下是两双绣有鸳鸯的软底红色绚履。

再被人引入大殿，演奏声突然响起。

高力士拉着长音大声道："皇上有旨，请邀来的贵人杨玉环表演舞蹈！"

在音乐声中，一群宫女飘然而至，将杨玉环围在中间，伴随着乐器翩翩起舞，致使杨玉环情不自禁随着舞之蹈之，并越来越放松，越来越舒展，似乎忘记了自己的存在，成了这里的"主角"。

只见杨玉环踏着节拍和旋律，舒长眉，展妙目，翘手指，扭腰肢。一会儿轻云般慢移，一会儿旋风般疾转，身姿以动与静相结合，手臂、双腿的大小开合相对比以及移颈、翻腕等连贯性动作的点缀，形成了既热情、豪放又稳重、细腻的韵味。她忽而双眉颦蹙，表现出无限的哀愁；忽而笑颊粲然，表现出无边的喜乐；忽而侧身垂睫，表现出低回婉转的娇羞；忽而张目瞋视，表现出叱咤风云的盛怒；忽而轻柔地点额抚臂，画眼描眉，表演着细腻柔美的梳妆。轻盈时如春燕展翅，欢快时似鼓点跳动，缓慢时如低音琴声，高兴时似小鸟雀跃。一连串一气呵成的舞姿，在《霓裳羽衣曲》的伴奏下，音与舞完美融合，天衣无缝，似是一幅幅带乐的绝妙的图画闪现。由此，大唐盛世又诞生一支《霓裳羽衣舞》而独步天下。

但遗憾的是,由李隆基和杨玉环在清华宫一曲一舞共同缔造的、珠联璧合的《霓裳羽衣曲》和《霓裳羽衣舞》,在"安史之乱"中失传了。直到现在,它仍无愧于音乐舞蹈史上的一颗璀璨的明珠,使后人永远难以企及。

"歌舞晚会"结束后,宴会开始了,美味佳肴应有尽有。杨玉环兴致未减,兴奋中喝了不少葡萄酒,脸上有点微红。

宴会之后,有宫女带领杨玉环去温泉洗浴,用现在话说就是"泡澡"。

穿过几曲围栏小径,来到一处泉宫旁的一个侧室里。

几位宫女服侍杨玉环脱去衣裳,赤身进入雾气氤氲、热气腾腾的宽大温池室里。

室内中间,有一个巨大的温泉池,由汉白玉砌成,呈海棠花瓣的形状。

杨玉环先将双脚伸进泉水,感觉温度适中,水质如同明月一样清澈而皎洁,还有点黏滑,似是流动的油脂,芳香中夹杂着一点点硫磺的气味,甘甜,清爽。渐渐沉下身子,肌肤拟有千万支毛刷轻轻抚摸的触感,顿觉神清气畅。使杨玉环第一次品尝到从未有过的快感,毕生体验到人生还有如此的享乐,尤其是跳舞时出了一身热汗,现在温泉里一泡,实在是舒服得让人忘乎所以。真是无限江山,天上人间,怪不得都愿意当皇帝和皇后呢!自己虽贵为王妃,但比起皇帝的妃子,差别实在是太大了,是天上和人间的差别啊!

有给杨玉环搓澡的宫女羡慕和惊叹她的肌肤。

说:"比凝脂还滑,比绸缎还软。"

还说:"身上真香,把泉水都染香了。"

杨玉环说:"那是泉水的香味吧。"

"不,贱女在这个池子服侍过多位皇妃,从没有这样香过啊!"

正如后来白居易在《长恨歌》中所言:"春寒赐浴华清池,温泉水滑洗凝脂。侍儿扶起娇无力,始是新承恩泽时。"意思是说:

春季寒冷，皇上赐她到华清池沐浴，温润的泉水洗涤着白嫩滋润的肌肤；宫女搀扶起她如出水芙蓉软弱娉婷，由此开始得到皇帝的恩宠。

泡过温泉的杨玉环，更加千娇百媚，美艳撩人，换上为她准备的衣裳，愈加雍容华贵，风姿绰约。

从池宫回来，宫女和女官将杨玉环送至一处宫殿前，由高力士接过，引入李隆基的寝宫。

也许，李隆基在这里等候多时了。

高力士退去后，李隆基直截了当问："你愿意为朕侍寝吗？"

"我……"杨玉环听懂了，是让她陪着睡觉，但一时不知道该怎么说。

李隆基走过来，给她端过来一盅茶："不愿意吗？"

"不……"杨玉环顿了顿，羞怯地说，"小女子愿意。"

此刻的杨玉环说得虽然有点违心，跟皇帝第一次"睡觉"有点犹豫，但这是没有办法的事。李隆基"下旨"把她叫到这里来，还为爱好音乐和舞蹈的她特意上演《霓裳羽衣曲》，邀她跳《霓裳羽衣舞》，泡温泉，吃大餐，看来都是提前"准备"好的，有"预谋"的。皇上"相中"了她，把她从寿王府接到这里，是他人或者是高力士"拉皮条"式的"进谏"，还是他自己的意愿？杨玉环不得而知，也成为历史上的千古之谜。然而，这件事就这样发生了，"不愿意"不但她不能再活着，连寿王也会招来杀身之祸。再说，李隆基还没有那么老，而且风度翩翩，善解人意……

是愿意死去，还是愿意活下去，享受一番人世间的富贵和尊贵？

这是个急切而重大的"生死"问题，作为一个普通的女子，杨玉环还是在彷徨中作出了选择，或者，叫作一次赌博也可。

在那一瞬间，杨玉环想到的却多：皇帝是真心喜欢我，爱我，还是玩玩我就把我甩了？她现在依然迷茫。但她强烈感触到的是：既然寿王畏惧他的父皇，把自己拱手送了出去，自己也没有必要再为他"守节"。再说，作为一个女人，谁不想得到皇帝的"临幸"，过上一回至高无上的生活呢？哪怕是"一夜情"，也值了，"不在乎天长地久，只在乎曾经拥有"，人生苦短，快乐一时是一时吧。在这世上，又有多少背信弃义的男人和女人啊！不为自己活着，才是彻头彻尾的傻瓜！

于是，这天夜晚，杨玉环忘掉了自己"儿媳妇"的身份，平心静气地"侍王伴寝"，与李隆基在清华池寝宫相拥入衾，为大唐皇帝贡献了千娇百媚的一夜。

兴庆宫

华清池之后，杨玉环的担心成为多余，李隆基没有"甩了"她，和她的"爱情故事"在兴庆宫继续演绎，而且有点大张旗鼓、轰轰烈烈的意味。

是的，现在是关于"爱情"的故事，在华清池不是，那是"一夜情"，如今是"夜夜情"，性质发生了根本的变化。

为了把杨玉环是自己"儿媳妇"的身份"洗掉"，与杨玉环"天长地久"。李隆基在离开清华池之前，下诏书以为自己的母亲窦德妃祈福为由，令她出家当女道士，赐道号"太真"，从此被称为"杨太真"，为窦德妃祈福五年。

什么！让她出家当道姑，而且是五年？

是的，敕书规定"杨太真"出家当道姑的时间是五年，这样，才能让朝野上下知道，杨玉环已经不是寿王李瑁的妃子了，成了需修道五年的道姑，变成了一个跟寿王没有一点关系的女人。待她出道期满后，李隆基就可以不再背负"公爹"和"儿媳妇"有"奸情"的"扒灰""乱伦"的恶名，名正言顺且光明正大"在一起"了。

但实际上，这五年里，李隆基和杨玉环各自都没有"闲着"，而是一直偷偷过着"地下夫妻"的生活，也可以说是"明修栈道、暗度陈仓"。

因为，李隆基安排杨玉环出家的道观，是在大明宫的太真殿里，而这个太真殿，与李隆基理朝执政的兴庆宫只一墙之隔，有一条道可以直接到达，也就是一里多地，来去很方便，可见李隆基处心积虑的"偷情"谋略，是多么的诡秘和周密。

大明宫众人皆知，都知道那是大唐帝国的大朝正宫。

但当时长安城的三大宫殿群，除了大明宫，还有太极宫和兴庆宫。

兴庆宫是李隆基做藩王时期的府邸，他登基后，决定从大明宫迁移到兴庆宫听政，于是对这里进行了大规模的扩建。为方便皇帝游走于两宫之间，修建了夹城复道，北起大明宫东宫墙，南沿唐长安城东郭城墙，直抵兴庆宫。宫内建有兴庆殿、南熏殿、大同殿、勤政本楼、花萼相辉楼和沉香亭等建筑物，从此成为长安城"三大内"之一，称为"南内"。

也就是说，从李隆基执政开始，唐朝的政治决策机构和执政机关，已经从大明宫转移到兴庆宫了。这里是当时中国政治中心所在，亦是李隆基与爱妃杨玉环长期居住的地方。

怎么，称杨玉环是"爱妃"了？

是的，五年之后，也就是天宝四年（745），"杨太真"出家期满，李隆基把她接入兴庆宫，册立她为贵妃，从此称之为"杨贵妃"。由于自废掉皇后再未立后，因此杨贵妃的地位就相当于皇后。

在此之前，李隆基并没有忘记儿子李瑁因他而"失妃"这件事，为寿王册立了新的王妃，算是对"霸占"或者说"夺取"他前妃的体恤和安抚。

李隆基和爱妃杨玉环的"爱情"故事，都发生在兴庆宫里。

之所以现在给"爱情"加了双引号，是因为到目前为止，我们还不知道李隆基和杨玉环在一起生活的阶段算不算爱情，有很多人说不是。说李隆基荒淫、"好色"、堕落，以强权夺取自己的儿媳妇，更是道德沦丧，从此不理朝政，致使"安史之乱"爆发，成为大唐帝国由盛到衰的转折点；还说杨玉环是"红颜祸水"，干预朝政，让"娘家人"上位，尤其是其堂哥杨国忠的专权，他们的结合是权力与美色的交易等等。

关于李隆基和杨玉环的故事，古今史料、典籍、野史、传说和诗篇、小说，戏剧、影视剧等文艺作品很多。但在历史上，他们的真实情况究竟是怎样的，恐怕没有人能说得清楚。就目前现存的史料和研究成果来看，没有异议的，主要是她自入住兴庆宫成为贵妃，与李隆基共同生活了整整十年①间所发生的一些比较重大的事件和故事。

第一个故事，是杨玉环入宫不到一年，就被李隆基撵回了"娘家"。

原因是杨玉环"吃醋"。

当时，朝廷为李隆基专门设立了一个由太监担任的官职，名叫"花鸟使"，主要任务是为皇帝从各地搜罗美人，然后送到皇宫中。当时杨玉环在后宫中虽然最受宠爱，但是皇帝也会时不时"临幸"其他女子，所以杨玉环妒火中烧，跟李隆基大吵大闹。李隆基一怒之下，称她"妒悍不逊"，让高力士把她送回宫外的"娘家"。

杨玉环很害怕，对高力士啼哭道："皇上是不是不要我了？"

高力士笑笑说："非也。"

"那是什么意思？"

高力士叹口气："唉，没大事，先冷静一下吧。"

"高公公，你给评评理，难道是我错了吗？"

高力士顿了顿问："贵妃，你进宫多久了？"

杨玉环气愤地说："还不到一年，他就这么花心！"

"不到一年？不对吧！"高力士摇摇头说，"我是说，你和皇

---

① 746年由"杨太真"重返红尘成为杨贵妃，到756年"马嵬坡兵变"致死，之前的五年不计算在内。

上在一起，应该从华清池算起，已经是五年多，快六年了。"

杨玉环喟叹道："这倒是，难道时间长了，皇上厌倦我了，不喜欢我了？"

高力士连声说："非也，非也，如果皇上不喜欢你，何必五年后还封你贵妃呢！你现在这个贵妃，等于就是皇后啊！"

"公公说的也是……"杨玉环有些释然了，但依然茫然，"那为何赶我出宫？"

"皇上在和你之前，也有很多妃子和女人，你为何未生嫉妒之心呢？"

杨玉环想了想说："那时我没有爱上他，有了他以后，我才爱上他了，所以才嫉妒他和别的女人。"

高力士又笑笑说："皇上和别的女人睡觉，和喜欢你宠爱你，是两码事啊！"

"这是什么意思？"杨玉环思索了一番，没有想明白，"难道睡觉和宠爱还不一样吗？我听不懂公公说的话……"

其实，高力士是在说爱情与性欲的关系问题，在那个封建的时代，尤其是对于一个帝王的理解程度来说，杨玉环不明白，当然也听不懂。

"赶走"杨玉环的当天傍晚，李隆基就感到空虚、寂寞和无聊，无比想念杨玉环。但以他的身份和自尊心，又不能放下架子把她从"娘家"叫回来，就十分焦躁和不安，在地上不停踱步、转圈，还不时对服侍他的太监和宫女大发脾气。到了晚上吃饭的时候，望着一大桌子御膳，想起了杨玉环在吃什么，家里估计也没什么好吃的，尤其是平时爱吃人参炖熊掌，肯定吃不上，就差人赶快送过去，同时，还送去了一百多车她喜欢的日用品、饰物、摆设和衣服。

高力士把这些东西安排太监送出之后，望着还是闷闷不乐的李隆基，进言道："陛下，贵妃已经走了一天，下臣以为，她已经知道自己错了，现在正在后悔呢！是不是派人把她接回来啊？"

"对！"李隆基借坡下驴，连忙说，"快去，快去！你亲自去！"

杨玉环回到兴庆宫见到李隆基，立即伏地谢罪，哽咽道："感谢皇上不弃……都是臣妾的罪过，以后再也不让皇上生气了……"

李隆基急忙将杨玉环拉起，感慨道："爱妃，快快请起，是朕的不对，以后改正就是。"

第二天，李隆基颁诏，撤掉为皇帝选美人的"花鸟使"之官职，并永不再设。

一个帝王能这样做，实在太不容易了。他们不像一个皇帝和妃子的宫廷生活，更像一对平民夫妻司空见惯的"吵架"没有"隔夜仇"的那种，老婆"吃醋"，老公道歉并改正，以便和好如初，今后继续恩爱下去。

第二个故事，是三年以后，这一回反过来了，据传是李隆基"吃醋"，杨玉环又一次被遣送回了"娘家"。

究竟什么原因呢？

《资治通鉴》记载："九载二月，杨贵妃复忤旨，送归私第。"

《旧唐书》曰："天宝九载，贵妃复忤旨，送归外第。"

而杨玉环"忤"的是什么"旨"呢？正史均无详细纪录，倒是《杨太真外传》这样写道："九载二月，上旧置五王帐，长枕大被，与兄弟共处其间。妃子无何窃宁王紫玉笛吹。因此又忤旨，放出。"意思是说，天宝九年二月的一天，在唐玄宗和兄弟们及儿子共叙情谊时，杨贵妃偷偷地吹宁王的紫玉笛，被唐玄宗看见了，以忤旨又被送出宫外。

这一说法，据历史学家考证根本不可能。因为，此事发生在天宝九年（750），李隆基的大哥宁王李宪已经在开元二十九年（741）十一月去世，至天宝九年，已经死去九年了，杨玉环怎么可能与死人"有染"？其实，此宁王非彼宁王，这里的宁王是指李宪的儿子李琳，被嗣为宁王。杨玉环偷拿宁王的紫玉笛后把玩许久，也按原调吹了起来，李隆基闻笛声过来一看，见是宁王的玉笛，"醋性"

大发，一怒之下将杨玉环赶回了"娘家"。

从表面上看，好像是李隆基"嫉妒"杨玉环吹宁王的笛子。但有史学家认为，其实是李隆基以此为借口，试图打压一下"杨氏家族"的威风，削弱"外戚腐败"的弊端。因为，自杨玉环得宠后，杨家也跟着显赫起来。杨氏家族的地位一路攀升，几乎到了无法无天的地步。杨家接受招待的规格，已经超出了规定的界限，不仅大肆收受贿赂，甚至还欺负到了"皇室"的头上。《新唐书》记载："出入宫掖，恩宠声焰震天下。每命妇入班，持盈公主等皆让不敢就位，建平、信成二公主以与妃家忤，至追内封物，驸马都尉独孤明失官。"可见，皇上的亲妹妹在杨家三位夫人面前，委屈得只能让座而不敢就座；李隆基的女儿信成公主因为和杨家人有矛盾，居然低三下四追到杨府赠送东西以讨好杨家人。如果再不处理，继续下去，恐怕连大唐的江山都成杨家的了。

李隆基的这一"招儿"果然奏效了，杨玉环在"娘家"整日以泪洗面，杨家人更是惶惶不可终日。一连几天过去了，不像上一次那样，皇上很快派人来接杨玉环，连一点儿消息也没有，这可急坏了杨玉环的堂兄杨国忠。此时，杨国忠已经是太府卿，主管全国的金帛财帑，恐怕失去权势，便花重金，请来李隆基的宠信吉温去做说客。

吉温是个天生的"辩才"，能说会道，他见到李隆基时，这样说："一个妇道人家，如此让陛下生气，实属罪该万死，得到惩处是应该的。但这属于你们两个人的私事，可以在宫里私下解决，不用推到外面去，闹得满城风雨，陛下啊！不知我说得可对？"

李隆基思忖了片刻，再加杨玉环已经离宫好几天了，确实有点想念，吃也不香甜，睡也不安然，便点点头道："是这个理儿。"

"她既然错了，就把她叫到宫里来。"吉温见李隆基有点动心，继续道，"宫里有这么大的地方，陛下就赐她一个死地得了，又何必让她在宫外遭受污辱呢？陛下请三思，把她唤回宫，赐她一死吧……"

"赐她一死？！"李隆基惊叫，怒视吉温。

吉温连忙跪下叩首："陛下赶她出宫，不是怨恨于她吗？"

"我只是教训她，不至于赐死！"

"那就唤她回宫，由皇上发落吧……"

于是，第二天，李隆基令宦官张韬光将自己的御膳分出了一半让他带上，去宫外的"杨府"慰问杨玉环。

杨玉环见李隆基派人来看她，感动得泪流满面，马上伏地认错，即刻写下一个简短的奏章给李隆基："贱妾自知有罪，罪当万死，承蒙皇上宽恕，无以为谢，因为身外所有东西都是皇上恩赐，唯有身体发肤，受之父母，所以谨剪下一束头发，随附奏章中送给皇上。"之后，便用剪刀绞下自己一缕头发，用手绢包住，连同奏章一同递上，让张韬光带回兴庆宫献给李隆基。

李隆基看完杨玉环的"短信"，捧着她的青丝，不由潸然泪下，自言自语道："莫非，爱妃是要和我诀别吗……"当即派高力士将杨玉环接回到兴庆宫。

这一次，李隆基没有向她"道歉"，而是被杨玉环的"青丝"和"奏章"所感动，送给她很多宝物，加封她堂哥杨国忠遥领剑南节度使，官至正二品。

看来，李隆基是爱杨玉环的，而且爱屋及乌。如果只是"回眸一笑百媚生，六宫粉黛无颜色"，以姿色或者"性"为基础，此时的杨玉环，已经三十多岁了。李隆基不是爱她，早该把她打入"冷宫"再找更年轻漂亮的了。大唐帝国，所有的绝色美女，皇帝都可以占有，谁说"六宫粉黛无颜色"？那可能是从前，现在不是了。现在的皇帝和杨玉环，是一对有感情的恩爱夫妻，一如平民百姓的"柴米夫妻"，是相互的精神慰藉和情感的依恋。

确实如此。从杨玉环这两次"出宫"又"回宫"的经历来观察，李隆基似乎对她更"好"了，比之前更加宠爱她了。也许，在最初的时候，她得到李隆基的"喜欢"，确实是因为武惠妃早逝才使李隆基陷入了暂时的空虚寂寞，想找一下"刺激"，但现在的事实证明，她并非武惠妃的替身，而是皇帝心目中举足轻重的女人。

第三个故事，是李隆基真心实意让杨玉环过上最奢华的生活，或者说，要让她成为这个世界上最幸福的女人。

这件事似乎不用多说。

杨贵妃虽无皇后之名，却有着皇后之实，皇宫为她提供生活服务的队伍十分庞大。宫中为她刺绣织锦做衣服的就多达七百人，雕刻器皿制作饰物的也有三百多人。

为讨得杨贵妃的"欢心"，李隆基命各地官员四处搜罗新奇物品进献宫中送给杨玉环。如岭南节度使张九章、广陵长史王翼，就是因为端午节进献的珍玩与众不同，被李隆基升官加爵。

生长于四川的杨玉环爱吃荔枝，因岭南荔枝口味胜过四川，于是李隆基下令，特意开辟了从岭南到长安的几千里专用贡道，各地驿使快马接力传送，以便荔枝能及时快速地运至长安。因为荔枝摘下后五天内会变味儿，李隆基要让爱妃吃到最新鲜的，延误迟到会被杀头的。

"一骑红尘妃子笑，无人知是荔枝来。"杜牧《过华清池》中的名句，充满着讽刺的意味，但也道出了实情。至今荔枝中仍有一个品种叫作"妃子笑"，就是由此而得名。

从广东运来也好，自四川送来也罢。反正都是千里迢迢，为了荔枝保鲜，快速抵达京都，累死了多少匹马，忙坏了多少官员，李隆基不管，他只管"爱妃"高兴、开心和快乐。他只要能做的，一定竭力去做，如果她要月亮的话，如果能够摘下来，李隆基肯定也会去做。

我们能说，这还不是一个人对一个人的爱吗？让一个女人"要风得风、要雨得雨"的男人，还不算一个对她真心实意"好"的男人吗？

第四个故事，由华清池见证的恋情。

华清池是李隆基第一次"临幸"杨玉环"难以忘怀"的地方，为此，他对那里有着浓厚而独特的情感，以特有的方式表达着他的深切怀念和眷恋，让华清池成为他们恋爱的见证，恩爱的象征。

首先，李隆基为纪念这处让他"神魂颠倒"的风水宝地，从全国各地选调能工巧匠，在这里大兴土木，进行大规模扩建，轰轰烈烈地掀起了重修先祖"温泉宫"的建设高潮。其主要殿舍以温泉为中心，利用山形和地貌的特点，布设不同类型和用途的楼阁亭榭，建成了一座结构严谨、富丽堂皇的诸如飞霜殿、昭阳殿、长生殿、环园和禹王殿等标志性庞大的宫殿建筑群，其间还广布青松翠柏、荔枝园、芙蓉园、梨园、椒园等园林景观，建有浴殿、汤池多处，取名"华清宫"，将原来的"汤井"改为"池"。

在这里，李隆基还为杨玉环特意筑造了一个专用的"海棠汤"温泉池，如今叫"贵妃池"，并将这里正式命名为"华清宫"，也称华清池。

从此，华清池也因李隆基和杨玉环第一次"约会"并"一夜激情"而蜚声天下，与颐和园、圆明园、承德避暑山庄并称为中国四大皇家园林。

所以说，华清池是李隆基为"讨好"杨玉环而扩建的温泉别墅，并不为过；是因"爱情"而诞生的著名建筑群和一处名胜古迹，也不是妄言。

其次，从那年开始，每年十月，李隆基都要带她去华清池重温"旧梦"，年年如此，从未间断，似乎成了现在一对恩爱夫妻每年都要隆重庆祝的"结婚纪念日"。

李隆基为了使杨玉环在华清池"闪亮登场"，光彩照人，令一千多官员和宫女前来服侍，为她直接服务的宫女分工明确而精细：有管衣裙的，有管鞋履的，有管化妆的，有管首饰的，有管乐器的等各司其职。而且，还让杨贵妃的堂哥们、姐姐们等杨家人相伴。每家穿一色衣服，自成一队。远远望去，色彩斑斓，璨如万花。

遗弃于路的绣鞋珠环，香闻十里。如此浩荡奢华的盛大场面，让杜甫在他后来的名篇《丽人行》中感慨不已，现选取一段欣赏：

> 三月三日天气新，长安水边多丽人。
>
> 态浓意远淑且真，肌理细腻骨肉匀。
>
> 绣罗衣裳照暮春，蹙金孔雀银麒麟。
>
> 头上何所有，翠微盍叶垂鬓唇。
>
> 背后何所见，珠压腰衱稳称身……

也许，我们会说，这统统都是荒淫无道、腐败透顶的罪恶行径。

这谁都承认，但从另一个角度来讲，一个皇帝能对一个女人如此"大方"，如此"舍得"，如此"爱戴"，而且"十年如一日"般只争朝夕喜欢着，仰慕着，不能说没有爱情。

第五个故事，李白目睹了他们的志同道合。

这年初夏的一天午后，李隆基携杨玉环来到宫内的沉香亭观赏牡丹，还请来当时大名鼎鼎的歌手李龟年带着一班梨园子弟在这里奏乐歌唱，给皇上和贵妃助兴。

边乐边舞边歌了一会儿，李隆基突然把李龟年叫了过来，有点不快地说："当着盛开的名花，对着艳丽的贵妃，你们弄的怎么都是些陈词滥调！"

李龟年连忙跪下："请皇上下旨，看让谁来写出新词？"

李隆基想了想，问杨玉环道："爱妃，你愿意让何人来给我们填写新词呢？"

"听说，有个叫李白的大诗人，如今在京城里住着。"杨玉环不假思索道，"能把他叫来，再好不过了。"

"对，对，爱妃说的极是，快去把李白唤来。"

李龟年遵旨出了兴庆宫，来到长安城的李白住处未见，接着在街衢上四处寻觅。最后，终于在一家酒楼里找到了正在和一帮朋友畅饮的李白，而且已经喝得有了醉意。李龟年向李白传达了皇上的旨意，李白平素虽然狂傲，但对皇上的"邀请"不敢怠慢，就随他进宫来到了沉香亭。据说，李白当时喝醉了，是李龟年叫随从把他抬到马上驮到宫门前，又叫几个人左扶右持来到沉香亭。李隆基见李白醉如烂泥，便叫侍臣搀他到玉床上休息，吩咐端来醒酒汤，此时，杨玉环还叫人用冷水喷面为他解酒。还有传说，说李白躺在玉床上，把脚伸向高力士，要他为自己脱靴。高力士虽然不情愿，但当着皇上和贵妃，只好憋着一肚子气蹲下来为他"脱鞋"。这样过了一阵儿，李白才从醉梦中醒来，遂遵旨为李隆基和杨玉环作诗……

李白去兴庆宫沉香亭作诗，其过程究竟是怎样的传说并不重要，重要的是，此时此刻他在沉香亭所写的名为《清平调》的三首著名诗作是真的：

其一

云想衣裳花想容，春风拂槛露华浓。

若非群玉山头见，会向瑶台月下逢。

其二

一枝红艳露凝香，云雨巫山枉断肠。

借问汉宫谁得似？可怜飞燕倚新妆。

其三

名花倾国两相欢，常得君王带笑看。

解释春风无限恨，沉香亭北倚阑干。

这三首诗，把牡丹和杨贵妃交互在一起写，花即人，人即花，人面花光浑融一片，同蒙帝恩。尤其是"其一"的首句"云想衣裳花想容"：见了云便想起贵妃的霓裳羽衣，见了牡丹花便想起贵妃玉容。比拟的手法简直是出神入化，将杨玉环的"花容玉貌"写得力透纸背，从字里行间呼之欲出，其"天才"的文学感觉，让任何的描写和形容都黯然失色。

李隆基读过诗作大悦，当即要为李白的"新词"谱曲；而杨玉环念后更是欣喜若狂，令宫女拿来琵琶，按李隆基谱出的新调边弹奏边演唱边舞蹈。再加李龟年和弟子们合乐，宫女们翩翩起舞。一曲"霓裳羽衣歌舞"下的"云想衣裳花想容"的旋律，在大唐盛世的天空下响彻云天。

李白感慨万千，击掌叫好道："帝王谱曲贵妃弹唱，才子佳人两相欢！"

用现在的话说，李隆基是个颇具专业水准的音乐家，会作曲，擅奏乐，这绝不是虚夸。据史书记载，李隆基特别善打羯鼓，曾与王牌乐手李龟年比赛敲断过许多支棒槌，但李龟年却远不及他。杨玉环自幼擅长歌舞，弹一手好琵琶，会击磬，堪称歌唱家兼舞蹈家。

也许，正是由于两位造诣精深的"艺术家"志趣无异，气味相投，和谐交流，有着更多的共同语言，才彼此相互欣赏，爱得缠绵和长久。

马 嵬 坡

如此恩爱的李隆基和杨玉环并没有"太久"，在一个叫马嵬坡的地方意外终结了。

马嵬坡，因东晋太元年间朝廷曾委派一位名叫马嵬的将军在这里筑建城池，又因境内西部十多公里处有一个北高南低的大斜坡而得"马嵬坡"之名。当时，马嵬坡隶属于大唐京兆府下辖金城县的一个镇，因设有驿站，所以也称"马嵬驿"。

马嵬坡距东部的金城县城① 二十多里，离京都长安将近一百二十里。由于这里地处长安以西，是西出长安走"丝绸之路"的必经之地，所以，朝廷在这里设置了为过往官员和信使提供住宿和饮食的大型驿站。再加有官员歇马停驻，各地客商云集，很多西域的胡商和蕃人集散，街衢上店铺林立，车马云集，热闹非凡。在当时，成为关中最热闹繁忙的驿所和集镇之一。

此地，是李隆基带着杨玉环"逃离"京都长安的"落脚点"之一。

---

① 今陕西省咸阳市兴平市。

好好的日子不过，为什么要从京都逃跑呢？

原因是去年（755）年底爆发了以身兼范阳^①、平卢^②、河东^③三地节度使的安禄山，联合史思明发动属下的唐兵以"忧国之危"、奉密诏讨伐杨国忠为借口在范阳起兵叛乱，史称"安史之乱"。叛军势如破竹，很快就攻陷了东都洛阳，安禄山自称雄武皇帝，并率军攻打潼关。潼关是进出关中的门户，一旦丢失，整个关中平原已无险可守，长安城将危在旦夕，说不定还会沦陷，遭到叛军的蹂躏和洗劫。

潼关失守的消息，是六月十一日传到长安的，顿时引起了朝野上下的恐慌，城内陷入混乱之中。众百姓人人自危，纷纷出逃，官员们也都惶惑不安，不知所措。

六月十二这天清早，年迈的李隆基像往常那样在勤政殿上朝，待升朝议事时，下边的官员寥寥无几，不及平时的十分之二，不由大惊失色，问怎么回事，回答说是传言安禄山要杀进长安，好多人都带着家眷出逃了。

李隆基震怒道："朕昨日不是说，要御驾亲征吗！"

官员们都表情黯然，低头不语。

高力士在一旁小声道："陛下请息怒，这会儿没人相信您的话了，还是退朝吧。"

散朝后，宰相杨国忠对李隆基说："皇上，为安全其见，还是尽快做出暂时避一避的准备。"

李隆基拧紧眉头道："你是说，咱也要离开长安？"

杨国忠说："暂时转移一下，先避其锋芒。"

"潼关离这里，不是还有三百里地吗？"

"过了潼关进入关中，是一马平川，已无险可拒了。"

① 今河北省保定市涿州市。

② 今辽宁省朝阳市。

③ 大概在今黄河以东、汾河以西一带。

"城里还有守军，还有精锐的禁军，我要御驾亲征！"

"可叛贼安禄山，号称二十万大军啊！"

李隆基沉默不语。

杨国忠焦急地说："皇上，时间紧急，必须当机立断啊！"

李隆基想了想，眨巴着眼睛问："可往哪里走呢？"

"我早想好了，去蜀地。"

"为什么这么说呢？"

"叛贼在东，我们必须向西走。"

李隆基点点头。

杨国忠接着说："还有。一是蜀地有秦岭的天险，利于防御，叛贼难以攻入，绝对安全；二是下臣从前任剑南道节度使，对那里熟悉，有人脉关系，地方官民便于皇上调遣；三是那里沃野千里，美丽富饶，兵员充足，便于休养生息，反击叛贼。"

李隆基感觉杨国忠说得在理，同意了暂时的"离京出走"。

这件事正式决定下来的时候，已经到了傍晚。

李隆基令担任这次为出逃"警卫"开道的禁军统领陈玄礼召集禁军，重赏他们金钱布帛，又挑选了闲厩中的骏马九百余匹相赠。

为了避免"皇帝外逃"这一惊天动地的大事外泄，准备工作都在秘密进行，只有一晚上的时间，因为计划"离京"的时间是第二天凌晨。

当晚，杨玉环得知消息，忧虑地问李隆基："非走不可吗？"

"是啊！没有办法的事，唉……"李隆基长叹一声，继而又坚定地说，"只是权宜之计，咱们还会回来的。"

杨玉环环顾着灯火绚烂、富丽堂皇的寝宫，仍然闷闷不乐："幸福的安乐窝，真是舍不得离开啊……"

"这是去你的家乡啊，难道还不高兴吗？"

杨玉环强打精神道："高兴，只要能一路跟着陛下，臣妾去哪里都愿意！"

这晚，是他们今生在皇宫的最后一个夜晚。

第二天一大早，也就是六月十三日天刚蒙蒙亮的时候，一支庞大的队伍，从皇宫禁苑西门的延秋门出长安城，悄悄向西行进，开始了大唐历史上最早、也是最大一次帝王和爱妃紧张、慌乱、仓皇、迷茫而且前途未卜的逃亡之旅。

从长安城逃出的，除了李隆基和杨玉环，还有谁？大概有多少人？

据《资治通鉴·卷二百一十八·唐纪·三十四》载："乙未，黎明，上独与贵妃姊妹、皇子、妃、主、皇孙、杨国忠、韦见素、魏方进、陈玄礼及亲近宦官、宫人出延秋门，妃、主、皇孙之在外者，皆委之而去。"

可见，外逃的随员大多是在宫里的近臣，皇子皇孙、贴身宦官、宫女、护卫的禁军等等，在宫外居住的皇亲国戚，基本上没有通知到。

主要随逃人员有：

家眷：杨贵妃及其姐妹韩国夫人、虢国夫人及其子裴徽、秦国夫人；太子李亨、皇子颍王李璬、寿王李瑁；皇孙广平王李俶、建宁王李倓。

朝臣：宰相杨国忠、妻裴柔、其子户部侍郎杨暄、杨晞；宰相韦见素、其子京兆司录、御史中丞韦谔；京兆尹、御史大夫魏方进；龙武大将军（禁军统领）陈玄礼。

宦官：内侍监高力士、王洛卿（中途逃走）、袁思艺、李辅国（太子李亨亲信）。

整个出逃队伍大约在三千人以上，这是有史为证的。《隋唐两朝志传·第一百零七回》曰："行了数日，得至成都，从官及六军至者千三百人而已。"这是最后到达目的地成都的人数，一千三百人。其中，殿后的太子李亨所带的唐军就有两千人，并包括禁军中的精锐部队"飞龙禁军"，他的长子广平王李俶和三子建宁王李倓在出逃的队伍中"典亲兵扈从"，在此地与李隆基分手，没有随出逃队伍去蜀地，而是带上这支部队北上了；再加在历时四十六天的时间段里，路途不断有人离队逃走，还有各种自然减员。因此，刚从长安城西出来时，这是一支绵延了长达十余里的、浩浩荡荡的、仓促紧张而显得混乱不堪的"逃亡大军"。

远山朦胧，日色暗淡，道路渺茫，万物萎靡，大地无光。

銮驾、凤辇、车舆、旌旗、马匹和形形色色的人等，在前有龙武大将军陈玄礼率领禁军开道，后有太子李亨带着两个儿子殿后的精锐部队"护驾"下，冒着炎炎酷暑和荡起的黄沙烟尘，长龙般蜿蜒在茫茫一望无际的官道上。形态显得缓慢、沉重而疲惫。

离开京都，要到哪里去？

出逃的大多数人是不清楚的，只有"决策机构"知道。

一路向西的路线设计是提前制定的，长途跋涉所经过的地点大致是：长安（起始地）、咸阳、金城县、马嵬驿、扶风县、扶风郡、陈仓、散关、河池郡、益昌县、普安郡、巴西郡、蜀郡（目的地）。

但是，离开长安城过了咸阳和金城两个地方，当来到第三个"驻跸"之地马嵬坡时，突然出事了。

这便是唐朝历史上著名的"马嵬坡兵变"，震惊中外。

因为"兵变"的最大"新闻"是杨玉环被李隆基"赐死"；而杨玉环之死，则由"碎尸万段"宰相杨国忠为"导火索"引起；但最终目的是通过"检验"李隆基掌控大唐江山的执政能力和当朝威信，为太子"夺权"做好铺垫。

所以，在马嵬坡的"兵变"，主要是发生了三件大事：

一、诛杀宰相杨国忠。

先行交代一下"杨国忠致死"的氛围和背景，也就是自长安出逃后这两天"路上"的一些境遇情况。

出逃队伍是凌晨时分从长安城出发的，大概于上午九点来到了咸阳县附近的一个名叫"望贤驿"的驿站。

之前，李隆基派出宦官王洛卿先行去了驿所，去通知当地的官员备好食物进行招待。但到了驿馆，竟然发现驿站的官员都"跑路"了，连那个提前报信的宦官王洛卿也不知去向，整个驿馆空空荡荡，什么吃喝都没有。

由于出逃时间紧急，整个出逃大军并没有来得及准备充足的食物，再说跟皇帝出来了，各地官员还不隆重接待，安排好吃好喝吗？可没想到走了半天，到中午了，连皇帝本人都没饭吃，更别说其他的官员和禁军将士们了。

无奈之下，大队人马只好饿着肚子继续前行，把希望寄托于下一个"歇脚点"，那就是金城县的驿所。

当天晚上，饥饿和疲倦的队伍终于到达了金城县，但当他们进入驿馆时，迎来的仍然是失望和绝望。

《旧唐书》中记载："驿中无灯，人相枕藉而寝，贵贱无以复辨。"

也就是说，金城县的驿馆情况更加糟糕，不但人跑了，任何食物也没留下，而且驿站里连盏灯都没有，一片漆黑。在这种混乱的情况下，谁还管地位的高低贵贱？谁还管他是皇上还是贵妃？于是，所有人都忍着饥饿，挤在驿馆的地上，横七竖八地睡了一晚上。

为此，大家情绪都很低落，尤其是一些禁军将士，对李隆基这个一点尊严也没有了的"逃难天子"不满，更抱怨那个出主意让皇帝逃往蜀地的宰相杨国忠。不是他，大家还能在城里守着父母和老婆孩子过安稳的日子，现在可好，又饿又累又热，还得背井离乡去遥远而陌生、也不知道什么时候才能到达并重新返回的四川……

好歹凑合了一晚上，大家把最起码"能吃上饭"的希望寄托在"下一站"，那就是马嵬坡的驿站——马嵬驿。该驿站是这一带最大的"落脚点"，距金城县才二十多里地，再忍一忍也就到了。

现在，终于到达了第三个"驻跸"之地马嵬驿，时间是临近中午，该吃午饭了。

但马嵬坡这里跟在咸阳、金城遇到的情景一样，官员逃跑，空无一物。

大家饥肠辘辘，疲惫不堪，食物却一直没有着落。禁军队伍里，因疲劳和饥饿，滋生和蔓延着一种对这次出逃极其愤懑的情绪，抱怨和迁怒如暗流悄然涌动。

宰相杨国忠见皇上李隆基和堂妹杨玉环也没有饭吃，心中不忍，就准备骑马到街上去，看看到农民的家里能不能买一些食物，因为附近店铺都关着门。

一出驿站的西门，一群吐蕃的使者，大约有二十多人，冲过来拦住了杨国忠，向他要食物吃。原来，这帮外国使者也是从长安来的，认识宰相杨国忠，此刻找不到饭吃，估计也是饿急了，觉得大宰相肯定有吃的，就向他讨要。

杨国忠在马上对使者们解释说："皇上也还没有吃饭，我这不是要去外面找吗！"

使者不相信，操着生硬的汉语说，大意是："这怎么可能，你在骗我们。"

"真的，地方官都卷起东西跑了，驿站里空空如也。"

使节们还是不信，围着杨国忠胡搅蛮缠，总之是不让他走。

在驿站周边街衢上警戒的禁军官兵，远远望着杨国忠与这帮吐蕃使者的对话，但听不清楚说的什么。

这时，突然有一个骑马的禁军士兵朝杨国忠逼近，并且大声诘问他："杨国忠！你跟外国人在说什么？"

杨国忠一惊，因为平时大家都以"相爷"称他，没有人敢直接呼叫他的名字，不由大怒，呵斥道："大胆，一个小小的士卒，竟敢直呼我的名字，可是掉头之罪！"

士兵面无惧色，冷笑道："哼！谁有罪，谁清楚，今天，掉头的，还不知道是谁呢！"

"来人啊！"杨国忠大怒，招呼一旁的禁军道，"把这忤逆给我拿下！"

禁军士兵个个冷眼旁望，无动于衷。

"怎么，你们都想造反不成！"

这位士兵挥起长剑，指着杨国忠厉声呼喊道："弟兄们，是杨国忠老匹夫要勾结吐蕃人谋反，宰了他！"

杨国忠立即预感到了不祥，急忙调转马头朝驿门里飞奔。

士兵摘弓搭箭，射中了马鞍，马受惊狂跳，杨国忠跌下马来。

"弟兄们，还等什么，杀了这个祸国殃民的奸臣！"

众士兵一窝蜂般冲进驿馆，将杨国忠乱刀砍死，并肢解了他的尸体，还把头颅挂在长矛上，插到西门外示众。接着，这些禁军们疯了一般，又把他的儿子户部侍郎杨暄、"杨家"的韩国夫人、秦国夫人等悉数赶尽杀绝，几乎"灭门"了。

正在院中的御史大夫魏方进见状，怒斥士兵们说："你们胆大妄为，竟敢谋害宰相！"

杀红眼的士兵们，冲过去又把他杀了。

掌管门下省事务的韦见素听见外面大乱，跑出驿门察看，被乱兵用鞭子一顿"暴揍"，被抽打得头破血流，有人还举起了长剑。

"不要伤害韦大人！"背后有人断喝。

众士兵一看，是统领陈玄礼。

韦见素才免了一死。

但越来越多的士兵们，黑压压蜂拥般将驿站团团包围了。

马嵬坡兵变，也可以说是"禁军哗变"，就这样腥风血雨般而且是非常诡异地轰轰烈烈地拉开了序幕。

一般的士兵，只是因为挨饿、艰辛、抱怨，痛恨杨国忠，就胆敢在皇帝的眼皮底下，如此疯狂地大规模屠杀当朝宰相和高官吗？貌似是，但肯定不是。

因为，无论放到哪个朝代，也没人相信这种可能性，也没有人这么大胆。

《旧唐书·杨贵妃传》里是这样记载的："安禄山叛，及潼关失守，从幸至马嵬。禁军大将陈玄礼密启太子，诛国忠父子。"

李隆基执政时期的最后一任宰相杨国忠，就这样惨烈而死。

二、铲除杨贵妃。

外面的暴乱、喧嚣和嘈杂，惊动了正在驿站正堂大厅休息的李隆基，急忙让高力士和侍从们出去询问。

高力士很快回来了，面色苍白，浑身颤抖，气喘吁吁地禀报道："皇上……出……出大事……了……"

"出了什么事？"

"杨大人……被……被杀了……"

李隆基惊愕："啊！"

杨玉环闻声，抱住李隆基啼哭起来。

"谁干的？"

"是一群乱军……"高力士好像刚平静下来，朝外指指说，"不计其数的禁军，把驿站包围了。陛下，怎么办？如何是好啊！"

李隆基愣怔了片刻，耷拉下眼皮，拄着拐杖在地上哆嗦着走了几步，突然抬起头来说："走，跟我一起出去看看。"

"陛下，万万不可啊！"

李隆基瞪了瞪眼："我倒是要看看，他们还能把朕杀了吗？跟我走！"

高力士和宦官还有宫女等随从，搀扶和簇拥着李隆基往外走。

杨玉环也跟了出来，但被高力士阻止了。

"陛下！"杨玉环呼唤李隆基，意思让他发话让自己一同前往。

李隆基回头看了看抹着眼泪的杨玉环，又转回了头："你留在室内，不必去了。"

"陛下啊！一定要严惩凶手，为我哥哥报仇……"

李隆基没有吱声，在众人簇拥下，迈着颤巍巍的步履，来到了北大门前。

现在的李隆基已经七十二岁了，头发和胡子几乎全白了，眼花，驼背。由于这两天的车辇颠簸，缺吃少喝睡不安稳，似乎是瘦了一圈儿。脸上的皱褶明显增多，气色灰暗，面容憔悴，还有点咳嗽和气喘，走道时感觉大腿根一阵阵发疼。

大门内有一摊一摊的血，苍蝇在上面乱哄哄着叮吮。门外的一杆长枪上，还高高悬挂着一颗血红的脑袋。黑压压一片的士兵身穿戎装圆领缺胯袍，手持或佩戴长枪、短剑、仪刀、弓箭等武器，在那里一群群、一伙伙聚集。他们或私语，或闲聊，或嬉笑，或争吵，还不时有战马嘶鸣声相伴，嘈杂而混乱，一派乱糟糟的景象。

"皇上驾到！"不知谁吆喝了一声。

禁军队伍顿时安静了下来，一个个原地站着，全都默不作声朝李隆基张望。

李隆基的眼睛尽管花了，但还是能看见距他一些比较近的禁军士兵们的面部表情，还有一束束似乎是带着刺刀和寒光般的眼神，都是那么冷漠、不屑、鄙夷甚至是愤怒和仇视。

在这一瞬间，李隆基突然感到了毕生从未有过的怯懦和恐惧，也让他想起了前天午间在咸阳县望贤驿"驻跸"时，在大街上路遇一位老者对他所说过的话。老者当时这样说："安禄山包藏祸心，阴谋反叛已经很久了，其间也有人到朝廷去告发他的阴谋，而陛下却常常把这些人杀掉，使安禄山奸计得逞，以致陛下出逃。所以先代的帝王务求延访忠良之士以广视听，就是为了这个道理。我还记得宋璟做宰相的时候，敢于犯颜直谏，所以天下得以平安无事。但从那时候以后，朝廷中的大臣都忌讳直言进谏，只是一味地阿谀奉承，取悦于陛下，所以对于宫门之外所发生的事陛下都不得而知。那些远离朝廷的臣民早知道会有今日了，但由于宫禁森严，远离陛下，区区效忠之心无法上达。如果不是安禄山反叛，事情到了这种地步，我怎么能够见到陛下而当面诉说呢？"李隆基羞愧得无地自容，尴尬地对老者说："你说得对，这都是我的过错，但现在后悔，已经来不及了啊……"

可杨国忠一直是反对安禄山的啊，如果早听杨国忠的话，也许不会有今天这样狼狈的下场。

但是，禁军为什么暴乱，要杀死杨国忠呢？难道只是士兵们的一时冲动吗？幕后一定有人指使和策划。但肯定不是陈玄礼所为，他曾力助自己起兵诛杀韦后及安乐公主，即位后让他一直宿位宫中，对自己忠心耿耿，是最可靠也值得完全信赖的将军。那么，还有谁敢这么做，除了太子李亨，似乎没有人……

李隆基似乎已经意识到了事情的严重性，但他不愿意再这样深入想象下去。

危急关头，业已四十三年帝王生涯的李隆基，以自己经历、参与和操控了太多宫廷斗争的政治经验判断，这是一次有预谋、有计划的"哗变"，诛杀杨国忠，只是个"药引子"或者"试探"，顺者倡而逆者亡。

自己真的是老了，该放手歇歇安度晚年了，不然，自己的明天可能就没有了。

李隆基就这么站着，想着，双手在哆嗦，拐杖在抖动，浑身在战栗。他一言不发，静静望着伫立在眼前也在沉默着的一群面容冷峻的将士。

突然，人群里有人又高喊了一声："还不跪下，向陛下请罪！"

士兵们呼呼啦啦全都跪下了。

"将士们何罪之有呢？"李隆基拉着长音，微微一笑道，"大家快快请起，平身、平身！"

对于皇帝的反常行为，所有在场的人都惊呆了。

李隆基继续温和地说："众将士随朕远行，一路风餐露宿，缺吃少喝，辛苦了，如今又替朕铲除奸相杨国忠，可谓人心所向，朕要感谢大家才是啊！"

大家都陆续站了起来，面面相觑，手足无措。

"来人啊！"李隆基情绪突然高涨起来，"将我从宫中带出的钱币，去拿来赏给有功的将士们。"

但奖赏了将士们之后，他们并没有撤退，仍在驿门外聚集着。

为此，《资治通鉴》记载："上杖屡出驿门，慰劳军士，令收队，军士不应。"

你们目无王法，残忍地杀害了宰相和他的家人，皇帝没有惩处你们，还拄着拐杖亲自走出驿门给你们"颁奖"，已经很没面子了，有失尊严了，可为什么还围住驿站不"撤军"呢？

这时，陈玄礼出场了，跪下对李隆基说："国忠谋反，贵妃不宜供奉，愿陛下割恩正法。"

啊？！问题原来在这啊！

李隆基震惊得晃晃年迈体弱的身躯，几乎要跌倒了，好在被一旁的高力士扶住了。

"无须你多言，朕当自处之。"李隆基怒不可遏，说完哆嗦着返回驿站。

身后，传来陈玄礼的声音："陛下，下臣会在外面一直等候。"

李隆基没有返回下榻处，不敢去面对爱妃杨玉环。他磕磕绊绊绕过回廊，来到驿站后院的一处花园里，徘徊了一会儿，又坐到一块石头上，双手握着拐杖，一会儿垂头深思，一会儿又仰望着天空出神。高力士和服侍他的人等不敢近前，都站在不远处小心翼翼地看着他。

李隆基怎么想的，没人知道，但他不愿意被"胁迫"赐死杨玉环，却是真的。

太阳快要落山了，京兆司录参军①韦谔诚惶诚恐地过来了，匍匐在地道："现在众怒难犯，形势十分危急，安危在片刻之间，希望陛下赶快作出决断！"说着不断地叩头，以至于撞得血流满面。

"爱妃居住在戒备森严的宫中，从不与外人交结，怎么能知

---

① 京兆司录参军，负责六曹公文的官员。

道杨国忠谋反呢？她没有任何罪过啊……"李隆基老眼里含满了泪水。

高力士也近前道："陛下，贵妃确实没有罪，但将士们已经杀了她的哥哥杨国忠，而贵妃还在陛下的左右侍奉着，他们怎么能够安心呢？希望陛下好好考虑一下，将士们安宁了，陛下才会安全啊！现在，他们都在外面等着呢，再不决断可就……"

这才是根本和要害。

李隆基又沉默了一会儿，平静地对高力士说："你来办吧。"

也就是说，让高力士去"执行"杨玉环的"死刑"，李隆基一直再没敢面见杨玉环。

杨玉环究竟是怎么死的？说法很多，综述起来大概有那么几个：

1. 《旧唐书》记载："至马嵬，禁军大将陈玄礼密启太子诛国忠父子……力士覆奏，帝不获已，与妃诏，遂缢死于佛室，时年三十八，瘗①于驿西道侧。"《新唐书》的记载与其类似，都没有说明杨贵妃是自缢而死，还是被他人缢杀。

2. 《资治通鉴》里说："上乃命力士引贵妃于佛堂，缢杀之。与尸置驿庭，召玄礼等入视之。"为安定军心，李隆基还特意让陈玄礼进门验尸。

3. 杜甫在安禄山攻占长安时，写下《哀江头》一诗，其中有一句："明眸皓齿今何在，血污游魂归不得。"这里出现了"血"字，而"缢杀"是不会"见血"的。

4. 《杨太真外传》记载：李隆基和杨玉环诀别之时，贵妃乞求容许她在佛堂"礼佛"，高力士趁机将杨贵妃缢杀于佛堂的梨树之下。

5. 刘禹锡在《马嵬行》中写有诗句："贵人饮金屑，攸忽舜英暮。"认为她是吞金而亡，"自杀"的。

6. 还有一种更离奇的说法，说她根本就没有死。白居易在《长

---

① 瘗，掩埋的意思。

恨歌》中写道："马嵬坡下泥土中，不见玉颜空死处。"这是杨玉环墓葬实为空穴的佐证。还有诸如《杨贵妃别传》等一些私人史料记载：当时被缢杀的是一个宫女，骗过了禁军后杨玉环逃出，在一个日本遣唐使的帮助下，乘海船逃往日本，并在那里繁衍生息。近年来，日本某女星还自称是杨玉环的后裔。

不论怎么死吧，杨玉环都是非正常死亡。

年仅三十八岁的杨玉环，具有羞花闭月美貌的"一代艳后"，就这样香消玉殒了，成为"争权夺位"的牺牲品和"替罪羊"。

三、太子与父皇分道扬镳。

杨玉环是傍晚时分死去的，死后一切都恢复了平静，"玄礼等皆呼万岁，再拜而出，于是始整部伍为行计。"①出逃行动按原计划继续进行，仍由陈玄礼率领的禁军"护驾"，明天一早启程赶往下一个预定的地点。

但太子李亨提出，不随父皇的大队出发了。他要带领他的属下和军队北上，理由是，当时的民众和军人，呼吁他组织兵力对入侵长安的安禄山进行反击。

这个理由冠冕堂皇，无懈可击。

李隆基欣然同意，他知道，太子是要立即摆脱他的"控制"，而他自己，此刻已经心灰意冷了，太子不在身边，才是最安全的，否则，他每晚都会睁着眼睛睡觉。

是啊！太子李亨今年都四十五岁了，二十七岁被册立为太子，已经十八年了，还要让他等到什么时候？再说，他二十八岁的长子广平王李俶，十九岁的三子建宁王李倓，都十分优秀和骁勇，和他一同带着两千人的军队，也在"出逃"的队伍之中。这如狼似虎的爷儿仨想"夺权"，是手到擒来的事。现在找借口"诛杀宰相""逼死贵妃"先夺取其"心爱之物"试探父皇的反应，没有直接对皇帝"下手"，已经算是"大孝"了。另外，李亨身边

---

① 见《资治通鉴·唐纪·马嵬事变》。

还有个贴身的宦官李辅国，加上与太子关系也好的陈玄礼。当然，陈玄礼也不会公开出面，他会吩咐手下禁军以"饥疲劳顿，怨声载道"为由发动"兵变"。

马嵬坡兵变的最后成果或者说最终目的是，太子李亨在马嵬坡与父皇李隆基"告别"，率部一路北上，经渭北、永寿、新平郡、安定郡、平凉郡，最后到达灵武①。一个月后②，李亨在灵武城的南门城楼上，举行了简单的登基仪式。登基后，改年号为至德，并将当年改为至德元载，李隆基被推尊为太上皇。当天，新即位的唐朝第七位皇帝李亨派使者前往成都，向太上皇李隆基"先斩后奏"报告了这一消息。

在惊天动地、惊心动魄的政治斗争的旋涡和博弈中，杨玉环无疑是一个小小的"棋子"，在太子那里是，在帝王这里也是。

"杨贵妃墓"位于今陕西省兴平市西北十二公里处的马嵬坡，目前是一处著名的旅游胜地。在马嵬驿故址城门上方的牌匾上写着"马嵬驿"，两侧有一副对联：唐将兵变有虎胆；玄宗割爱不诚心。

顿足深思良久，实在有点困惑不解：难道说，帝王李隆基丢了性命，和杨玉环一起死，才算诚心吗？又难道说，一对恩爱的夫妻，必须一块死才算是真挚的爱情吗？难道，不能理解李隆基的无奈，以及在面对生死选择时的人人都会有的本能吗？

李隆基到底爱不爱杨玉环呢？还是让事实作答。

一年以后，即唐肃宗至德二年（757），已是太上皇的唐玄宗从四川返回了长安。

李隆基此时虽然已经"下台"，只有个"太上皇"的虚名，但他对杨玉环仍然念念不忘，深深怀恋。当路过马嵬坡时，他偷偷令人去寻找杨玉环的尸骨。但最终的结果却是"肌肤已毁，而香囊犹

---

① 今宁夏回族自治区银川市灵武市。

② 六月十三日出逃，七月十二日宣布登基。

在"。年迈的李隆基双手颤抖着捧住香囊，"百感交集，泪下不止，便命画工图其形貌挂于别殿，朝夕往视，哽咽歔欷。"①

　　白居易在《长恨歌》中"在天愿作比翼鸟，在地愿为连理枝。天长地久有时尽，此恨绵绵无绝期"的诗句，应该是对李隆基和杨玉环这对"情人"最恰如其分的生动写照。

---

① 见《新唐书·杨贵妃传》。

红　娘

在网上搜索"红娘"一词，会出现几十个义项。

现稍作归纳，大致如下：

一、她是元代杂剧《崔莺莺待月西厢记》（简称《西厢记》，作者王实甫）里的一个角色，但之前她则是唐代传奇小说《莺莺传》（又名《会真记》）中的一个小丫鬟。

二、是一出传统京剧剧目，由著名京剧表演大师、四大名旦之一的荀慧生先生编剧并饰演红娘，1936 年 10 月在北平（今北京市）首次公演。

三、1958 年拍摄成的一部香港粤剧电影。

四、是黄建中在 1998 年执导的一部故事片电影。

五、它是一个固定的汉语词汇，释义是：为男女双方搭桥牵线、介绍恋爱对象的中间人，后来用作媒人的代称。

六、有一种远程控制软件名为"网络红娘"，以红娘牵线搭桥的作用来比喻软件的实际作用，可用于企业监控职员、网管管理电脑、家长监管儿童、服务器维护等。

七、大型电视连续剧《大话红娘》片头主题曲。

八、一部经典歌曲合集的名称。

九、出自 2001 年春节联欢晚会小品，表演者为郭达、蔡明、刘小梅、刘桂娟。

十、有一部纪录片。

十一、国家图书馆出版社 2017 年 12 月 1 日出版的图书。

十二、以红娘为名的各类大小的相亲、婚恋和婚介网站不计其数。

总之，以红娘为名的各类文艺作品，诸如戏剧、音乐、美术、舞蹈、雕塑、影视、相声、曲艺、小说、诗歌、散文、动漫、网络文学等比比皆是。在中国，近千年来，没有任何一个本是虚构的文学形象如此深入人心，被人崇敬和爱戴。

红娘，在古典文艺作品里，是一个普普通通的小丫鬟，用现在的话说，是一个为有钱人家当女佣的小保姆，或者说是一个外出打工的小女孩。然而，经过上千年的文化洗涤，她从一个虚构文学作品里的一个不起眼的小配角，却一步步从历史深处走来，不断登高向上，节节攀升，血肉丰满，形象高大，最终成为家喻户晓、人人皆知的一出戏曲的主角。原本由舞台上的一个角色的人物名字，衍生出了中文语言交流中运用频率很高的一个借代词，并且具有了固定的概念内涵：就是指那些为青年男女穿针引线，成就青年男女美满婚姻的人，即民间所称的"媒人"。同时，还外延和引申出：为促成双方合作或者加强沟通、联系的热心人或者中介以及媒介。现如今，可能有许多人不知道《西厢记》里的张生和崔莺莺，但没有人不知道那个"跑龙套"的小丫鬟红娘。

然而，真正的"红娘"，也就是第一个被称为红娘的人，不仅仅是个牵线搭桥者，在历史的演变过程中，她已经成为中华民族一种美好道德和品行的象征。

现在，让我们溯根求源，尝试盘点和梳理浩繁的历史典籍和文化现象，看看一个社会底层的小人物，是怎样逐步"逆袭"成为一个誉满中华大地上令人崇敬的"女神"的。

一

红娘的名字，最早出现在唐代著名诗人元稹撰写的一篇传奇小说中。

元稹这个名字，许多人可能记不住，但对他的"曾经沧海难为水，除却巫山不是云"这句著名诗句却耳熟能详。他和唐代另一位大诗人白居易同科及第，并结为了终生诗友，当时人们称他们为"元白"，都是唐代后期的顶级诗人。元稹的诗写得虽然好得一流，但对文学或者文化贡献最大、对后世影响最深刻最久远的却是他今生撰写的唯一的一篇唐代传奇。用现在的说法，就是一个大诗人"跨文体写作"创作了一部短篇小说。

小说在唐代称传奇，所以我们就称其为传奇小说。

元稹的这篇传奇小说名为《传奇》，只有四千多字，其故事大意是：一位名叫张生的青年书生，旅居蒲州^①普救寺时发生兵乱，出力救护了同寓寺中的远房姨母郑氏一家。在郑氏的答谢宴上，张生对表妹崔莺莺一见倾心，婢女红娘传书，几经反复，两个人终于花好月圆。后来张生赴京应试未中，滞留京师，与莺莺情书来往，互赠信物以表深情。但张生终于变心，认为莺莺是天下之"尤物"，而自己"德不足以胜妖孽"，只好割爱。一年之后，莺莺另嫁，张生也另娶。一次张生路过莺莺家门，要求以"外兄"相见，遭莺莺拒绝。当时，人们还称赞张生"始乱终弃"的行为是"善于补过"。小说显然是站在张生的立场上美化张生，为他的薄情行为辩护。主题是讲述贫寒书生张生对没落贵族女子崔莺莺始乱终弃的悲剧结局。而红娘，只是莺莺的贴身丫鬟，是张生和莺莺"幽会"时的一个联系人，或者说一个"传话者"，说得难听一点儿，就是一对男女"偷情"时的一个"皮条客"，是个有点猥琐的小人物。

据史书记载，唐贞元二十年（804）九月，诗人元稹将这个故

① 今山西省永济市蒲州镇。

事讲给好友李绅听，李绅作了首《莺莺歌》，元稹写了这篇"传奇"，所以篇名最初就叫《传奇》。唐末时，一个叫陈翰的学者在编录唐代传奇小说《异闻集》时，原封不动用了这个篇名。到了北宋年间，中国古代文言纪实小说的第一部总集《太平广记》编纂收录时，改作了《莺莺传》，沿用至今。又因传中有赋《会真诗》的内容，亦称《会真记》。

在名著《红楼梦》里，有对这篇历代影响巨大的唐传奇的多次描写，其中第二十三回"西厢记妙词通戏语、牡丹亭艳曲惊芳心"一章里有这样的描述：

> ……那一日正当三月中浣，早饭后，宝玉携了一套《会真记》，走到沁芳闸桥边桃花底下一块石上坐着，展开《会真记》，从头细玩。正看到"落红成阵"，只见一阵风过，把树头上桃花吹下一大半来，落的满身满书满地皆是……宝玉正踟蹰间，只听背后有人说道："你在这里作什么？"宝玉一回头，却是林黛玉来了，肩上担着花锄，锄上挂着花囊，手内拿着花帚……宝玉听了喜不自禁，笑道："待我放下书，帮你来收拾。"黛玉道："什么书？"宝玉见问，慌的藏之不迭，便说道："不过是《中庸》《大学》。"黛玉笑道："你又在我跟前弄鬼。趁早儿给我瞧，好多着呢。"宝玉道："好妹妹，若论你，我是不怕的。你看了，好歹别告诉别人去。真真是好书！你要看了，连饭也不想吃呢。"一面说，一面递了过去。林黛玉把花具且都放下，接书来瞧，从头看去，越看越爱看，不到一顿饭工夫，将十六出俱已看完，自觉词藻警人，余香满口。虽看完了书，却只管出神，心内还默默记诵。宝玉笑道："妹妹，你说好不好？"林黛玉笑道："果然有趣。"……

《会真记》是只有一折的短篇传奇，但林黛玉却一口气读了十六出，"自觉词藻警人，余香满口"直言"果然有趣"，可见，他们读的应该是王实甫根据《会真记》改编的《西厢记》。其实，这是曹雪芹先生对元稹《会真记》的理解和评价，只不过是借助于书中人物说出来而已。

显然，《莺莺传》称作《会真记》，也是很贴切的，因为在这篇传奇小说里，有元稹创作的一首在当时绝对是属于艳词的《会真诗》三十韵，不妨摘录一段：

> 微月透帘栊，萤光度碧空。遥天初缥缈，低树渐葱茏。龙吹过庭竹，鸾歌拂井桐。罗绡垂薄雾，环佩响轻风。绛节随金母，云心捧玉童。更深人悄悄，晨会雨濛濛。珠莹光文履，花明隐绣栊。宝钗行彩凤，罗帔掩丹虹。言自瑶华浦，将朝碧帝宫。因游洛城北，偶向宋家东。戏调初微拒，柔情已暗通。低鬟蝉影动，回步玉尘蒙。转面流花雪，登床抱绮丛。鸳鸯交颈舞，翡翠合欢笼。眉黛羞频聚，朱唇暖更融。气清兰蕊馥，肤润玉肌丰……

翻译过来的意思是：美人去后，衣裳上还沾染她的香气，枕上还留着她的脂粉。自己感到孤独，如临塘之草，思渚之蓬，没有归宿之处，弹琴则发出怨鹤之声；仰望太空，但见归鸿飞逝。想到自己与美人的居处，竟像海阔天高，不易接近……

"会真"在这里有两个意思，一是体悟到了真情或者真理，第二个意思，是说张生在西厢时，天黑时莺莺抱着枕头前来，天亮前离去。张生恍若梦中，以为遇见了神仙。

说白了，就是对"偷情"品尝禁果后痴迷状态的表述。而在《红楼梦》里，贾宝玉和林黛玉看后，一个"连饭也不想吃"，一个"一气读了十六出"，估计都是被张生和莺莺的"性爱"所吸引以至"词藻警人，余香满口"。

传奇小说里的主人公无疑是张生和莺莺，而宋代干脆改作《莺莺传》编纂入书，将崔莺莺当作了主角，而对红娘的描述，在这里只有七次提到，仅七百字左右，而且仅限于张生和莺莺相会时才出现，占总篇幅的八分之一，是个无足轻重的小人物。

后世不少研究者认为，元稹之所以写这篇传奇小说，描述的就是自己的一段亲身经历。崔莺莺的原型是他初恋的一个表妹，名叫崔双文。但表妹很高冷，两个人虽然"合欢"但最终没能结婚。在元稹追求表妹的时候，表妹家中就有一个小丫鬟，曾帮助他给表妹传递过他写的情诗。多年以后，元稹念念不忘，就把这段经历写了出来，男主人公张生就是他自己的化身。鲁迅先生在《中国小说史略》中说："元稹以张生自寓，述其亲历之境。"此事是真是假，并不重要，重要的是"生活是创作的源泉"，元稹之所以写出这篇传世之作，肯定是有素材来源的，再现的也是那个时代的社会生活。

从此，张生和莺莺诞生了，红娘也随之横空出世。

到了金代，出现了一部根据《莺莺传》改编的弹词《西厢记诸宫调》，作者为董解元，从根本上改变了原作主题，把"西厢"里发生的故事抽取出来，将唐代元稹创作的张生始乱终弃的主题，改编成了一个有情有义、始终忠于爱情的正面人物。他和莺莺一起为争取自由结合而同老夫人为代表的封建势力进行斗争，最后幸福团圆。同时，加强和深化了红娘的"戏份"，将她塑造成了一个为撮合张生和莺莺"在一起"而热心奔走的婢女形象。

红娘的故事与《莺莺传》相比，据专家研究，在这里扩大了十二倍。而且，第一次对红娘的外形有了详细的描写："虽为个侍婢，举止皆奇妙。那些儿鹘鸰那儿掉。曲弯弯的宫样眉儿，慢松松地合欢髻小。裙儿窄地，一搦腰肢袅。百眉的庞儿，好那不好？小颗颗的一点朱唇，溜忉忉一双绿老。不苦诈打扮，不甚艳梳掠；衣服尽素稿，稔色行为定有孝。见张生欲语低头，见和尚佯看又笑。"形象呼之欲出，鲜亮而生动。

董解元是谁？至今不可考，因为当时对读书人都统称为"解元"，所以只能说是一个姓董的读书人，根据《莺莺传》而改编再创作的弹词，现在则可统称为"曲艺"的作品。为此，近代著名戏剧家吴梅先生在《元剧研究》中说得明白："金章宗（金朝第六个皇帝）的时候，可不是有一位董解元吗？……他做的一部《西厢弹词》，至今还是完完全全的。为什么叫作弹词呢？因为唱这种词的时候，口里念着词句，手里弹着三弦，所以叫作弹词，又叫作《弦索西厢》，又叫作"诸宫调词"。这解元先生做了《西厢》词，大家都弹唱起来，一时非常风行，不过都是坐唱，不能扮演出来。"

由此可见，"诸宫调"是通过说话和弹唱，即文学和音乐的组合而形成的一种艺术样式。因为它"不能扮演出来"，所以还不能将"诸宫调"视为严格意义上的戏剧，但却对后世元杂剧的形成产生了巨大的影响。

在这里，红娘的形象和品格得到了脱胎换骨的蜕变和升华：张生和莺莺的爱情之所以能修成正果，红娘起到了至关重要的作用。

红娘，这个身份和地位都处于社会底层的奴婢，对张生和莺莺的爱情抱有极大的希望，对二人因为封建礼教的阻碍而各自愁苦和无助，给予了深深的同情。她不辞辛苦甘愿做两个人的信使，当老夫人发现私情而动怒时，机智的红娘用"家丑不外扬"劝住了老太婆，紧张的情节在她锋利的言辞下顿时轻松愉悦起来。可以说，正因为红娘不是爱情的当事者，她对莺莺和张生爱情的积极支持和推动，才充分体现了社会公众的情感诉求，也体现了作者对两个人真挚爱情的赞赏。

于是，《西厢记诸宫调》里红娘的"高大形象"和首次出现的"西厢记"，直接启迪了王实甫"脑洞"大开，在此基础上创作出了传世不朽之作《崔莺莺待月西厢记》（简称《西厢记》）。

为什么题目中有"待月"一词呢？原来，莺莺写了一首"约会"张生的诗，让红娘偷偷"传信"给了张生，这首诗的题目是《明月三五夜》，诗文是："待月西厢下，迎风户半开。拂墙花影动，疑是玉人来。"此诗是元稹《莺莺传》的首创，后来的改编和再创，都一直在原封不动引用。

就这样，红娘，一个虚构的小丫鬟，在唐代元稹笔下"露了脸"，经金朝时期董解元之手"活起来"，到元代王实甫的杂剧大戏里，开始"长大了"，最终成为中国人心目中有关爱情和婚姻的经典与标志。

二

从元稹的传奇小说《莺莺传》，到姓董的书生的弹词《西厢记诸宫调》，再至王实甫的杂剧《西厢记》，经过唐、宋、元（金）各王朝近五百年的流变，在故事大框架的模板格式下，终于形成至今为止都能接受的较为固定的叙事版本。而更重要的是，《西厢记》的主题意义更加积极明朗，迎合了大众的心理期待和精神需求，红娘的出场或者说形象，比《西厢记诸宫调》多出了三倍，是元稹《莺莺传》原版的三十倍。

《西厢记》全剧共五本二十一折，对当时元杂剧一般都是一本四折或一本五、六折的体例进行大胆改革，首创出了五本大戏，第二本是五折，全文五万一千多字，成为中国古典戏曲四大名著之冠（另三部是《牡丹亭》《长生殿》《桃花扇》），有"西厢记天下夺魁""古戏扛鼎之作"和"北曲压卷之作"的说法，可谓中国戏曲的天花板。

其故事大意是：书生张君瑞（张生）上朝赶考时路经河中府（即蒲州），在普救寺巧遇前相国之女崔莺莺，二人一见钟情。君瑞寄居寺内西厢，与莺莺一墙之隔，互相和诗，彼此有情，却无法相见。后来，叛将孙飞虎兵围普救寺，要抢莺莺为妻。崔母惶急之下向寺内僧俗宣布：能退贼兵者，愿以女妻之。君瑞挺身而出，写信给友人白马将军杜确，杜确领兵前来解围，救了崔氏一家。事后崔母悔婚，令君瑞与莺莺兄妹相称。莺莺侍女红娘仗义相助，先教张生隔墙弹琴，打动莺莺，又为他们传递情诗。莺莺约张生后花园相会，见面后又突然变卦，并有斥责之言。张生病倒书斋，莺莺这才决定以身相许，终于在书斋幽会成亲。崔母发现后，拷问红娘，红娘据理力争，并谴责崔母有过错。崔母无奈，允许二人婚配，但要张生立即赴考。长亭送别，二人恋恋不舍。张生考中状元后荣归河中，终于娶了莺莺获得美满婚姻。

《西厢记》描写了以崔母为代表的封建卫道者与张生、莺莺和红娘为代表的礼教叛逆者的矛盾冲突，揭示了"永老无别离，万古常完聚，愿普天下有情的都成了眷属"的主题。其所表达的愿望，并非某一时期或者某个阶层的呼声，而是世代民众长期以来所追求的共同理想。在杭州西湖"月老祠"有这样一副对联："愿天下有情的都成了眷属；是前生注定事莫错过姻缘。"道出了这出杂剧的"眼目"：婚姻的缔结应该是男女之间真挚的爱情，而不是以身份、地位、权势、金钱、相貌来衡量。

该作问世以来，引起了巨大的轰动效应，在元代至少有十几部杂剧提到了这部戏。明清以来，以婚恋为题材的戏曲和文学作品，大多受这部戏的影响。注家蜂起，评本迭出。据《中国历代一流名著精缩》①所载："元刊《西厢记》仍不见传世，明刊《西厢记》包括重刻本一百一十种，清刊《西厢记》六十六种，近人校辑注释本《西厢记》，包括影印本，自民国十年（1921）以来五十种，国内少数民族译本四种，国外九种语言译本五十六种，近代各地方戏曲团体改编演出本，据不完全统计约二十六种。合计自明永乐五年（1407）《永乐大典》完稿，并收入《西厢记》永乐本以来，《西厢记》各种版本约三百一十二种。"可见流传之广，影响之大。"几于家置一编，人怀一筐。"②，一时成为屡禁不止的"畅销书"。俄国人柯尔施主编、瓦西里耶夫著的《中国文学史纲要》论《西厢记》时

① 甘肃民族出版社1998年1月版第471页《西厢记》。
② 《江苏省例藩政》同治七年江苏巡抚丁日昌查禁淫词小说语。

说："单就剧情的发展，和我们最优秀的歌剧比较，即使在全欧洲，恐怕也找不到多少像这样完美的剧本。"美国大百科全书称赞《西厢记》是"以无与伦比的华丽文笔写成的"，是"中国十三世纪最著名的元曲之一"；法国大百科全书说它是"爱情的诗篇"，是"一部浪漫主义杰作"。迄今为止，《西厢记》已被译成英、法、德、意、拉丁、俄、日、朝等语种文字出版发行，在全球广为流传，成为世界文艺宝库中的珍品。

这是一出"愿天下有情人终成眷属"的好戏，剧中，除了莺莺和张生，红娘也锋芒毕露成为主角，其泼辣、直率，诙谐、机智、勇敢，富有正义感和反叛精神的性格大放异彩，在历代男女青年的心灵深处卷起了层层感情的波澜，鼓舞了一代又一代的青年男女为追求美好爱情和婚姻自主而努力。单就塑造"小人物"性格的鲜亮光彩，她那泼辣、俏皮、充满青春活力的可爱少女形象，在历代的文艺作品中独树一帜，远远凌驾于男女主人公之上，受到各个阶层人们的喜爱和追捧，完全是一副喧宾夺主的气势，擎天柱式的人物。

"又有个小妮子，是自幼服侍孩儿的，唤作红娘。"

《西厢记》一开头，老妇人在介绍人物及故事背景时这样说，表明红娘在剧中是个小妮子的身份。"小妮子"是对婢女的俗称。婢，从字形上可以看出，就是女人中的卑下者，是人下人。最早的来源就是罪犯的眷属，这些罪犯的眷属男的为奴，女的成婢，所以奴婢奴婢，就是这么来的。正因为她是一个"下人"，所以才是反封建礼教最为坚决、最无顾忌的人物。虽出身低贱，却显得比女主人更有主见，而且机智、泼辣，富有正义感，为张生、莺莺的自由恋爱穿针引线。她的名字成了那种不计个人得失而乐于成全他人的助人者的象征。因此，在王实甫的笔下，对红娘的塑造，突破了一般婢女形象的限制，已经从一个只为主子牵桥搭线而无独立思想和性格的婢女，发展为一个做事沉稳、具有强烈反抗精神的成熟女性。她善于窥测崔张心事，对于莺莺、张生的懦弱，她给予激发和鼓励；

她乐于助人、富有同情心，在莺莺和张生无助的时候，她总是去热心地帮助；她热情泼辣、气度不凡，看到莺莺、张生忸怩作态时，她总是善意地嘲笑；但一旦东窗事发，无助的是莺莺和张生，勇敢面对而不计较个人得失的是红娘；她勇敢机智，不畏强暴，敢于斗争，在古板威严的老夫人面前，她义正词严、步步为营，终于取得了胜利。

明末清初著名文学家、文学批评家金圣叹在"读第六才子书"关于《西厢记》的点评时，这样评价红娘："若更仔细算时，西厢记亦止为写得一个人！一个人者，双文是也。……西厢记止为要写此一个人，便不得不又写一个人者，红娘是也。若使不写红娘，却如何写双文。然则西厢记写红娘，当知正是出力写双文。"之后又说，"西厢记写红娘，凡三用加意之笔。其一于借厢篇中，峻拒张生。其二于琴心篇中，过尊双文。其三于拷艳片中，切责夫人。一时便似周公制度，乃尽在红娘一片心地中。凛凛然，侃侃然，曾不可得而少假借者，写红娘直写到此田地时，须悟全不是写红娘，须悟全是写双文，锦绣才子必知其故。"[①] 他认为红娘在《西厢记》中是一个陪衬莺莺的角色，她的一举一动都在衬着莺莺，她的所作所为都在保护莺莺，都在为莺莺谋划。红娘和莺莺就像红花与绿叶，通过对红娘在崔张二人之间穿针引线、巧妙布局的细节描写来表现莺莺冲破封建礼教的束缚，追求自由爱情的不易。

红娘，成为王实甫剧中最为光彩亮丽的人物，从此开始单独破茧成蝶，从一个言情故事中独立出来脱颖而出并且一枝独放，成为"单挑"的主角独步天下，不断被当作主人公来改编、重写、再造、演义和戏说。

在民间，有许多与红娘有关的歇后语，比如：红娘挨打——成全好事；红娘拿到崔莺莺的信——心领神会；红娘牵线——成人之美；红娘行好反遭打——错在糊涂的老夫人……

---

① 这里所说的"双文"，指的是莺莺。

三

在明、清两代的戏曲里，红娘的形象发生了巨大的变化，可以说是翻天覆地的。

明朝中期，出生于江苏吴县的戏曲和散曲作家李日华，因戏作《南西厢记》而闻名。在该作中，他将红娘的戏份占比扩充至整个剧本的三分之一，其情节改编和虚构，更是令人大跌眼镜：张生跳墙会见莺莺不得、转而向红娘借裙带，遭到红娘婉拒，可他却"生抱红作解衣铺地介"，红娘诈称琴童到来才挣脱跑下，张生居然还怨责红娘的薄情。在这里。红娘成了"挑逗者"的形象，但自清代中叶以来，《南西厢记》的"跳墙""寄柬""佳期""拷红"等折子，一直是颇受欢迎的剧目。京剧和各种地方戏改编的《西厢记》《红娘》《拷红》等，无不受到《南西厢记》直接或间接的影响。现存《南西厢记》较早的版本，是明代万历年间金陵富春堂本和周居易校刻本。

明代后期的《定本西厢记》，描写更为不雅："［生］只是扯红娘进我书房里去，把着实当个小姐来用。［生］小姐是个娇嫩花，不禁强风骤雨。你则不同了。［红］粉脸上貌虽殊，罗裙下风味一般"，作者眉批："此白语本所无，系是新。虽台上诨语，却亦俗中之雅。"又叙述红娘传递书简，张生见到崔氏约会他的情诗后，要求和红娘先试，红娘不仅没有拒绝，而且猜说张生自慰和亵玩琴童。

同一时期，江西临川学者徐奋鹏所著的《盘薖硕人增改定本西厢记》的成书时间比《南西厢》要晚，情节类似，但红娘的篇幅又加大了，情节更是露骨："［生］（扯住红娘科）诸人散了，无限的寂寞，那里发付小生。没奈何，把你当个小姐用也吧。［红］啐！说那里的话！"成书年代相近的陆采本《南西厢记·逾垣》，也有类似的情节，描写两人暧昧关系的篇幅更多："［生］小生死也，愿借裙带一用。［贴］要怎的？［生］要解来自缢！［贴］呸，哄我脱了裙儿，要我哩！〔生〕不敢，烦小娘子送我书房中去。〔贴〕禽兽，姐姐不肯倒要我替！〔生〕小娘子休见弃，片时而已。"

清代刊印的戏曲剧本选集《缀白裘》里，收录的一部"红娘"戏中，台词更加放荡："〔小生〕走走！〔贴〕啊呀啊呀，做什么？〔小生〕好端端的一桩事，被你弄坏了，我如今不管，要在你身上完我的事来！〔贴〕嗳，完你什么事来？〔小生〕红娘姐，自古说春宵一刻值千金。〔贴〕嗳，〔普天乐〕再休提春宵一刻值千金价……莫指望西厢月下，山障了，隔墙儿花枝低亚。"《缀白裘》辑选的都是演出本，说明二人的挑逗行为，在舞台上是常见的段子。

由于时代的局限，红娘作为"挑逗者"和"猥亵者"的形象，在明清时期广泛出现在戏曲和小说中，并不奇怪，在客观上为红娘的声远播推波助澜，扩大了其深入人心的影响力。对于红娘艺术形象的变化多端，也反映了不同阶层的审美趣味。明后期的《金瓶梅词话》，多次以红娘和张生的关系暗示偷情行为，譬如："我只掷四掷，遇点饮酒；六口载成一点霞，不论春色见梅花。搂抱红娘亲个嘴，抛闪莺莺独自嗟"，"正是：未曾得遇莺娘面，且把红娘去解馋"，"正是：无缘得会莺莺面，且把红娘去解谗"。清代《歧路灯》里的学生只懂得民间舞台上"张生、红娘调笑的风流"。明清小说里有许多"不能得与莺莺会，且把红娘去解馋"之语，大多数暗喻主人和婢女偷情，说明红娘与张生的暧昧关系成了大众的共识，娇俏率真的红娘，转换成了举止轻浮甚至放浪的风流女子。展示了伶人与文人在价值立场上的差异，体现了民间文化和士大夫文化之间的关系。

红娘之所以从《西厢记》里脱颖而出，锋芒毕露地超越主角，最重要的原因，是里面的一出戏写得太精彩了，那就是第四本第二折的"拷红"（拷问红娘）一场，这可以说是红娘的一场"独角戏"。

现选择其中一段：

（旦云）红娘，你到那里小心回话者！

（红云）我到夫人处，必问："这小贱人！"

（唱）〖金蕉叶〗我着你但去处行监坐守，谁着你迤逗的胡行乱走？若问着此一节呵如何诉休？你便索与他个知情的犯由。（云）姐姐，你受责理当，我图甚么来？（唱）〖调笑令〗你绣帏里效绸缪，倒凤颠鸾百事有。我在窗儿外几曾轻咳嗽，立苍苔将绣鞋儿冰透。今日个嫩皮肤倒将粗棍抽，姐姐呵，俺这通殷勤的着甚来由？

（红云）姐姐在这里等着，我过去。说过呵，休欢喜；说不过，休烦恼。

（红见夫人科）

（夫人云）小贱人，为甚么不跪下？你知罪么？

（红跪云）红娘不知罪。

（夫人云）你故自口强哩。若实说呵，饶你；若不实说呵，我直打死你这个贱人！谁着你和小姐花园里去来？

（红云）不曾去，谁见来？

（夫人云）欢郎见你去来，尚故自推哩。

（打科）

（红云）夫人休闪了手，且息怒停嗔，听红娘说。

（唱）〖鬼三台〗夜坐时停了针绣，共姐姐闲穷究，说张生哥哥病久，咱两个背着夫人，向书房问候。

（夫人云）问候呵，他说甚？

（红云）他说来，道"老夫人事已休，将恩变为仇，着小生半途喜变做忧。"他道："红娘你且先行，教小姐权时落后。"

（夫人云）他是个女孩家，着他落后怎么？

（红唱）〖秃厮儿〗我则道神针法灸，谁承望燕侣莺俦。他两个经今月余则是一处宿，何须一一问缘由？〖圣药王〗他每不识忧，不识愁，一双心意两相投。夫人得好休，便好休，这其间何必苦追求？常言道："女大不中留。"

（夫人云）这端事都是你个贱人！

（红云）非是张生、小姐、红娘之罪，乃夫人之过也。

（夫人云）这贱人倒指下我来，怎么是我之过？

（红云）信者，人之根本，"人而无信，不知其可也。大车无輗，小车无軏，其何以行之哉？"当日军围普救，夫人所许退军者，以女妻之。张生非慕小姐颜色，岂肯区区建退军之策？兵退身安，夫人悔却前言，岂得不为失信乎？既然不肯成其事，只合酬之以金帛，令张生舍此而去。却不当留请张生于书院，使怨女旷夫，各相早晚窥视，所以夫人有此一端。目下老夫人若不息其事，一来辱没相国家谱，二来张生日后名重天下，施恩于人，忍令反受其辱哉？使至官司，夫人亦得治家不严之罪。官司若推其详，亦知老夫人背义而忘恩，岂得为贤哉？红娘不敢自专，乞望夫人台鉴：莫若恕其小过，成就大事，撋之以去其污，岂不为长便乎？

（唱）〖麻郎儿〗秀才是文章魁首，姐姐是仕女班头；一个通彻三教九流，一个晓尽描鸾刺绣。〖幺篇〗世有、便休、罢手，大恩人怎做敌头？起白马将军故友，斩飞虎叛贼草寇。〖络丝娘〗不争和张解元参辰卯酉，便是与崔相国出乖弄丑。到底干连着自己骨肉，夫人索穷究。

（夫人云）这小贱人也道得是。我不合养了这个不肖之女。待经官呵，玷辱家门。罢罢！俺家无犯法之男，再婚之女，与了这厮罢。红娘，唤那贱人来！

（红见旦云）且喜姐姐，那棍子则是滴溜溜在我身上，吃我直说过了。我也怕不得许多。夫人如今唤你来，待成合亲事。

（旦云）羞人答答的，怎么见夫人？（红云）娘跟前有甚么羞？

（唱）〖小桃红〗当日个月明才上柳梢头，却早人约黄昏后。羞得我脑背后将牙儿衬着衫儿袖。猛凝眸，看时节则见鞋底尖儿瘦。一个恣情的不休，一个哑声儿厮耨。呸！那其间可怎生不害半星儿羞？

"拷红"这场戏的大意是：红娘送莺莺到张生的书房幽会，被崔夫人发现，唤来红娘进行拷问，责怪她玷辱了相府的名声。红娘据理力争，说这件事都是夫人先许婚后赖婚才造成的，最后崔夫人无奈只好应下婚事。

这折戏是《西厢记》的精髓，是剧情发展的高潮。将红娘与老夫人的矛盾冲突和尖锐斗争展现得惊心动魄，把红娘的智慧、聪明、勇敢、机警、诙谐、大胆、泼辣、幽默、风趣的性格刻画得淋漓尽致。红娘通过摆事实，讲道理，终于让老夫人说出"这小贱人也道得是"而答应了这门婚事。加上红娘在舞台上绘声绘色的表演，千百年来，这出戏历演不衰，尤其是清末以来，这出戏渐渐从《西厢记》里独立出来，冠名为《拷红》的折子戏，也可以视为独幕剧，成为唱遍长城内外、大江南北的经典剧目。

著名豫剧表演艺术家常香玉，自从 1937 年参加中州戏曲研究社，就是靠一出《拷红》饰演红娘成名的，其后有多种版本，都常演不衰。

《拷红》京剧、昆曲、评剧、越剧、黄梅戏、豫剧、沪剧、粤剧、川剧、河北梆子、秦腔等等，都有各戏种名家饰演红娘一角，根据自身特点改编的剧本。还有京韵大鼓、苏州弹词、二人转、二人台、梨花大鼓、数来宝、河南坠子、天津快板、山东快书、四川清音等曲艺各类别，也都有自己的《拷红》传统版本，至今仍在演出。

四

正因为红娘的"爆红"，成为后世一系列相关文艺创作的源泉。

在历史上相当长一个时期里，《西厢记》是禁戏、禁书。民间有"男不读'水浒'，女不读'西厢'"之说。认为女的读了《西厢记》，就不管自己的父母，由着自己的性子，想爱谁就爱谁，这在讲究父母之命媒妁之言的古代是绝对不允许的，再加上《西厢记》有大量的所谓"诲淫"内容的性爱描写，所以"禁"而不绝，越禁越"火"并禁成了名著。根据其改编的小说，更是有着不计其数的版本。在二十世纪六七十年代，还有很多的"手抄本"流行，其中有一段在红娘"穿针引线"的帮助和陪伴下，莺莺偷偷去了张生住的西厢，两人第一次"同房"的详细描写，现选择一个较为流行的版本摘录如下：

> 红娘见小姐已经不哭了，走上前去，轻声说道："小姐，安歇吧！"一边说，一边去替小姐宽衣解带。小姐害羞，自己不便动手，由着张生拨弄。不多时，钮扣儿松，缕带儿开，兰麝香气更加浓烈，氤氲满室，飘散书斋。张生只顾手忙脚乱，小姐却满面羞红，把头扭到一边，再也不肯回过脸来。后人有《马头调》小曲一首，专咏张生替莺莺解带。词曰：灯下笑解香罗带，遮遮掩掩，换上了睡鞋。羞答答二人同把戏绫盖，喜只喜说不尽的恩和爱，樱桃口咬杏花肋，可人心月光正照纱窗外。好良缘，莫负美景风流卖。张生替小姐宽衣解带毕，为她盖好被子，张生随即自己宽衣解带，上得床来，把帐门轻轻放下，和小姐并枕而卧，把小姐抱在怀中，仔细地端详起来。后人有《桂枝儿》一首，专咏张生在床上看莺莺。词曰：灯儿下，细把娇姿来觑，脸儿红，默不语，只把头低。怎当得会温存风流佳婿。金扣含解，银灯带发吹。我与你受尽了无限风波也，今夜谐鱼水。张生想到红娘再三嘱咐，要文雅些，不能粗暴，所以只是紧抱着小姐，两人胸贴着胸，脸挨着脸，都觉得浑身舒畅（此处删去二百字）……张生借着微微烛光，偷看小姐，他敞开胸怀拥抱这绝色的佳

人，不知是几生修来的艳福。想想自己原是个无能的穷秀才，孤身飘零的洛阳客，自从碰到了这倾国倾城的娇娃，心里就一直放不下。无奈咫尺天涯，让我忧愁无限，摆不脱相思，忘记了吃饭，睡不着觉，弄得形容憔悴，皮包骨头，等到你这多情的小奶奶，来西厢成就了今宵的欢爱，我张珙的魂灵儿已飞到了九霄云外。若不是我真心地等，诚意地待，怎么能够让这相思苦尽甜来？今夜的欢乐，我还在怀疑，是真的吗？也许又是昨夜的梦境再现，那又要忧愁无限。此时小姐在张生怀里，好像从梦中醒来似的，心里又喜又愁又怕，喜的是初尝禁果，竟有如此的蜜意柔情；愁的是今宵别后，什么时候能再相会；怕的是倘若被母亲知晓，如何得了。况且怎知将来张郎会不会变心，想到这里，不觉泪下。张生见小姐流泪，慌了手脚说道："呀！小姐，莫不是怪小生无礼，玷污了小姐的清白么？"小姐仰起头，对张生看了一眼，心想，我如果怪你，也不会躺在你怀里了。边哭边说道："奴家今日以身相许，日后如何见人啊！"张生见小姐哭得伤心，好似雨打梨花，楚楚可怜，心里又怜又爱，说道："小生有幸，蒙芳卿姐姐不见怪，小生一定把你当作我的心肝一般看待！"小姐又说道："奴家因为郎君垂爱，故而把千金之躯，一旦自弃，奴家的一身都托付给郎君了，但愿白头偕老，永不分离，将来不要因为奴家自荐而见弃，使我成了卓文君，有《白头吟》之悲。"张生忙在枕上叩头，说道："小姐何出此言！小生怎敢如此？想我张珙今夕蒙小姐赐荐枕席，异日犬马图报，怎敢忘情背盟，海枯石烂，永不变心！"说罢，紧紧抱住了小姐，口对口做成一个"吕"字。小姐轻吐丁香舌，张生如吸琼玉浆，心旌不住地摇曳……

张生与莺莺同榻共衾，一夜风流，好事成双，最终结婚，都是红娘撮合的结果。在当时的封建社会，作为大家闺秀的莺莺矜持而又怯懦，而"一心只读圣贤书"的张生又是那么迟笨、迂腐，没有红娘的介入，做纽带和桥梁，他们是不可能有这样圆满和幸福的结局的，所以这出戏和这个故事也是不可能成立的。

红娘，无疑是这出戏和故事的"戏胆""书胆"。

在中国封建社会长期"性禁锢"的"存天理、灭人欲"的意识形态下，红娘协助一对相爱的青年男女实现了自身本能的欲望满足，的确难能可贵，也是当代青年男女们的精神需求和内心渴望，所以衷心希望有更多的红娘出现，或者自己身边就有这样一位"热心牵线"的红娘。

红娘的深度创作和对其精神内含的深度挖掘，不但是作者的必须，也是各个时代人们对底层社会小人物传统文化赓续的心理期待。因此，在中国人的传统观念里，大家才崇拜和喜爱这样"成人之美"的一个高尚的卑贱者的人物形象。以至于在今天，那些甘愿为他人牵线搭桥做好事的人，都有一个流传了几百年的名字——红娘。

红娘的千年流变，如同接力棒那么一路递进，也仿佛是芝麻开花那样节节升高，有一个绕不开的话题，那就是京剧《红娘》的诞生。

自从有了《西厢记》，红娘这一角色的舞台形象，无论是全本戏单本戏还是折子戏，都是出自这一剧目之下。直到民国二十五年（1936）的下半年，号称中国京剧四大名旦之一的荀慧生先生，以红娘为主角，创作了京剧剧本《红娘》，才开天辟地打破了这一限制和"规矩"，成为自唐、宋、元、明、清以来，首次将红娘单独抽取出来，作为主角进行艺术创作，而以往的男女主角张生和莺莺，却退位其后，成为塑造红娘形象的背景和陪衬，屈身当了配角。

荀慧生根据自身"荀派"的艺术表现手法和特色，编排了许多符合情节发展和表现红娘性格和感情的唱腔，在成功塑造了一个"新红娘"的同时，也将"荀派"艺术推向了高峰。《红娘》剧本创作完成后的当年10月22日，在北平市隆重演出，荀慧生自饰红娘。当时，《全民报》上做的演出广告，是这样说的："荀慧生首次公演，新排伟大艳戏，红娘，新制服装，玫丽绚烂，当场赠送唱词说明，并不加价。"

京剧《红娘》是中国"红娘现象"近代以来最早的"催化剂"，上演后，引起了巨大轰动，之后在各地巡演数场。红娘成为女中的巾帼，也影响了那个时期民间说唱艺术，大都以红娘为主角的风潮形成。

荀慧生的一曲红娘"反四平调佳期颂"唱段，是在红娘把莺莺送到张生所住西厢书房以后，自己在门外所表演，其唱腔和唱词，现都已成为传世经典：

　　小姐小姐多风采，

　　君瑞君瑞大雅才。

　　风流不用千金买，

　　月移花影玉人来。

　　今宵勾却相思债，

　　一双情侣称心怀。

　　老夫人把婚姻赖，

　　好姻缘无情被拆开。

　　你看小姐终日愁眉黛，

　　那张生只病得骨瘦如柴。

　　不管老夫人家法厉害，

　　我红娘成就他鱼水和谐。

从精彩的唱段中，可以看出，是红娘在主导着这出"言情故事"的进程，把握着"欢度良宵"的节奏。

从元杂剧《西厢记》到京剧《红娘》，不仅发生了由崔莺莺、张生到红娘的主角转换，而且在主题意蕴、人物性格、表演风格和语言风格等方面也对元杂剧《西厢记》进行多维重构和改写。

在谈到为什么要创作《红娘》一剧时，荀慧生如是说："《西厢记》为家喻户晓的名著，近世以来，《佳期》《拷红》等折还活跃在南、北昆曲舞台上。曲艺节目中，也有不少演唱西厢故事者。我（荀慧生）在《西厢记》中，最喜爱红娘。这个人物善良、正直，爽朗、热情，反抗性也很强烈。崔、张的结合，借助于红娘之力不小。昆曲《拷红》一折，即是重点强调红娘这一人物，歌颂她的勇敢、沉着和机智。京剧早年本无演《西厢》故事的剧目，我为弥补这一缺陷，乃着手创编。因我最喜红娘其人，遂参照王本《西厢》和昆曲《拷红》编写成《红娘》一剧，以张生、莺莺情事为纲，以红娘一角为主，歌颂这一见义勇为、成人之美的青年女性。剧本于一九三六年编成，同年十月二十二日在北京首次演出。我自饰红娘，何佩华饰崔莺莺，高维廉饰张君瑞，何盛清饰崔夫人，张春彦饰白马将军。演出后，深得好评。此后数十年，屡演不衰。其后又根据演出心得、体会，对于剧情和唱、做，随时加工改进。尤其解放后，重新加以整理，使主题更为突出。此剧唱腔和表演身段，我皆有独特创造：如《琴心》一场的'反汉调'，《佳期》一场的'反四平'，以及《逾墙》一场红娘手持棋盘引入张生的身段等等，都不见于其他戏中。这些创造，因密切结合人物性格，久已脍炙人口。"

是的，不但脍炙人口，而是至今还大放异彩，是一部贯穿中国文化形态流变的史无前例的精品力作，

京剧《红娘》的剧本，从民国到"文革"前期，演出和刊行的版本多达二十余种。比如 1961 年上海演出版；1980 年静场选场录音版；1994 年抢救遗产零点系列工程版等等。

荀慧生的唱腔柔美婉约，俏丽多姿，念白柔和圆润，富于韵律，在创作和扮演《红娘》时，坚持三原则：一是让人喜悦，二是让人听懂，三是让人动情。他一生演了三百多出戏，《红娘》是他的巅峰之作，也是他的代表作之一。

除荀慧生之外，梅兰芳、宋长荣、孙毓敏、童芷苓、吴素秋、刘长喻等京剧名家都饰演过红娘。直到现在，能否演好红娘，仍是判定一个出色旦角演员的艺术标准。

京剧《红娘》，是近百年来红娘产生"蝴蝶效应"中的那一股强劲之风。

随着时代的变化，通过各个时期不同作者的传承、弘扬、改编，提升，演义，甚至是"戏说"，红娘终于"百变"成"仙"。原本并没有叙事功能的一个小人物，如今却名冠中华，享誉全球。这是在中国历史上，没有任何一个虚构的文学形象能像她这样"仿真"得比真的更真与之媲美并千古不朽。虽然，在沧海桑田的岁月流逝中，不同的时代赋予了红娘在不同意识形态下，携带着作者不同的政治主张和倾向以及民间情结，但唯一不变的是：红娘，作为一个杰出甚至是伟大的媒人，一直鲜活而又生动地活在中国人的心中。

于是，有时就不免匪夷所思起来，红娘作为一个小女孩，虽身为"下人"，但长期服侍莺莺，又与莺莺是同龄人，用现在的话说，两个人应该相当于是"闺蜜"。她是不是为"成全"别人，自己"牺牲"得太多了，难道，她就没有自己的青春吗？就不能遇见一个"白马王子"有自己幸福的婚姻吗？此时，几年前由青年歌手肖雪演唱的一首流行元素与戏曲相结合、具有伤感情调和凄美意味的歌曲《红娘》，又那么余音绕梁般在耳畔回荡："一枕梦黄粱，两腮贴红妆，三人同唱谁为谁思量。霜雪覆院墙，秋风添衣裳，暑往寒来伊人在何方。南方尽艳阳，北国覆冰霜，东窗有泪空流向西厢。成全温柔乡，独自守凄凉，心中有爱谁愿做红娘。看人来人往，嫁衣终被遗忘，唯有才子佳人万世流芳。长乐未央，离曲余音绕梁，谁知晓戏中人曾经断肠……"

但愿，只会给别人"作嫁衣裳"的红娘，不要再"独自守凄凉"，虽然是"戏中人"，但"戏如人生"，应该给予她同情，让她自身幸福和快乐，不再孤寂、悲愁与哀怨地感叹"唯有才子佳人万世流芳"。

其实，红娘才是那个万世流芳的小姑娘。

情倾三王朝

相　遇

明崇祯十六年（1643）初夏的一个傍晚，阴云密布，暮色过早低垂在城郭。

坐落在明大都北京城铁狮子胡同[①]西口路南的一座官邸，因傍晚的能见度比平时暗淡许多，里里外外的灯笼已经提前被点亮了。朦胧的光影下，一对高大威武的铁狮子矗立在朱色大门两旁，连同宅院正殿凌空翘起的飞檐，乱云飞渡的天空，以及婆娑树影间滤出的微光，都披挂着一层显得过于凝重的色彩。

这座深宅大院，是当今皇上崇祯帝岳父田弘遇的府第，由三进院落组成，甬道上回廊环绕，两边松柏蓊郁。大门前矗立的一对铁狮子，于元代成宗年间铸造，当时是元朝的一家贵族门前的镇宅之物。到了明代天启年间，此宅院为司礼监大太监王体乾所居，后崇祯帝清算阉党将其赶出收回，便赐给了他的宠妃田贵妃其父田弘遇。

皇帝岳父田弘遇身份尊贵，入住后经过一番精心修葺，越发显得气势恢宏，富丽堂皇，花木苍葱，因此府邸里的院落称之为

---

①　现张自忠路，位于宽街路口至东四十条之间。

"天春园"。

现在，我们要叙述的这个故事，就源自京城铁狮子胡同田弘遇府上的"天春园"里，时间是酉时，用现代的计时方式说，大概是下午六点。

一群骑兵小队从胡同西头向东方缓缓行进，至两旁放着一对铁狮子的大门前停下了。

在骑兵队伍的居中，骑着一匹白色高头大马的，是宁远团练总兵吴三桂。他头戴红缨瓦灰凤翅盔，身着黄色绵甲，腰间挂着佩剑，白皙英武的方脸庞上，一双炯炯有神大眼下正中的鼻梁上，有一道浅紫色的疤痕。

"总兵大人，就是这里。"

吴三桂一手勒住马缰绳，用另一只手捏捏鼻梁，朝一对铁狮子镇守的大门望望道："噢，这就是铁狮子胡同……快前去向田大人禀报。"

偶尔手捂鼻梁，是吴三桂多年来的习惯性动作。这是从他十八岁那年，被清军短刀砍伤鼻梁，痊愈之后开始形成的一个下意识用手遮挡伤疤的微小举止。

正是鼻梁上这道伤疤的留存，似一个抹不掉的记忆，承载着一个名扬大卜的"三桂救父"故事，而这个故事的诞生，又缔造出大明帝国末期历史上，一个最年轻将军在那个特殊时代的横空出世。

故事发生在崇祯三年（1630）的早春二月。这天午后，才穿上军装不到半年的吴三桂，跟随时任总兵二中军府都督的父亲吴襄，还有舅舅祖大寿①去长城外侦察敌情。部队来到凌源②一带，并未发现清军③。祖大寿令吴襄率领三百多人马继续往前侦察，但行至不远，就在途中遭遇到五万多清军的包围。清军认为这支

---

① 祖大寿，辽东前锋总兵，挂征辽前锋将军印。
② 今辽宁省朝阳市凌源市。
③ 后金军的前身。

小股部队是明军的先头尖兵，将其消灭轻而易举，但实在没有多大意思，便采取围而不打的战术，引诱主力部队前来增援，然后再乘机合歼更多的明军。为此，清军就围着吴襄这三百多人马周旋，双方不断有突有围，战场很快滚动到了建昌①城下。与清军作战多年的祖大寿在城头见此情景，认为这是清军一贯的伎俩，目的是诱出城内的明军出来救援，然后一网打尽，所以不肯出兵解救吴襄。此时，也在城头上观望战局的吴三桂，得知舅父祖大寿要放弃救援，立即跑过来恳求祖大寿派兵出击，因为他父亲危在旦夕，不出援兵父亲肯定会命丧战场。祖大寿闻言，对这个毛头外甥的请求不屑一顾，怒斥道："我以封疆重任，焉敢妄动，万一失利，咎将安归！快给我退了下去！"吴三桂泣涕而下，扑通跪倒在了祖大寿面前，苦苦央求道："舅父不肯发兵，就让外甥前去搭救吧，请舅父恩准！"祖大寿像是没听明白他的话，又问了一句："你说什么？"吴三桂再次叩首："求舅父恩准孩儿去解救家父！"祖大寿凝眉道："你解救？说梦话吧……"吴三桂哀求道："不，准许孩儿带家兵前往，一定会解父于重围，舅父大人，您就答应孩儿吧！"祖大寿看看这个身高强壮，但还满脸稚气的外甥吴三桂，皱皱眉头，叹口气问："你不怕死吗……"吴三桂站起身子，挺挺胸脯说："不怕，解父之围，何惧之死！"祖大寿又认真看看吴三桂，喟叹道："看来，我三桂真是长大了啊……"不等祖大寿明确同意与否，吴三桂冲祖大寿作揖："感谢舅父，三桂一定凯旋！"吴三桂飞奔下城，到自家府中提起大刀，跨上战马，率领二十名家丁②，自任前锋，两名家将作后卫，左右翼各九人，共计二十一人组成精悍的铁骑编队，旋风一般冲出了城门。清军与明军交战多年，根本不把这一小股部队放在眼里，同时也不知道他们冲进阵列中要干什么。

---

① 今辽宁省葫芦岛市建昌县一带。

② 明代将领于正式军队外自费组建的护卫武装，选拔的武士，皆是孔武有力的剽悍之卒。

清军在如此轻视的一迟疑间,这二十一人便与大军前面的清军短兵相接了。在个对个的"单挑"交锋中,明军以一当百,杀得清军七零八落,阵形大乱。清军首领见势不妙,连忙派出一员大将拦截领头的吴三桂。但还没冲到吴三桂跟前,吴三桂便引弓搭箭,将清将射得歪在了马背上。但是,这名战将只是负伤伏在了马背上,当他冲到吴三桂的坐骑前时,突然抽出短刀朝吴三桂砍去。吴三桂猝不及防,被利刃砍中了鼻梁,顿时鲜血迸流。吴三桂忍着剧痛,挥大刀将敌将砍落马下,撕下一块战旗勒住鼻子,带伤继续战斗。此时,清军阵营已经大乱,首领又恐怕祖大寿从城内突然杀出,所以一时也不敢全力去堵截吴三桂和这二十名如狼似虎的明军。趁此机会,吴三桂在敌营里找到吴襄,带着他和明军一起冲出了重围……

"孤胆救父"的吴三桂,靠的并不是高大威猛、逞强好胜的匹夫之勇,而是自幼习武,善于骑射,精读兵书,多谋善断,尤其是喜欢使一把大刀,还自创了一套刀法和刀谱,并于三年前进京考取武举人的深厚军事才能。建昌城下的"救父之战"使吴三桂名声大噪,成为天下人的美谈,一时被传为佳话。朝野上下和长城内外的民间,无不盛赞他的英雄事迹,亦是明清时期战争史中罕见的"解围之战"。

父亲吴襄感动得落泪,舅父祖大寿亦惊喜不已,连对手皇太极①都感叹道:"吴三桂是真汉子,得此人归降,天下可唾手可得!"《中国明代档案总汇》②对他的评价是:"忠可炙日,每逢大敌,身先士卒,绞杀虏级独多。"

在祖大寿的提携下,吴三桂的官位节节攀升,至崇祯五年(1632),刚二十岁就已经被提拔为游击将军了。这一年在平定登州之乱中,吴三桂跟随父亲吴襄一同上了战场,不但骁勇善战,而且深有谋略,

---

① 皇太极,努尔哈赤第八子,清朝第一位称帝的君主。
② 广西师范大学出版社 2001 年 6 月出版,简称《明档》。

大破孔友德的叛军，使朝廷派到关宁军中的监军高起潜对这位将门虎子吴三桂青睐有加，将其收为义子。高清潜回京后，在崇祯帝面前极力夸赞吴三桂，奏请朝廷，由蓟辽总督洪承畴提名，吴三桂于崇祯十二年（1639）被任命为团练总兵。至此，二十八岁的吴三桂用了不到八年的时间，由游击而参将，而副将，如今，已升任宁远团练总兵四年多了，成为明末镇守边塞最年轻的将军。

鼻梁上的这道伤疤，成为吴三桂"勇冠三军""孝闻无边"的见证。但自那以后，无论遇到一些高兴或者难缠的事，他都会不由自主地将大手捂在鼻梁上，《庭闻录·卷六》[①]称其为"自扪其鼻"。也许，他是在遮挡本来白净俊朗的脸庞因伤疤给他带来的微瑕吗？

天色又暗了一些，田府大门前和宅院里的灯笼显得明亮了许多，里里外外一片灯火通明。随着一阵嘈杂和人影的晃动，田弘遇带着府第的一班众人，恭恭敬敬在大门里外列队迎接"贵宾"吴三桂。

"哎呀！总兵大人，有劳大驾，一路辛苦，在下恭候多时了，欢迎欢迎！"田弘遇快步走下台阶，对马上的吴三桂躬身施礼，"欢迎总兵大人光临寒舍，快快请进！"

吴三桂将手中的缰绳递给侍卫，他欠欠身子，滚鞍下马，冲田弘遇拱手作揖："在下这厢有礼了，感谢田大人的多次至诚相邀，田大人请进！"

田弘遇望望街面上一群戎装的马队，忽闪着眼睛道："这就是总兵大人的关宁铁骑吧，早就如雷贯耳，但只闻其名未见其实，今日有幸目睹，果然是威风凛凛啊！"

吴三桂微微一笑："哪里，这只是铁骑的部分精锐，我的卫队。"

"将军的卫队，我亦有安排，让他们……"

"不必了！"吴三桂对侍卫说，"按之前的吩咐，你们在这里警戒。"

---

① 清代，刘健著。

侍卫问："大人，要不要随身跟进几个，确保您的……"

吴三桂瞪眼道："不必多此一举，这是在田大人家中赴宴，还能有不安全的吗？"

在田弘遇殷勤和亲切的引导下，吴三桂独自走进田弘遇的府第"天春园"。

此时，天已经完全黑了下来，万物在灯影下迷离，温馨的气候中夹杂着些许个凉意，铁狮子模糊不清，对着田府大门前一排灯笼里发出微光的那一面，轮廓的边缘处传递出狰狞的冷酷之状。

骑兵小队在狭窄的胡同里散开，准备喂、饮、遛并安排将士们的野炊，大家毕竟是一个多月前从宁远①随团练总兵吴三桂大人奉命入关驰援京师，抵御第五次迂道入塞的清军，已经很疲惫了。由于行军迟缓，入京后清军退去，为此，崇祯帝感谢吴三桂率军前来北京勤王，并于半个月前在皇宫武英殿宴吴三桂，还赐予他尚方宝剑。一时间，宁远总兵吴三桂被皇帝恩宠和器重的消息，在朝野上下被传为美谈。而作为皇帝岳父的田弘遇，由于皇妃女儿的去世，唯恐以后在皇帝那里受到冷落，又时值西南有李自成大顺军的造反，东北有多尔衮率领清军的进犯和掠劫的动乱景况，极力想寻找一个使自己生命和财产安全的"保护神"，而重兵在握，年轻有为，深受皇帝重用和朝野拥戴的吴三桂，是目前"巴结"的最佳人选。因此，田弘遇趁吴三桂进京"受皇封"的机会，以帝皇岳父的身份，几次邀请吴三桂"日理万机"后抽暇来家里"坐坐"吃顿"便饭"，甚至还与吴三桂的父亲吴襄都是江苏高邮老乡的"说法"让吴襄替他"说情"。吴三桂盛情难却，再加田弘遇身份特殊，不敢怠慢和得罪，这才答应"赴宴"，并最终决定于今晚成行。

但谁也没有想到的是，在田家今晚的"宴席"上，吴三桂"偶遇"了一位妙龄而绝色的女子陈圆圆，书写下了一段三百多年来一直被世人津津乐道的旷世奇缘，也从此改写了中国历史的社会进程。

---

① 今辽宁省葫芦岛市兴城市。

因此，"田府家宴"是一个新时代开端的源头。没有这场宴会，也许就不会有一个朝代如此过早地诞生。当时，吴三桂没有想到，陈圆圆也没有想到，田弘遇更是没有想到。似乎所有的一切，都是在冥冥之中孕育和发生。

田弘遇"请客"，绝不是"便饭"。他是怎样宴请或者款待当朝大将军和新显贵吴三桂这位闻名遐迩的"大英雄"的，规格肯定很高，究竟吃的什么喝什么，已经不重要了，所以不必细述。重要的是，田弘遇一边请吴三桂吃饭，一边让吴三桂欣赏歌舞，也算是"唱堂会"，更像是现在某些高档"会所"宴席上的歌舞表演。

歌舞表演中，有一个节目是弋阳腔《西厢记》中的一场折子戏。

一位浓妆艳抹的女子粉墨登场了，她饰演的角色是红娘，唱的是《西厢记》中"佳期"的"十二红"。

伴随着管弦丝竹奏出的柔美曲调，"红娘"长袖轻扬，莲步款款，红唇微翕。唱腔从一排细密的小白牙与柔润的舌尖处，发出一股股莺歌燕语般的"水磨腔"，其声幽雅婉转，细腻委婉，像一股软绵的扯不断的丝线清亮悦耳："小姐小姐多风采，君瑞君瑞济川才，一双才貌世无赛，堪爱，爱他们两意和谐。一个半推半就，一个又惊又爱，一个娇羞满面，一个春意满怀，好似襄王神女会阳台，花心摘，柳腰摆。似露滴牡丹开，香恣游蜂采。一个斜欹云鬓也不管堕折宝钗，一个掀翻锦被也不管冻却瘦骸。今宵勾却相思债，竟不管红娘在门儿外待，教我无端春兴倩谁排，只得咬，咬定罗衫耐……"

吴三桂被眼前"红娘"艳丽卓绝的风姿和风趣华美的唱段陶醉了，直勾勾地望着她。感觉眼前所有的人和物都黯淡无光，甚至是消失了，不存在了，只有这个"佳人"光彩夺目，让他沉醉和痴迷。

但见她挺拔饱满的胸脯微微起伏着，婀娜的身姿随着她的唱腔和乐曲不停变化着身段，优雅、温婉、柔美，其一举一动、一颦一笑，皆是风情万种……"今宵勾却了相思债，竟不管红娘在门儿外待"，羞怯和娇嗔的表情和唱词依然在吴三桂耳畔余音缭绕，使他似乎进入了谵妄状态，感到自己也仿佛置身于戏剧的情景之中，自己就是那个张君瑞，而这位扮演红娘的美貌女子"咬定罗衫耐"，就是莺莺了，如果把她的"花心摘"，自己能做"游蜂采"，那该有多少幸福和美妙啊！

"田大人，这位扮演红娘的……"吴三桂梦呓般问。

田弘遇笑道："她叫陈圆圆，曾是苏州著名的歌伎。"

"陈圆圆！"吴三桂点点头，感慨道，"这红娘唱得太好了，扮相好，唱腔好！"

"是啊！她十岁就去苏州梨园学戏，善唱弋阳腔戏剧，初登歌台，就是扮演《西厢记》中红娘一角。"田弘遇兴奋地说，"出道后她一上台，就人丽如花，似云出岫，莺声呖呖，六马仰秣，色艺双绝，台下看客皆凝神屏气，入迷着魔，从此一炮打响，独冠出众，成为当时最红的艺人。"

"噢……"吴三桂目不转睛望着她俏丽的容颜和她婀娜多姿的身段，热切地问，"她本在千里之外的苏州，现今怎么在京城大人的府上呢？"

田弘遇看看吴三桂，沉吟片刻道："我是花重金，从苏州把她买过来的。"

吴三桂不解，摸摸鼻梁，皱着眉头问："这是为何呢？"

田弘遇压低嗓子说："总兵大人，不瞒你说，我这府上经常招待像大人您这样的贵客，需要有名伶来助兴献艺，所以我才费尽周折把她从苏州买了过来，我可是舍了大本，花了巨资的啊，整整二十万两银了哟！"

当时一两银子，相当于现在的九百人民币，二十万两，等于现在八千万人民币。

"噢！"吴三桂吃惊地看看田弘遇，笑道，"田大人还真是下了血本啊！"

其实，田弘遇说的并不是全部实情，她重金将陈圆圆从江南买到京城，是准备献给崇祯帝的。因为自从田弘遇的女儿田贵妃一年前病逝后，崇祯一直愁眉不展、郁郁寡欢。为讨好崇祯为其解闷，在失去女儿后自己能够继续得到皇上的宠爱和关照，田弘遇奔赴江南，遍访各地为崇祯寻找美女，最终在苏州"相中"了天生丽质，貌美如花，既有一副天生的金嗓子，又工于声律，书棋琴画都很娴熟，在当时就已经蜚声江南的"色艺擅一时"的绝代佳人陈圆圆。于是，他不惜巨资把她从老鸨手里买出来带到了京城。但是，送到后宫不到一个月，太监就把陈圆圆送回到了田府，说白了就是"退货"了。原来，一向节俭廉洁、勤政爱民且不喜女色的崇祯，面对当前内忧外患的动荡局势和急剧恶化的经济形势，再加腺鼠疫和肺鼠疫正在暴发，京城每日死人上万。战事、旱荒、蝗灾、瘟疫、国库空虚，致使民不聊生，朝野动荡，日理万机的皇帝对任何女人都没有兴趣，连陈圆圆看都不看一眼，就让太监送了回来。田弘遇懊恼不已，倒不是心痛那笔"大钱"，而是觉得皇帝不肯"收下"陈圆圆，精心谋划以女色"腐化"崇祯的计划落空了。无奈之下，他只好让陈圆圆留在府里当"歌伎"，招待宾客时让其唱她的"拿手好戏"，当然，还可以陪吃、陪喝、陪睡。说白了，没被皇帝"侍寝"的陈圆圆，才留在田弘遇家里做起了"三陪小姐"。

卸了妆的陈圆圆，在田弘遇的授意下，过来陪吴三桂喝酒。

"总兵大人，请您喝酒……"陈圆圆端起桌前吴三桂面前的一杯酒，望着他莞尔一笑。

吴三桂侧过身子，看了看近在咫尺的陈圆圆，心猿意马。

橘黄色的灯影下，陈圆圆鹅卵形的脸庞上，似是涂抹着一层金色光晕，炫目夺人，一双清澈的大眼睛，在一对精致的双眼皮轻轻眨动下，两个晶亮的眸子，像是有两颗闪光的黑珍珠，浸泡在两潭荡漾着涟漪的碧水里；她的微笑像一朵鲜花儿盛开，整齐的小白牙洁如精瓷，光泽似乎太阳照耀下的冰雪，丰满的嘴唇和翘起的嘴角，像是一个艳红的菱角性感，两颊现出的一对酒窝儿里，似是盛满着甜蜜；她说话的声音软柔、清纯、干净、甜美，比刚才唱得还好听；她双手端起酒杯，尖细的手指顾长而稚嫩，掌背肤如凝脂；她说话时，有气味淡淡袭来，是一股甘甜中夹杂着檀香的那种，神秘而诱人……

如果说，陈圆圆之前在戏台上表演的魅力，让吴三桂有一种谵妄的感觉，那么，现在台下卸过装的陈圆圆的美艳，则让吴三桂产生了快要窒息的状态。

也许，这就是一见钟情吗？

吴三桂的这一看，这一见，让他对陈圆圆产生了不可抗拒，或者说欲罢不能的爱怜、倾慕、心驰神往，并决定了他和她彼此的一生。

酒是怎么喝的，宴席是什么时候散的，吴三桂都不记得了，因为他早已不在意这些。他急于想得到这个毕生没有让他如此冲动、激动和喜欢过的女人或者说姑娘。

"田大人，陈圆圆是我遇到过最让我心动的女人。"

这没有出乎田弘遇的意料之外："好啊！那今晚您就下榻寒舍吧……"

"不，我要把她带走。"

田弘遇不解，问道："大人这是何意？"

吴三桂不假思索道："我要明媒正娶！"

"啊！大人不是开玩笑吧……"田弘遇惊叫道，"她可是个妓女，玩玩可以，怎么能……能来真的……"

"这个我不管，要来真的，我要娶她。"

"可是……可是你有妻子啊？"

"我会正式纳她为妾。"

田弘遇还在迟疑："大人，你不完全了解这个陈圆圆，还是再想想吧。"

"我不想知道那么多，也不管她的从前，不用再想了。"

“这个……”

吴三桂脸色凝重，有点不悦："我是军人，说话直来直去，田大人不必吞吞吐吐，有话直说，是不是想让我出你赎她时所花的那二十万两银子呢？"

田弘遇连连摇头："不，不是！大人别误会，这点钱对我来说，不算个什么，我缺的绝不是钱。"

“那是……”

“唉，这个吗……”田弘遇叹口气，颦蹙双眉，手捻须髯望着吴三桂欲言又止。

吴三桂在地上踱了几步，习惯性摸摸鼻梁，想了想，看定田弘遇说："田大人，你把陈圆圆送于我，我呢，在兵荒马乱之际，会率兵全力保护田大人全家的平安。我承诺，确保田家生命和财产的万无一失，将优先于保护大明江山。也就说，义军造反，清军入侵，我会全力以赴先保全您，再去保皇上，你看怎样？"

田弘遇眼睛一亮："此话当真？"

吴三桂毅然道："君子一言，驷马难追！"

“好，成交！”

田弘遇宴请吴三桂的目的实现了，而吴三桂，则意外得到一位让他一见钟情和倾心相慕的名叫陈圆圆的绝世佳人。

良　缘

在京都的吴家府邸，一场婚礼虽然不甚隆重，但还是如期举行了一个不事张扬、十分简朴的仪式。

三十二岁的宁远总兵吴三桂，正式纳二十岁的陈圆圆为妾。

之前，吴三桂有原配妻子张氏和二房杨氏，现将陈圆圆接入府中做妾，是经过父亲吴襄允许的。

吴襄的祖籍原本是江苏高邮，老祖宗在明初时从军去了辽东，所以吴襄是在那里出生的，后落户至广宁中后所①。吴氏家族一直过着平民生活，直到天启二年（1622），才有吴襄考中了武举人，从此平步青云发达起来。当时，大明王朝内忧外患，急需军事人才，加上朝廷提出"以辽人守辽土，以辽土养辽兵的"策略，"武举人"吴襄从京都返回辽东，很快就融入辽东将门的上层圈子里，并在妻子去世后续娶了辽西第一名将祖大寿的妹妹。崇祯年间以来，吴襄先后任都指挥使、都督同知、总兵二中军府都督、辽东总兵等要职，是祖大寿的部属。因此，吴襄长大成人的儿子吴三桂，就成了祖大寿的外甥。吴三桂在父亲吴襄和舅舅祖大寿的教诲、影响和提携下，学武习文，操练骑射，并开始了他的军旅生涯。

吴三桂获取了"忠孝"之名，也让他以"勇而敢战"而闻名于朝廷。

此后，在与清军的作战中，吴三桂因作战勇敢，屡立战功，成为明末八大总兵之一。他麾下总兵力近五万，火器配备有三百六十杆霹雳炮，九十万个重八钱的铅子和私人武装精锐三千铁甲军。

然而，在崇祯十三年（1640）年三月初至崇祯十五年（1642）二月底，明军与清军爆发了"松锦大战"②。形势急转南下，使吴三桂的命运突然间跌入了人生的最低谷。

这场战争历时两年，由皇太极（大清国开国皇帝）率十一万清军发动对明朝边关进攻，大明则先后投入十三万军力御敌。战场上，清军积极向上，上下同心，士气高昂，战斗力强，而明朝的士兵和底层军官虽誓死力战，但高层腐败，指挥不当，且内斗厉害，督监不和。最终明军惨败，苦心经营多年的宁锦防线全面崩溃。松山、锦州、塔山、杏山四城失陷，锦州守将祖大寿举城投降，蓟辽总督洪承畴被俘降清。在这场战役中，吴三桂率部在一开始还是在顽强与清军战斗，但到了后期，随着上级的指挥失利和战场的惨败，吴

---

① 今辽宁省绥中或锦州一带。

② 今辽宁省盘锦市太和区松山镇与锦州市一带。

三桂为保存实力，在已经投降清军的舅舅祖大寿，还有一手提拔他的老上司洪承畴劝降下、誓死不从，并和另一总兵王朴选择了从战场上"逃跑"。于是，这成为吴三桂从军以来唯一的一次并不是"打败"而是主动"弃地而窜"的最大耻辱。

战事结束后，吴三桂等"逃将"进京被追责，崇祯先问吴三桂："你为何不降清呢？"

"我要誓死捍卫皇上，死也要做大明王朝的鬼。"

崇祯又问："那你为何不与清军血战到底，却率兵临阵脱逃呢？"

吴三桂不假思索道："臣要为大明江山保存实力，我既然打不过清军，就不能让将士白白送死便宜满人！"

"嗯！此话有理……"崇祯欣慰地点点头，再问，"你还有多少人马？"

"一万有余，其中精兵五千，铁骑三千。"

于是，朝廷给吴三桂连降三级的处分，接着擢升辽东提督，统领军政，兵力增补至五万左右，仍然镇守宁远。而另一位和他一样逃跑的大同总兵王朴被斩首。不久，又下旨让吴三桂进京勤王，赐尚方宝剑。在崇祯的心目中，此刻的吴三桂是大明王朝平息"李闯王"和抵御"满清"进犯的唯一"王牌"部队，是江山社稷的保障。尽管，"松锦大战"后，关外的城池悉数陷落，仅剩下一座孤城宁远了，这是除山海关之外的最后的一道防线，还要靠"忠君报国"的吴三桂坚守。"松锦大战"之后，朝廷剩余的部队不多了，除阻击李自成率领的大军从西南进攻，在东北的防线上，几乎山穷水尽的崇祯，依靠吴三桂保卫京城，是无可奈何之举，也是唯一的选择。

也正是这次进京"受封"，吴三桂才在田弘遇府中"赴宴"，与陈圆圆"偶遇"成婚，结下了千载难逢的姻缘。

"因祸得福"的吴三桂，似乎是大明帝国风雨飘摇中的定海神针，更是父亲吴襄的骄傲和自豪。

退休赋闲在家的吴襄，以儿子吴三桂"纯忠极孝""夷夏震慑"为荣。无论什么事，他都听吴三桂的，对于吴三桂突然要纳妾，他同样赞成和支持。当正房张氏和偏房杨氏对儿子纳妾心怀不满，哭哭啼啼向他诉说委屈时，他怒斥道："一个年轻强壮的男人，在前方打仗流血，保国卫家，多有几个女人算得了什么！只要三桂高兴，他愿意要多少女人，我都同意。新人来了，你们都好生待她，不然，我可是不答应！惹我急了，我让三桂休了你们！"

田弘遇以陈圆圆娘家人的身份，送来了六马车嫁妆。

当晚的洞房花烛夜，吴三桂拥着陈圆圆来到床榻前，正要宽衣解锁带入衾，陈圆圆却轻轻从吴三桂怀里抽出来，突然跪在了他的脚下，涕泪横流道："谢谢大人，谢谢大人不嫌弃，谢谢大人收容贫妾，谢谢大人把妾身从苦海里解救出来，贫妾无以回报，想对大人说一万个感谢，在这里给大人磕头……"

"快快请起，请起！"吴三桂弯下腰，双手捉住她的双肩，将她扶到床榻边坐定，"圆圆，这是何意？我应该感谢你才是，是你给我带来了兴奋和快乐！你的歌声，你的舞姿，你的容颜，甚至你说话的声音和气味，都让我痴迷……三桂多年来驰骋在边关，在军营和战场上，在大漠和长城上，都是冷酷的刀光剑影，残酷的流血牺牲，严酷的你争我斗，你死我活，哪有半点安详的人间烟火！只到遇见了爱妾，三桂才知道了什么是美好，什么是温暖，什么是享受！我看见了爱妾，才看见了什么是阳光，什么是花朵，什么是幸福！所以，圆圆，我要感谢你，感谢你让我重新有了新的力量，新的勇气，甚至是新的生命！"

陈圆圆一把抱住吴三桂，感动地扎到他怀里哭泣："大人……你太……太……好了，你不但英武过人，孝悌忠信，还有情有义，贫妾三生有幸……是哪里修来这么好的福气啊……"

"来，爱妾，让我再仔细看看你。"吴三桂捧着陈圆圆的脸庞说。

陈圆圆拭拭脸颊上的泪，有点羞怯地望着吴三桂。

"圆圆，你怎么能长这么好看！是吃什么东西长大的啊？"

陈圆圆破涕为笑，莞尔道："看大人这话说得，贫妾都不好意思了。"

吴三桂动情地说："真的，你是我有生以来，见过的最好看的女子。"

陈圆圆突然伤感道："可是，大人真正了解妾的过去吗？"

吴三桂点点头："听说过，知道一点。"

"从此以后，臣妾是大人的人了，圆圆愿意把臣妾的全部经历告诉大人。"陈圆圆突然有点伤感地说，"大人，你愿意听吗！"

"圆圆。以后，不要再叫我大人好吗？"

"那我怎么称呼大人呢？"

"叫我三桂就可。"

"好吧，那我以后叫你三桂哥吧！"陈圆圆伏到吴三桂怀里，略带伤感地说，"我原本不姓陈，姓邢，名沅，是在江苏武进县奔牛里①出生的。在我五岁的时候，母亲去世了，父亲是个货郎，自己吃了上顿没下顿，就让姨妈收养了我。因姨夫姓陈，所以才改为陈姓，字圆圆，又字畹芳，居苏州桃花坞②。姨妈家生活也很贫困，姨夫做小生意又赔了钱，就把我卖到苏州梨园③学唱戏……"

天生丽质、秉性温纯、气质超俗的陈圆圆却命途多舛，寂苦无依。她从十岁开始练功学艺，琴棋书画无所不能，还喜欢作诗填词，再加有唱曲跳舞的天赋，"出道"后，在演弋阳腔《西厢记》中扮红娘，《红梅记》中饰卢昭容。"体态倾靡，说白便巧，曲尽萧寺当年情绪"，"如云出岫，如珠大盘，令人欲仙欲死"。当时著名的戏曲家尤西堂称其"容辞闲雅，额秀颐丰"，有名士大家风范。

---

① 今江苏省常州市武进区金牛镇。
② 今江苏省苏州市桃花坞大街及其周边地区。
③ 古代对戏曲班子的别称。

著名诗人陆次云称她"声甲天下之声，色甲天下之色。"陈圆圆色艺双绝，享誉江南，很快成为苏州演艺圈的名角儿，时称"江南八艳"之一。用现在的话说，成了江南一带著名的歌星和众人追捧的偶像。然而，自古红颜多薄命，一个原本美丽漂亮、善良清纯、多才多艺、正值风华绝代、青春洋溢的姑娘不是自幼丧母，命运所迫，怎能如此寄人篱下，又被逼迫沦落到烟花柳巷的风月场所，靠卖身卖唱卖笑来取悦男人生存呢？陈圆圆知道，她是在折磨自己糟蹋自己在葬送自己的青春。她不想一直这样下去，更不愿意这样度过自己漫长的一生。但是，不这样做，又有什么办法呢？她想有一个温暖的家，哪怕一个方寸的地方也行，但没有；她更渴望得到爱情，得到一个男人的关爱和呵护，但还是没有。按说，她这个美女加歌星，应该比一般女子有着天然的立身资本，再加置身在这样"高富帅"们趋之若鹜游玩取乐的勾栏之地，肯定会有多金而英俊的男人"偶遇"倾慕而追去"奔现"吧？确实有，有男人追求和喜欢，不是一个，史书记载的，在被吴三桂"纳妾"之前有三个，其实，没有记载的，一定更多。但是，并没有一个男人是真心的，真诚的，都是想跟她"玩玩""嫖"她而已，都是贪图她的美色找她"一夜情"寻刺激之后再无情抛弃，说白了，几乎都是始乱终弃的放荡男人，或者说是"渣男"。

不信，请看陈圆圆与这几个男人的"情事"。

第一个男人，名叫贡若甫，是江阴人。贡若甫的父亲贡修龄，在万历年间先后中了举人和进士，曾任浙江府东阳县知县。这年，贡若甫前往金华探视父亲、路过苏州梨园时去看戏，当时就被陈圆圆的相貌、身段和唱功所倾倒，之后一有时间，就去给她捧场叫好。两个人"好上"不久，已有妻子的贡若甫不惜以三千两白银为她赎身并带回府中作妾。但没过几天，贡若甫父亲则让儿子把陈圆圆赶走了，理由是咱们官宦人家，不能娶艺妓。贡若甫执意不从，贡修龄却说："我在暗中观察此女子许久，这是个贵人啊！儿子你福薄，恐怕无福消受此女子，不如放她走吧，而且赎金也别问她要了。如果强留她在贡府，儿子你早晚是要遭殃的。"史书上记载的原话是："纵之去，不责赎金。"贡家以"此乃贵人"这种借口将陈圆圆冷酷无情地"捧杀"了。

　　第二个男人，是冒辟疆，扬州府泰州如皋县人，出生在一个世代仕宦之家，幼年随祖父在任所读书，十四岁就刊刻诗集，还会画能曲，才华出众，相貌俊逸，其父冒成宗是当朝三品大员，家中为当地首富，是一个名副其实的"高富帅"。两年前（崇祯十四年，公元1611）的春天，三十岁的冒辟疆去衡岳①省亲途经苏州，经友人引荐"艳遇"了陈圆圆，两个人一见钟情并定下了后会之期。半年以后，冒辟疆送母亲归来，再度与陈圆圆相会，还让陈圆圆见了父母。此时，正赶上田弘遇在这里为皇帝挑选美女，得知陈圆圆色绝艺佳，就指名要把她带到京城。当时，有追捧的"粉丝团"找了假圆圆把田弘遇暂时糊弄过去了，但陈圆圆知道最终是逃不过的，于是主动提出嫁给冒辟疆。冒辟疆同意为她赎身，而且还订下了成亲的日期。这时，冒辟疆家里突然出了事，朝廷要调离父亲离开湖南去给左良玉（时任平贼将军、太子少保、宁南侯）当监军。左良玉当时握有三十万大军，一向飞扬跋扈，拥兵自重，有时不听朝廷的旨意。去当他的监军，根本管不了他，他不听皇帝的，皇帝会拿监军"说事"，甚至会砍监军的脑袋。父亲如果赴任，等于是已经死了一半。冒辟疆母亲哭得死去活来，让冒辟疆带着重金，去南京和北京找关系活动，不调任或改换成别的职位，总之不能当这个监军。但陈圆圆不知道这件事，待冒辟疆办完事来找陈圆圆时，陈圆圆已经被田弘遇带走"进京"了。看来，风流成性的"公子哥"冒辟疆也不是真心想娶陈圆圆给她一个幸福的家。像他这样的"官二代""富二代"，事再多、再急、再忙，也能给陈圆圆个信儿或者把她先赎出接走保护起来。看来，这第二个男人同样是嘴上的信誓旦旦，山

---

　　① 湖南岳衡山的简称，泛指衡阳及周边省市。

盟海誓，行动上的薄情寡义，有约无期，不然，他也不会很快就与另一个同样身份的女人、陈圆圆的"闺蜜"董小婉，开始了又一场轰轰烈烈的"爱情"，并且，在与陈圆圆交往的同时，他已经在跟董小婉"玩暧昧"了。

第三个男人，就是田弘遇了。陈圆圆知道自己被田弘遇带到京城来干什么了，这是无可奈何的事。她以田弘遇"干女儿"的身份，在嫔妃成群的后宫里待了一个多月，连皇帝的影子都没有看见，又被送还到了田府。在这里，她成了田弘遇的私家歌伎，成为他招待贵宾的一道"大菜"，偶尔也陪年迈的有心无力的田弘遇"就寝"。一晃，来到京城已经一年多了，尽管衣食无忧，吃尽穿绝，闲暇里弹琴唱曲，偶尔陪主子和贵宾娱乐，但她感到了前所未有的孤独和迷茫。曾经，她想再回到苏州，但田弘遇不答应，即使答应，她回到苏州又怎么样，还不是一样是男人娱乐消遣的"工具"吗？今年，陈圆圆已经整整二十岁了，时间不等人啊！不能再这样独自孤苦伶仃地漂泊下去了，应该趁年轻的时候离开这个烟花之地，找一个可以依靠的男人，有一个安稳的家，过一辈子普通人的生活。可是，这一点小小的人生基本的愿望，为什么就这么难实现呢？正困顿、焦虑、迷惘之时，吴三桂出现了……

第四个男人，便是眼前这个高大、英俊、孔武的宁远总兵，不但长得帅，还是目前大明帝国的"擎天博玉柱、架海紫金梁"，在边塞统领大军抗清的大英雄。

之前的那些男人，都把陈圆圆当作物品不断辗转。

比如父亲，母亲去世后，他就不管陈圆圆了，把她送到姨家，再不过问；再比如姨父，为得到一笔钱，就把陈圆圆卖到了戏班子里；还有那个贡若甫，是赎走让她作妾了，可其父一句话，就把她撵了回去；再说道貌岸然、口是心非的冒辟疆，说得比唱得好听，可到头来，还是家事比娶她的事重要；而这个田弘遇，则直接把她当"物件"去交换利益，皇帝不要他要了。而吴三桂与他们不同，他也可以嫖她，和她做"露水夫妻"，但他没有，第一次见了她，就决定要纳她为妾"来真的"。相比之下，父亲和姨父，还有那些"前任"，全都是垃圾，而吴三桂，则是她头顶上的天，心目中的神。

也许，当吴三桂"占有"自己以后，也会把自己抛弃吗？

噢！不管以后怎样，反正现在吴三桂正式纳陈圆圆为妾了，这个"接盘侠"目前是真心实意的，她梦寐以求想"找个好人家嫁了"的愿望终于实现了，从此不再颠沛流离，有了归属感和安全感。所以，面对此情此景，她才感动得泪流满面，将吴三桂视为恩人，向他如实诉说了自己的身世和经历。

"我不管你的过去，我只在乎你的现在。"吴三桂为陈圆圆拭去眼泪，紧紧拥抱着她，爱怜地说，"从此以后，我再不会让你吃苦受累，会像宝贝一样珍爱你。"

陈圆圆兴奋异常，像天真的孩子那样拱在吴三桂胸膛上，梦呓般道："贫妾太幸运了，贫妾在最无助的时候，大人出现了，贫妾会终生服侍夫君，跟夫君相亲相爱，让夫君享受没有过的享受……"

"三桂会像菩萨一样敬爱着爱妾……"

一对相见恨晚的情人，在北京的吴家府邸，度过了一个又一个缱绻缠绵、勾魂销魄、激情像火一样燃烧的幸福之夜。

但蜜月还没有度完，宁远边关战事又起。吴三桂在崇祯的敦促下，准备率部返回千里之外的宁远前线。

"夫君，宁远在哪里，离京城很远吗？"

吴三桂拥着陈圆圆，脑海里似乎浮现出了他自从军当"大头兵"，到入驻"蓟辽督师府"的统帅，一直在这座古城里镇守边关的戎马生涯和峥嵘岁月——

宁远是一座古城，原名为兴城①，源于辽代，始建于辽圣统和八年（990）。其古城背倚辽西丘陵，南临渤海，雄踞辽西走廊中

---

① 现辽宁省葫芦岛市兴城市。

部咽喉之地,是辽东地区通往中原的交通要道。明宣德三年(1428),明朝政府在这里设卫建城,赐名"宁远",也称宁远卫城,是明朝宁锦防线上最坚固的一座城池。宁远城居于山海关和锦州之间,是山海关外的屏障,亦是锦州的坚强后盾。宁远同锦州、松山、杏山、大凌河、小凌河、右屯等地的大小城堡构成了明朝关外的防御体系,宁远和锦州二城是这一防御体系的核心,而宁远城则是这条通道上的一座军事重镇和历代兵家必争之要塞。

明朝中期,宁远城毁于一场大地震,直到明朝天启三年(1623),女真族的后金军崛起,努尔哈赤先后攻破沈阳和辽阳等地,天启(朱由检)皇帝派袁崇焕①镇守宁远时,才开始第二次筑城。袁崇焕非常重视宁远城的建造,不仅亲自规定了宁远城城墙高三丈二尺,城墙垛口高六尺,城墙基址宽三丈,城墙上宽二丈四尺的规模,而且令手下的宁远籍大将祖大寿具体负责督办。祖大寿招募了四万多民工昼夜不停地施工筑城,一年后终于建成了异常坚固的宁远城。建成后的宁远城形制为四方形,建有东西南北四座城门,城门四角建有炮台,城外还修建了半圆形瓮城,城内以城门为轴修建了两条"十字形"道路,城中心建有一座高耸的鼓楼,战时用来击鼓进军、平时报晓更辰,古城内所有建筑都是青砖灰瓦的明朝建筑。明朝的军队与女真族的后金军在这里进行了多次激烈的战斗。明天启六年(1626),清太祖努尔哈赤率十万大军轻取辽西诸城,但进攻京城必先攻下宁远。当时宁远守将袁崇焕率领不足两万的守军与后金军展开激战,用红夷大炮重创后金军,努尔哈赤身负重伤,引兵而退,于同年八月死去,这就是载入史册的"宁远大捷"。天启七年(1627),清太宗皇太极为给父亲努尔哈赤报仇,亲率大军进逼宁远,袁崇焕指挥有方,后金军再次大败而逃,史称"宁锦大捷"。皇太极久攻宁远不下,于崇祯二年(1629)绕道大安口,越过长城,进逼北京,并用反间计使

---

① 任兵备副使兼右参政,后官至兵部尚书、左都御史和蓟辽总督。

袁崇焕蒙冤而死。崇祯十二年（1639），清兵又两次攻打宁远，但都以失败而告终。之后，吴三桂由辽东骑兵右营参将①擢升为总兵团练辽东宁远中左、中右、前屯、中后兵马事务②，掌管辽东总兵事务。五年后，"松山之战"爆发，清军获胜，明朝除宁远城，山海关之外的要地尽失……

现在的宁远城，是大明帝国在辽东地区阻止清军通过山海关进入中原的最后屏障。

时间如白驹过隙，屈指算来，吴三桂在宁远城服役已经十四年了，从普通士兵到将军，他亲历和目睹了这里的兴盛和衰落，辉煌和沉沦。

督师袁崇焕坐镇宁远时，吴三桂还是一个中级军官，但他对这个儒生出身的将军既崇拜又敬重，曾在督师府多次聆听他的教诲，参加由他指挥的"宁远大捷"和"宁锦大捷"，打破了后金军"女真不满万，满万无人敌"的神话。宁锦一战，也诞生了明末最强悍的军队"关宁铁骑"。至今，吴三桂手下的这支精锐的骑兵，就是由袁崇焕手下训练出来的班底组成。在袁崇焕的治理和镇守下，宁远城成为后金军队不可逾越的鸿沟。努尔哈赤正是在袁崇焕手下身负重伤后去世的，其子皇太极为了复仇，设"反间计"使刚登基不久的崇祯帝上当受骗，以通敌叛国的罪名逮捕了忠心耿耿、将宁远城铸成"铁大门"的袁崇焕。赴京入狱前，袁崇焕身边只带了三名"随从"，除一名他的贴身卫士帮他背剑外，另两个人，就是祖大寿和吴三桂，可见袁崇焕对吴三桂的器重、信任和喜爱。入狱后，祖大寿和吴三桂率兵惶惶然奔赴宁远，崇祯帝派出使者追到山海关才见到他们，告知他们只治罪袁崇焕一人，与众将无任何关系，吴三桂这才出了一口长气。得知袁崇焕被凌迟后，吴三桂痛不欲生，号啕大哭，偷偷和手下的将士为督师的"冤死"而戴孝举哀，甚至

----

① 右营参将，相当于副总兵。
② 兵马事务，简称"宁远团练总兵"。

曾经一度动摇过他效忠于崇祯帝的信心，如此听信谗言、残害忠良的皇帝，还有"保驾"的必要吗？至今，袁崇焕的那首《绝命诗》："一生事业总成空，半世功名在梦中。死后不愁无勇将，忠魂依旧守辽东。"仍时不时在吴三桂的耳边响起。是的，袁大帅的遗愿，"死后不愁无勇将"是一种美好的愿望，可勇将在哪里呢？一手提拔吴三桂任总兵的恩师洪承畴叛变了，舅舅祖大寿投降了，孙成宗、赵率教、金国凤、何可纲、曹变蛟等将领都血洒边关，不再像昔日那样与吴三桂并肩作战了，从前辽东的数十万人马，如今只剩下了参差不齐的四万来人。这就是目前的这一任总兵官吴三桂所遭遇的困境和面临的惨状：面对日益强大的清军，在缺少粮草、军饷不足的窘境下，艰难地为帝国独守宁远城这座其实已经失去战略意义的孤城。

显而易见，此时的吴三桂尽管接诏进京受了"皇封"，还认识了美若天仙的陈圆圆，让他品尝了人间最为美妙的男女乐趣，但一提及他驻守的宁远关城，内心深处却涌动着许多难以言表的孤独、苍凉，甚至是隐痛……

想到这里。吴三桂眯着眼睛说："是的，很远，千里之外。"

陈圆圆抱着吴三桂，恋恋不舍道："贫妾好想和三桂哥一同前往，日日夜夜守护着大人……"

"我也巴不得与爱妾时时刻刻厮守，可军令如山！"吴三桂吻吻陈圆圆的额头道，用手撩拨了一下她的长发，"在家好生保重自己，等着我，有了闲暇，我就回来。也许，皇上很快会让我进京再次勤王，说不定去去就能回来呢。"

陈圆圆将脸颊贴在吴三桂胸口上，柔声道："你也多珍重，盼夫君早日平安归来。"

与陈圆圆同衾共枕、耳鬓厮磨，情意缠绵的这些个日日夜夜，是吴三桂暂时忘却了烦恼，是最为开心的快乐和最为幸福的享受。

吴三桂拥着她，一往情深地说："爱妾，你就是我的边关，会抵抗住我所有的来敌进犯，还有离开你的悲伤和思念。"

临别时，陈圆圆送吴三桂到大门口，为他系上凤翅盔的纽扣，从怀里掏出一个绣着鸳鸯的荷包递给吴三桂："到了宁远给我来信，这是我连夜做出来的，你想我了，就拿出来看看……"

吴三桂接过荷包，正要上马，扭头看见父亲吴襄站在门前的台阶上冲他招手，眉头挑挑，转身走了过去。

吴襄也朝前走了几步："三桂，放心去吧，为父会掌管好家里的事，朝廷这边有什么消息，我也会及时函告的。"

"父亲，儿只有一件事相托。"吴三桂近前，压低嗓音说，"这一走，我最不放心的就是圆圆，请父亲大人替儿照顾好她。"

"放心，一定不让她受半点委屈。"

反　叛

现在是崇祯十七年（1644），一个注定载入史册的特殊年份。

过完春节，由于当时通信与交通不便，吴三桂在宁远暂时没有了外界的消息，尤其是一直没有家里的来信，这让他十分挂念和焦虑。

粗略算来，吴三桂离开京城与爱妾陈圆圆分别才半年多的时间。

这半年多来，宁远城还算平静。

清军像是消失了一般，一直没有动静。很快，有消息传来，五十二岁的皇太极在盛京①清宁宫中突然驾崩了。由于他死得突然，没有留下遗诏，围绕皇位的继承问题，整个清王朝内部家族的众多兄弟子侄以及满族的文武重臣们都在蠢蠢欲动，展开了一场激烈的角逐和博弈。

这期间没有战事，吴三桂给京城的父亲连着去了两封家信，每次信中都会提及陈圆圆。第一封信说："告知陈妾，儿身甚强，嘱

---

① 今辽宁省沈阳市。

伊耐心。"第二封信中说："陈妾安否，甚为念。"可见吴三桂是非常思念和牵挂爱妾陈圆圆的。而从第一封家信里也可以看得出，陈圆圆在父亲寄给吴三桂的信中，肯定是让父亲代她询问吴三桂的身体状况了。两个人虽然天各一方，但却彼此挂念，嘘寒问暖，俨然是一对柔情蜜意的恩爱夫妻。

入冬以前，大概是九月底的时候，清军突然朝宁远扑来，同时也有奏报传来。原来，大清国因皇太极猝死而引发的"皇位之争"，经过一段时间的激烈斗争，终于尘埃落定了。各派势力相互妥协，最后推出皇太极第九子、当时只有六岁的爱新觉罗·福临（顺治）继承皇位，睿亲王多尔衮①与济尔哈朗②出任辅政王。诸王争位结束后，像是"老虎打盹"醒来，实际掌握大清政权的多尔衮扬言要完成皇太极"入主中原"的遗愿，率六万大军"拥载大炮，排山倒海而来"。但他们不知道吴三桂的宁远城中有红夷大炮，待清军接近城墙时，吴三桂下令开炮，清军丢下近千具尸体败退，史书记载："（清军）惊魂拉尸，跟跄望老营奔回，嚎哭一夜，至次日卯时分，尽皆开营向东北遁去。"清军往哪跑了？当时吴三桂并不清楚，也没有追击。但很快传来消息，清军退却后绕过"拿不下"的宁远，采取迂回战术，打下了中后所③、前屯卫④、中前所⑤，在前后只有七八天的时间里，作为宁远"卫星城"的三座城池全部失陷，宁远成为山海关外一座名副其实的孤城，已失去了战略意义……

吴三桂大惊：多尔衮带着清军，一定是要绕道进关啊！那么，我固守的宁远城，还有什么意义呢？等于是聋子的耳朵——摆设了！

到了二月底，才有消息陆续传来。

---

① 努尔哈赤第十四子，皇太极之弟。

② 由努尔哈赤抚养的侄子。

③ 今辽宁省葫芦岛市绥中县城。

④ 今绥中县前卫镇。

⑤ 今绥中县城四十余公里处。

据报，李自成在西安称帝，建国号"大顺"，宣誓"北上"后于三月十日（二月初二），亲率大军五十万在沙窝口造船三千，并征集民船万余，渡过黄河后一路"东征"，二月底攻破了宁武关①，目前正一路北上，朝大同进发。

"啊！闯贼称帝了，而且过了黄河，宁武关也丢了？"吴三桂惊叫一声。

"总兵周遇吉大人与闯贼血战十五天，最后火药用尽，率部开门力战而死，但闯贼也损失惨重，伤亡七万有余……"

吴三桂摸一把额头渗出一层细尘，捏住鼻梁道："朝廷那边是什么情况，要不要我进京勤王呢？"

"大人，情况不明，宁武关虽然丢失了，但还有大同、宣化、居庸关三处的关隘和守军，再加近日崇祯帝已经往这些地方调去了援军，京城在三五月之内，应该安然无恙。而咱们的宁远城，虽然已经孤悬了，但仍然是清军南下的屏障，不到万不得已，朝廷不会轻易放弃。大人，你以为呢？"

吴三桂出口长气，微微点了点头："密切关注清军的动向。"

二月底，大清国按照后金国女真人特有的习俗，在两个月前的元旦日，为小皇帝顺治完成了正式登基朝拜仪式。之后，多尔衮在孝庄皇后的配合下，十分顺利地使济尔哈朗退出了"辅政"位置，自己晋升至"摄政王"独揽大清国皇权，在治理政敌、巩固权力的同时，并不忘却"入主中原"的理想。但是，由于当时交通和通信不便，消息闭塞，对大明王朝被李自成"大顺军"打得危危可岌的情况并不清楚，等知道后，已经是一月底了。多尔衮精神大振，立即给"大顺"写了一封信，因为不知道"流寇"的首领是谁，只好以"诸帅"相称，意思是"兹者致书，欲与诸公协谋同力，并取中原"。此信一个月后才送到驻守榆林②一个不认字的首领手里，他

---

① 今山西省忻州市宁武县县城。

② 今陕西省榆林市。

找人念了念信的内容，笑了笑说，我知道了，你回去吧，等有时间我会转给主上。据说还找人回了一封信，此后就没了下文。多尔衮是想和李自成联手对付大明王朝，但苦于没能联系上，就静观其变，一副"坐山观虎斗"的架势……

一晃，又是几天过去了，现在已经是阳春三月了，宁远城依然安详。

这天傍晚，确切地说是农历三月初四的卯时，京城的钦差突然来到宁远城，一进将军府就宣布让吴三桂接旨。

钦差宣读了崇祯帝钦封吴三桂为"平西伯"的圣旨。

"伯"是古代的一种爵位，是当今皇帝对功勋卓著的异姓人最高的封赐。

"接旨"仪式完毕后，吴三桂诚惶诚恐问钦差："大人，皇上这是何意？"

钦差脸色阴沉，没有正面回答，而是强作笑颜冲吴三桂拱拱手说："给总兵大人贺喜了，此次受封，并非大人一个，还有其他四位。"

"都是谁呢？"

"唐通（密云总兵）为定西伯、左良玉（平贼将军）为宁南伯、黄得功①为靖南伯、刘泽清（山东总后）为平东伯。"

"那为何封我为平西伯？"

"闯贼从西而来，所以……"

"大人，三桂莫非是临危受命吗？"吴三桂没有受到皇封的半点喜悦，而是忧心忡忡地说，"看来，闯贼攻势凌厉，我应放弃宁远，前去京城勤王才是。"

钦差叹口气道："唉，等等吧，皇上有这个想法，但大臣们有不同意见，因为将你调出，会放弃关外让清军乘虚而入，连内阁首辅陈演大人都不敢表态，所以皇上也没敢即刻让你撤出宁远。眼下，闯贼还在大同，暂时无忧，大人就在这里坐等皇上的旨意吧。"

---

① 以总兵官身份护守凤阳皇陵，驻军定远。

但钦差走后的第二天，即三月初六，崇祯颁下诏书，派快马急驰宁远，令吴三桂放弃宁远，率军火速进卫北京勤王。

是啊！京城危在旦夕，到了十万火急、迫不得已的时候，必须动用吴三桂了。

因为，谁也没有想到，李自成的"进京"速度这么快，快得让人猝不及防。

自宁武大战之后，大同、宣化、居庸关的三处将领以及守军居然全部不战而降。大明王朝多年来设置的层层险关和要塞，全都形同虚设。致使李自成率领的五十万大军一路势如破竹，长驱直入，迅速对北京城形成了重兵包围。

吴三桂在宁远接到诏令，是在三天以后，他不敢怠慢，立即决定遵诏启程。

如果只是率骑兵驰援，两三天即可抵达北京，但皇帝的诏书有"弃地不弃民"之说，这就消耗了精力，耽误了时间。

由于是全城共计约十二万[①]军民全部倾巢朝千里以外的北京迁徙，需要从上到下动员和大量的准备工作，必须紧急召开高层军事会议，统一思想，布置全城军民的"搬迁"工作，层层动员和发动，让将士和民众理解和配合皇帝放弃宁远的决定。这件事说起来简单，具体做起来是很困难和复杂的。自明初在宁远建卫以来，这里的许多将士和民众的祖先，已经在这里生活了二百多年，有自己的土地和家园，对这里的一草一木一砖一瓦都有着深厚的感情，怎能说走就走？而且到了遥远而陌生的关内，又在哪里安家落户呢？因此，不理解，抱怨，"穷家难舍"的哭哭啼啼甚至反对"弃城"的民众包括子弟兵们，大有人在。所以，动员甚至强制大家"跑路"，最后连人带物"一个不能少"全部走人，并不是那么容易和简单。

吴三桂是三月九日接到的诏令，于十三日正式离开宁远城往北

---

① 官兵约四万，民众及随军家属约八万。

京进发的，前期的动员和准备工作在三五天完成后"开拔"进行大转移，已经是效率很高、速度很快了。

临行前的午后，吴三桂站在高大的角楼上，脸色凝重，目光迷离而又迷茫，他习惯性地以手捂鼻，眯起眼睛向外眺望。

但见沟崖旁的报春花怒放，油菜遍地流金一般，玉兰树枝头花萼累累，桃树和杏树都举起了一串串刚刚泛起的粉色和白色，白杨和梧桐的枝头萌动着嫩绿。阳光明媚，春风温煦，远山清丽，田野遍地流苏，万物苏醒显得精神，辽东大地一派勃勃生机。而城内的民众黑压压一片，推车挑担，扶老携幼，满载物资的大小车辆从西绵延至城东。战马嘶鸣，旌旗随风飘扬，刀枪林立在将士的队列里，一切都整装待发……

生于辽东，长于辽东，战于辽东，在从军十五年那沸腾、沉重、灾难、铿锵的战争生涯里，有多少年轻的战友洒下了一腔的鲜血和一生的汗水，最终将忠骨埋在了这里……

"多好的土地，多好的城池，多好的军民啊！"吴三桂默默喟叹一声，然后走下城楼，眼圈一热，鼻子发酸，挥手吼道，"出发，烧城！"

撤离后的宁远城，成为一座空城了。为了不把这里的一草一木留给大清，吴三桂下令火烧宁远城，包括蓟辽督师府在内的建筑全部在烈焰中化为灰烬。

一支浩浩荡荡、一望无际的共计十二余万军民组成的"南下"队伍，三天后行至山海关，由在这里驻守的将军高第（山海关总兵官）接应，因吴三桂的"平西伯"大于高第，所以高第及部下的守军接受吴三桂指挥。吴三桂令高第将大部分民众就地安置，分散到了山海关附近的各个村镇，一时安置不了的，则暂时集休居住，类似于如今一些战乱地区为收置"流民"而设置的"难民营"。之后，吴三桂率大军继续朝北京开进，第二天抵达丰润①，距北京仅剩下

---

① 今河北省唐山市丰润区。

了二百多里。

三月二十日在丰润，是吴三桂一生中最重要的节点，时局的风云突变和急转直下，迫使他和他的四万兵马停止了进京的步伐。

因为，前一天的十九日，李自成攻陷了北京城，当日拂晓，崇祯帝跑出皇宫，逃到景山①东麓，以腰带自尽于观妙亭下的歪脖槐树上。

这消息，是吴三桂第二天行至丰润才得知的。

后世有史料说，吴三桂的行军速度是不是太慢了，是不是故意放慢速度，拖延时间，不想进京"保驾"，是不是已经投降了李自成，或者是另有企图呢？

非也。进京速度迟缓的原因，主要是共计十二万的队伍太庞大了，其中的八万民众和家属不乏老弱病残，再加带着随身物品以及部队的辎重和粮草，等于是从宁远"搬家"而出，路上行走肯定不会像"急行军"那么快，而将士们要保护民众们的安全，必须与他们一路同行，不然就会被清军抢劫和杀戮。再说，这么庞大的队伍，有老有少，还要吃饭睡觉，六天走了二百多公里，也不算太慢。另外，吴三桂的老父亲吴襄和爱妾陈圆圆都在京城，况且他又有根深蒂固的"忠君"思想，进京肯定是归心似箭的。

京城陷落，皇帝自缢身亡，无异于晴天霹雳，吴三桂震惊得几乎晕倒。回想这些年崇祯对他的奖掖、提拔和重用，涕流满面道："皇上啊！这是为什么，你为什么要自尽呢？这让臣还怎样忠君，勤王呢？有国难报，有家难投，我该怎么办？"

同时，他更加担忧和焦虑的，是落入闯贼之手的家人，特别是老父亲和美貌如花的爱妾陈圆圆，会是什么样的情况和遭遇呢？

继续进京去攻打李自成，为崇祯帝报仇雪恨解救全家和陈圆圆于水深火热之中吗？自己手下只有包括铁骑在内的四万精兵，不及李自成大顺军的零头，进京与李自成号称十八万的精锐作战，无异

① 今北京市西城区景山前街景山公园。

于以卵击石，自取灭亡。

所以吴三桂必须停下来，冷静地思考下一步该何去何从？

这时，吴三桂好友张若麒①和"献关"投降大顺军的唐通在李自成授意下，前来劝降吴三桂。当然，他们不是空手来的，而是带着八千人押着补给和一千两黄金四万银两的军饷，还有李自成逼迫吴三桂父亲吴襄写的一封规劝儿子投降的家书，来到驻扎在丰润的吴三桂大营。

见面后，张若麒和唐通"盛赞自成礼贤，啖父子封侯"，对吴三桂说："闯王礼贤下士，为人宽厚，特别对总兵大人仰慕已久，归顺后承诺封大人为侯。"

吴三桂对张若麒这个文官还是客气的，以礼相待，但却十分厌恶唐通，对这个大顺军一到就开关投降的"孬种"不屑一顾。但营外那一排溜儿装满粮草和黄金白银的大车却是实实在在的，还有父亲的家书，白纸上写的黑字更是真真切切。

父亲在信中说："……我为尔计，及今早降，不失封侯之位，而犹全孝子之名。万一徒恃骄愤，全无节制，主客之势既殊，众寡之形不敌，顿甲坚城，一朝歼尽，使尔父无辜受戮，身名既丧，臣子俱失，不亦大可痛哉！"

但在当时，吴三桂并不知道，此信是在李自成的恐吓和威胁下才这样写，甚至是提前写好后逼迫吴襄抄了一遍，甚至，连那些金银和补给，也是从他家里抄出来的。

看完家信，吴三桂多少有些释然。

是啊，大势已去，天命难违，皇帝身死，帝国灭亡，但家族和陈圆圆现在看来还是安然无恙的，李自成并没有伤害他的家人，一定是被善待了，这是不幸中的万幸，可肯定的是，他们都成为李自成的"人质"了。如果不投降，后果将不堪设想。另外，还有一些将领的家眷，也像自己一样都在京城，再说，十几万的军人和民众，

---

① 曾在宁远担任过监军，与吴三桂共事，李自成占领北京后投降。

连日来的奔波与消耗，也确实急需军饷和粮草补充了。否则呢？只能在没有皇帝的情况下拥兵自立，与李自成抗争，但能否战胜李自成的几十万大军与其呈鼎立之势也胜算不大，而代价却是彻底抛弃了家人和陈圆圆。还有不投降的选项吗？有，那就是与清军多尔衮联手来抗击李自成。可这些年一直与大清作战了，这是异族人，大汉民族怎么能和满洲的异族人"与狼共舞"？虽然舅父祖大寿和恩师洪承畴都投奔了他们，而且受到了多尔衮的重用和提拔，之后还曾派人和来使劝他归降，但他是不屑一顾的，绝不能"窝里斗"致使汉人自相残杀，让多尔衮渔翁得利，将中原的大好河山拱手让给满清。现在的多尔衮和清军，在哪里又在干什么呢？

此时的吴三桂，经过一番审慎的思考，已经做出了决定：投降李自成。

仰天长叹，现在，他的前途和命运似乎只有个人的功名利禄、家庭的平安和陈圆圆这个女人了。

是啊，忠臣当不成了，那就当"孝子"吧，为了父亲和家人，特别是爱妾陈圆圆，只要亲人和心爱的女人平安，自己的身败名裂，又算得了什么呢？

虽然决心下定了，但必要的"投降"表决程序还是要走的。

吴三桂立即主持召开紧急会议，也就是召集诸将来中军议事。

其过程在此不赘述了，无非是简要介绍一下"都城失守，先帝宾天"当前危急的政治和军事形势，说了一些"恨不能以死报国"的场面话，之后便直奔主题，对大家说："现在，李自成派来的招降使者就在我们的大营里，我们是该降呢，还是不降呢？请诸位爱将表态，各抒己见……"

史书记载的是说："今闯王使至，其斩之乎？抑迎之乎？"

家有千口，主事一人。你要是不愿意降，早把来使杀了，还用问我们吗？

此时此刻，哪位大将胆敢做出"斩使明志"的豪情壮举？没有人敢，都是按总兵"平西伯"的眼色和意图行事，因此口径一致同意整建制投降，各级官阶、军衔和服装均不变动。

这一天，是三月二十五日，吴三桂率部正式宣布投降李自成。

为表投降的诚意，吴三桂将山海关的防务交给唐通等人，由大顺军驻守，自己则率部前去北京朝见新主李自成，沿途大张旗鼓，俨然一副入朝受封的架势。

如果故事按这个线索顺利发展下去，一切都应该是顺理成章的：吴三桂受封成侯，与家人和爱妾团聚，心满意足为李自成打下江山，成为大顺王朝功勋卓著的开国元勋。

但历史往往是戏剧性的，经常会制造出一些匪夷所思的情况。

情况是吴三桂虽然内心有点忐忑，但还是率领部下往北京去受李自成的"接见"了，似乎是一个开弓没有回头箭的"路数"。

西行的途中，不断传来李自成进入北京城后一些"胡作非为"的传闻：大顺军在城中大搞追赃索饷，将许多明朝大臣都抓了起来，严刑拷打、要钱要物，李自成和刘宗敏还把许多嫔妃据为己有。吴三桂皱皱眉头，捂住鼻子想了想，很快就释然了，他觉得，自己家人和陈圆圆肯定没事，眼下李自成正要依靠和重用自己和自己手下的这支重兵，总不会像对别人那样受到歧视和虐待吧。

当四万大军走到永平的沙河驿①时，有一个衣衫褴褛、跑得浑身是汗的汉子拦住了去路，口口声声要见总兵大人。

将此人带到吴三桂面前，吴三桂一眼就认出来了，这不是在京城的家仆吴小六吗？

吴三桂又惊又喜，连忙问："小六子，你这是从何而来，我家人都还好吗？"

小六子气喘吁吁道："大人……大人……不好，不好啊……"

"快说，怎么了？"

"家被刘宗敏给抄了……"

---

① 今河北省唐山市迁安市沙河驿镇。

吴三桂心头一震，又问："我父亲可好？"

小六子泣不成声："被打得……打得浑身是伤，还……还关押……"

吴三桂咬牙切齿问："是谁打的？！"

"刘宗敏。"

"啊！那陈夫人呢？现在何处？"

"让……刘宗敏抢走……"

吴三桂浑身的热血似乎沸腾了，一股股往头上涌："之……之后呢？"

"大人，小的不敢说……"

"快说！"吴三桂似乎无处发泄了，放开捂在鼻子上的手，突然狠狠扇了他一记耳光。

小六子匍匐在地："被刘宗敏霸占了……"

"啊……"吴三桂只感到天旋地转，眼前一黑，从马上跌落了下来……

等吴三桂苏醒过来时，已经是临近傍晚了。

残阳在天边被彩云撕碎了，一缕缕如同溅出的鲜血，艳得吓人，似乎是要把整个天空涂红。一群乌鸦在不远处小树林里的枝头焦躁不安，叫声急切而紧迫，凄厉而苍凉，像是找不到了归巢。旷野里，鲜花盛开，但在绛紫的暮霭里失去了本色，黯然无光。温馨的风拂面而来，传达着陈腐和死亡的气息。

"奇耻大辱，奇耻大辱！你李自成当面是人，背后是鬼，口蜜腹剑、阳奉阴违，是个'嘴上叫哥哥，背后掏家伙'的小人！大丈夫不能保一女子，有何颜面见人？不灭李贼，不杀刘宗敏，我吴三桂誓不为人！"

是可忍，孰不可忍！我与你大顺素无往来，无冤无仇，你为何伤我父亲夺我爱妾，这可都是我的"心头肉"和"命根子"啊，为何要剜要戳要伤害呢！

是的，最最不能容忍的是，是身为大顺军副将的刘宗敏这个畜生。竟敢对自己深爱的爱妾陈圆圆"下家伙"。如果说，在没有和陈圆圆相识和相爱之前，这一切似乎还可以犹豫或者商量，甚至家被抄父亲受屈也可以眨眨眼过去，因为财富可以再有，父亲的伤痛也能医好，可你强奸和霸占陈圆圆，是一个男人连天地都难容的奇耻大辱啊！陈圆圆是个苦命的女子，自从得到她以后，虽然才短短十几天，但吴三桂感觉自己以前的三十二年都是白活了，他虽然也有过不少女人，但没有一个女人能像陈圆圆这样让他品尝到了人世间最艳丽的情欲和渴望。她妙不可言的肉体让他贪婪得欲罢不能，她的贤淑和善良，体贴和温顺，更让他迷恋、感动和敬重。自己答应过她，要一生对她不离不弃，让她从此再不寄人篱下，流离失所，永远过上幸福的日子，可现在呢？自己的承诺呢？

短短的几天里，突然的祸起萧墙，突起的国仇家恨，像一石激起千层浪，猛烈击打着吴三桂心底那根最脆弱的神经，如同道道劲鞭，拷问他一度迷惘的灵魂。使他再也按捺不住对李自成满腔的刻骨仇恨："我不忠不孝，无情无义，有何面目立于天地之间？"

顷刻之间，投降李自成的最后"一根稻草"已荡然而逝。

纵然吴三桂的降清有着一千条一万条原因，但直接导致情绪反转，决定他调转马头与李自成势不两立的，还是那个心爱的女人陈圆圆。

然而，当吴三桂稍微冷静下来之后，他却发现自己已经沦落成了一出悲剧的主角，他不仅仅失去了国家，也失去了家族，同时，还有他心爱的女人，成为一个无枝可依、身心都无处存放的男人。

在沙河驿，吴三桂义无反顾，宣誓与李自成"决裂"，斩杀随行的大顺使者祭旗，全营缟素为崇祯举哀。

这天，是三月二十八日，崇祯死后第九天。

之后，吴三桂率四万将士重返山海关，一鼓作气打跑唐通，将其守关的一万明军收入麾下，兵力增至五万，坐镇山海关静观其变。

《明史·流寇》对这件事如此记载："初，三桂奉诏入援至山海关，京师陷，犹豫不进。自成劫其父襄，作书招之，三桂欲降，至滦州，闻爱姬陈沅被刘宗敏掠去，愤甚，疾归山海，袭破贼将。"

就这样，开弓的箭，魔幻般回头了，历史在这一刻拐弯了。

这就是明末清初著名诗人吴梅村[1]所说的："恸哭六军俱缟素，冲冠一怒为红颜！"

献 关

也正是从吴三桂重新占据山海关这一刻起，大明、大顺、大清，皆号称自己为"大"的三大王朝里的三个年轻人，开始了改变各自帝国命运的波澜壮阔、斗智斗勇、风谲云诡的生死博弈。

时年，吴三桂三十三岁，李自成三十八岁，多尔衮三十三岁。

本来是吴三桂和李自成"结怨"开仗，有远在东北山海关以外的多尔衮什么事呢？

仔细考究起来，这事还要怨李自成给自己"挖坑"，生生把袖手旁观的"第三者"多尔衮硬拉了进来。

李自成占据北京后，已经做了很多错事了，比如惩治前朝官员，大肆掠夺，烧杀奸淫，腐化糜烂，尤其是不该欺负吴三桂家人抢占人家的爱妾，这直接造成了吴三桂的"倒戈"，之后还不算完，得知吴三桂"降而复叛"占据山海关的消息，真真切切品尝到了"煮熟的鸭子又飞了"的滋味，他懊恼而又愤怒。先是把刘宗敏责怪一顿，埋怨他不该毒打吴襄逼人家捐饷，尤其是不能强行和陈圆圆"上床"。铁匠出身的现为大顺"二把手"的刘宗敏不以为然，还顶撞李自成，说："老子舍命打天下，玩个女人算个球！"李自成无奈，让他放了吴襄，将陈圆圆送回吴府，并令他带队去打山海关。刘宗敏还是"叫板"："大家都是做贼的，凭什么你在京城享受，让我去前线卖命？"

---

[1] 崇祯年间进士，曾任翰林院编修。

李自成还是无奈，只好挂帅亲征，刘宗敏这才不好意思跟随而去。

于是，四月十三日凌晨，李自成率二十万大军奔山海关讨伐吴三桂。他觉得，小小的山海关，区区几万人，也就是"一划拉"的事。之后，守住这里，清军入不了关，在关外可随便闹腾，自己则可以稳坐天下当皇帝了。但出乎意料的是，或者他没有想到的是，此时的吴三桂，正在尝试与"第三者"多尔衮勾肩搭背。

这半年多来，多尔衮一直比较郁闷，但并没有闲着，他知道"起义"的李自成，带着大顺军从西进攻北京，明朝各路军队正在与其作战，但打到了什么程度并不清楚。于是，他试图"趁火打劫"，因有宁远城和山海关，难以进入关内，于是就出兵向西，计划绕过山海关，从内蒙古入关攻打北京。后来吴三桂从宁远撤离了，远征的清军并不知道，一直在迂回行军。这时，有消息传来，才知道崇祯皇帝上吊自杀，大明已经灭亡了。多尔衮坐镇沈阳，令清军停止行动，因为李自成号称五十万的大顺军，已经占领北京了，再攻占北京是不可能了。多尔衮还是郁闷，不知道该如何应对汉人们的这场"内战"。正不知所措时，吴三桂派副将杨坤、游击将军郭云龙带着他的亲笔书信求见。

这是吴三桂在山海关写给多尔衮的第一封信，全文如下：

大明国平西伯宁远总兵吴三桂顿首，谨致大清国摄政王麾下；三桂初蒙先帝拔擢，以蚊员之身，荷宁远总兵之任。王之威望，三桂素有深慕，但春秋之义，交不越境，所以未敢通各于王，人臣之谊，谅王必能知之。今我以宁远偏孤，令三桂弃宁远而镇山海，思欲坚守东隆而巩固京师。不意说寇逆天犯阙、以彼狗偷乌合之众，何能成事？但京师人心不固，奸党开门纳降，致先帝不幸，宗庙灰烬。今贼首称尊号，掳掠妇女财帛，罪恶已极，天人共愤，众志已离，其败不待数日，我国积德累仁，民心未失，远近已起义兵，羽檄交驰，山左江北，密如星布。三桂蒙受厚恩，怜民罹大难，拒守边门。

欲兴师问罪，以慰人心，奈京东地小，兵力未集，特泣血求助于大清。我国与大清通好二百余年，今我无故而遭国难，大清理应助之。除暴剪恶乃大顺，拯危扶赖乃大义，出民水火乃大仁，兴灭继绝乃大名，取威定霸乃大功，况流寇敛聚金帛子女不可胜数，义兵一至，皆为王军所有，此又是大利。王以盖世英雄，值此摧枯拉朽之机，诚难再得之时，念之国孤臣忠义之言，速选精兵，灭流寇于宫廷，示大义于中国。则吾朝酬报大清相助，岂惟财帛，将裂地以酬，不敢食言。

此信对多尔衮大加恭维，言及"遭国难，大清理应助之"，主要是要向大清"借兵"，因为，信最后说得很明白，意思是：合兵灭流寇。我朝将裂地以酬，不敢食言……

是的，为了对付李自成的进攻，吴三桂要向大清的多尔衮"借兵"。如果不借兵，多尔衮肯定卷入不到大中原汉人们之间的这一场"恶斗"，后面的故事，可能就不会演绎成现在的这个样子了。

但没有如果，只有结果。

那么，吴三桂为什么要向多尔衮借兵？不借不行，必须借，不借兵依靠外援，吴三桂和跟随他多年的几万将士都会战死。因为，自幼熟读兵书，常年在疆场摸爬滚打的吴三桂，深知面对李自成来势汹汹的二十万大军，自己在山海关的这点兵马，最终是会全军覆没的。而血流成河的死，并不知道为谁而亡为什么而丧。

也许，从"复叛"李自成的那一刻起，吴三桂已经谋划好了退路，提前算计好了向第三者借兵的那一步也是唯一的一步"绝地逢生"的"好棋"。

所以，是李自成在造成吴三桂"降而复叛"之后，又给了他一次"引狼入室"的机会，逼得吴三桂由坐以待毙不得不朝绝地反击的转化，从而，历史进入新的一轮续写，这是求生的欲望，也是世间的生存法则所致。

吴三桂的"借兵"企图算计得周到，但多尔衮并不按他的路数

"出牌"。

寂寞和郁闷大半年的多尔衮挑挑眉毛，眼前一亮，微微一笑，提笔给吴三桂回信道："期必灭贼，出民水火。……今伯若率众来归，必封以故土，晋为藩王。"

"来归？封我为王，是何意？"吴三桂捂住鼻子，瞪大眼睛问。

带信返回的使者，副将杨坤战战兢兢道："大人，这分明是让……让我们投降……"

吴三桂勃然大怒，掷信于地道："投降？没门！我是借兵，帮我恢复大明江山！"

"谈判"僵住了，但李自成不明就里，大兵压境，继续施压，这无疑是在催促吴三桂赶紧降低条件，或者按照多尔衮"来归"的意愿求得人家援助，说白了，就是投降大清。

李自成从四月十三日出征山海关，二十一日才到达，三百公里的路程，走了整整九天，一天平均三十多公里，这是什么速度？是行军去打仗，还是七八十岁的老人爬山？

原来，在这缓慢的速度里，蕴含着一场智力的较量。

如果趁吴三桂和多尔衮还没"谈成"不能"联手"之时，人多势众的李自成加快攻打吴三桂，一举拿下山海关应该没有问题。但问题是李自成优柔寡断，心存幻想，去山海关打仗还带着前明太子朱慈烺和吴三桂父亲吴襄等人。带他们一同前去的意图，是想继续劝降吴三桂，这怎么可能呢？你把人家的心伤透了，人家铁心跟你决裂了，还管什么老爹、皇太子！所以李自成此时又犯了"天真"的错误。但吴三桂却精明得很，听说李自成率大军来"讨伐"他了，在向多尔衮"借兵"不成的情况下，为拖延时间，继续"攻关"多尔衮出兵相援，就假装和李自成商讨"再次投降"，派遣山海关士绅、儒生共六人"轻身绐①贼"，迎接李自成大军于北京之东不远的三河县②，李自成信以为真，就在三河停了下来，做梦般坐等吴

---

① 意为哄骗、欺诈。

② 今河北省廊坊市三河市。

三桂来降呢，可见李自成弱智得像个未成年的孩子一般，所以北京距山海关三百公里的路程，八天还没有到达。直到第九天才发现上当，加快朝山海关奔突，但为时已晚了，吴三桂与多尔衮已经"抱团"了。

是李自成给了吴三桂八天时间，决定了这三个王朝的生死存亡。

这八天里，恰恰给够了吴三桂与多尔衮消除分歧，继续磨合，最终达成"协议"，形成了"兵合一处，将打一家"的局面。

先说吴三桂。

拒绝投降大清后，吴三桂冷静了下来。他觉得现在面临大敌，危难当头，是有求于人家的时候。人家有书信来，不回不行，不回就是不搭理人家，这怎么能行呢？不行，绝不能拒绝人家把门主动关上，再说人家还没说不行。时间不等人，一旦让李自成识破"缓兵之计"，立即来山海关开战，清军按兵不动，后果将是不堪设想的……于是，他连忙给多尔衮写了第二封信：

> 大清国和硕亲王阁下：接王来书，知大军已主宁远，吊民伐暴，扶弱去强，义声震天地。王把以相助，实为我先帝，而三桂之感戴尤其大也。三桂承王，即发精锐于山海以西诸要地，诱贼速来。今三桂已悉简精锐，以图相机剿灭。恳王速整虎旅、直入山海，首尾夹攻，逆贼可擒。京东西可传檄而定也。又仁义之师，首重民安，所发檄文最为严切，更祈令大军秋毫无犯，则民心服而财土亦得，何事不成哉！

这封回信，吴三桂避开那些敏感的字眼，不提借兵和降清，只是恳请多尔衮"速整虎旅、直入山海"。两军会合，打垮李自成，拿下北京城。

再说多尔衮。

多尔衮在接到吴三桂第一封信后，知道吴三桂在山海关与李自成"杠上"即将对峙，但还没有正式交手，如今吴三桂向他求救，实在是天赐良机，借河蚌相争、渔翁得利"入主中原"的千载难逢的好机会。于是，他立即改变行军路线，由西转南向山海关方向出发，到达吴三桂遗弃的宁远城时不走了，并调集各路人马朝这里靠拢，这就是吴三桂信中所说的"知大军已主宁远"。为什么停滞不前呢？原来是多尔衮心存疑虑，不知道吴三桂和李自成之间的真实情况，他多年与吴三桂打交道了，知道这个"宁远总兵"不好对付，现在是不是和李自成"设计"欺骗他入关也不得而知。虽说机不可失，但也不能上当受骗，所以他要静坐观望，蓄势待发。直到接到吴三桂的第二封信时，才感到事态紧急，令清军骑兵先头部队从宁远及葫芦岛一带急行军，一日疾行一百多公里，于四月二十一日晨抵达山海关外十五里处，同时，调集全国各地兵力迅速朝山海关以北集结。但仍然是按兵不动。

此时的李自成，在干什么呢？

李自成得到吴三桂试图与清军"联手"，再加吴三桂派出"诈降"的六个代表企图逃跑，同时，派出的两个劝降的使者一个被斩首，一个割双耳放回，还在演武场阅兵誓师"与贼血战到底"之后，又接到了吴三桂写给父亲吴襄的一封家书，其全文如下：

父亲大人：不肖男三桂泣血百拜，上父亲大人膝下：儿以父荫，熟闻义训，得待罪戎行，日夜励志，冀得一当以酬圣眷。属边警方急，宁远巨镇为国门户，沦陷几尽。儿方力图恢复，以为孛贼狺猲，不久便当扑灭，恐往复道路，两失事机，故暂羁时日。不意我国无人，望风而靡。吾父督理御营，势非小弱，巍巍百雉，何致一、二日内便已失坠？使儿卷甲赴关，事已后期，可悲可恨！侧闻圣主晏驾，臣民戮辱，不胜眦裂！犹忆吾父素负忠义，大势虽去，犹当奋椎一击，誓不俱生。不则刎颈阙下，以殉国难，使儿素缟号恸，仗甲复仇；不济则以死继之，岂非忠孝媲美乎！何乃隐忍偷生，甘心非义，既无孝宽御寇之才，复愧平原骂贼之勇。夫元直荏苒，为母罪人；王陵、赵苞二公，并著英烈。我父喑宿将，矫矫王臣，反愧巾帼女子。父既不能为忠臣，儿亦安能为孝子乎？儿与父诀，请自今日。父不早图，贼虽置父鼎俎之旁以诱三桂不顾也。男三桂再百拜。

大意是说：儿子命是父亲给的，原以为李自成这贼猖狂，不久就会被灭，没想到我明王朝没能人，竟然望风而逃，又听说皇帝已经晏驾，既然父亲不能做忠臣，儿子也就不能孝敬您了……

其实，这封信是写给李自成看的，因为吴襄作为"人质"被拘押着，信必被李自成先得到阅读。

至此，李自成才知道"中计"，急忙令骑兵赶至抚宁县东南的一片石关城①，而他自己则率主力布阵于石河②一带，但已贻误了轻兵速进夺取关门的有利时机。而吴三桂致父的"断绝书"，除表明自己要与李自成势不两立的决心外，还有意保护父亲的生命。意思是说，你杀就杀吧，我已经与父亲断绝了父子关系，那已经不是我父亲了。李自成果然又"中招"，暂时没杀吴襄，觉得杀他也没用了。

也就是说，你在这刚明白过来的时候，人家已经都准备好与你"血拼"了。

李自成的二十万军队在南，多尔衮的清军十二万在北，吴三桂的守军五万居中在山海关上，三支大军严阵以待，蓄势待发。

著名的山海关大决战，从四月二十一日正式打响。

而于当晚在一片石的战斗，则是决战的前哨战。由李自成的主力六万对西罗、北翼和东罗城猛攻。吴三桂以主力列阵于西罗城石河以西一线，阻止大顺军攻关。双方激战至翌日黎明，各伤亡惨重。清军按兵不动，只是趁机打败了为数不多的一支前"官军"与农民军混编的队伍，占据了与山海关只有五华里的欢喜岭。

多尔衮来到欢喜岭安营扎寨，在这里的威远城里设立了清军指

---

① 今河北省秦皇岛市抚宁区驻操营镇九门口村。

② 今秦皇岛燕塞湖水库。

挥部。此刻，他才完全相信了，吴三桂和李自成，是在真的你死我活拼命了。

欢喜岭，位于山海关东罗城的东边，是一片高低起伏的丘陵，其地名起源自明代守边的将士之口。明朝时，将士们从辽东或者更远的地方归来，走到这一片丘陵时，一眼就能看见高大的山海关了，离家不远了，很快就能回家了，心里格外高兴，所以把这里叫作"欢喜岭"，一直传承至今。欢喜岭上有一个大平台，这就是著名的威远城，是一座建筑独特的烽燧。此城东与边墙子烽火台、西与山海关城东门的镇东楼成一轴线，互为守望，可视作山海关的前哨城。

如今，在莽草萋萋、荆棘丛生的欢喜岭上，饱受风雨洗涤和战火剥蚀的威远城遗址，仍在沧桑的岁月里见证着历史。颓废成一地残砖，断石四周，有一片一片盛开的野花，再眺望远处，则长满了绿油油的庄稼。这里的荒芜和朝气，陈腐与新生，都在诉说着那个曾经在此地发生的惊天巨变。

是的，惊天巨变：吴三桂低下曾经不可一世的高昂头颅，在这里正式向多尔衮的大清投降了……不知道，这是他的失败，还是他的胜利，更不知道，他只有人格之殇，才能满血复活吗？只能放弃尊严，才能向死而生，凤凰涅槃吗？

现在，让我们尝试来"复盘"欢喜岭上这一场"引清军入关"前的旷世大戏——

四月二十二日清晨，一片石战役的烟火还没有消散，李自成重新集结大军对山海关呈包围之势，准备再度攻关，更惨烈的大战一触即发。

在山海关总兵府，天刚蒙蒙亮，吴三桂就被一阵喧嚣声吵醒了，其实他一夜都没有睡，只是刚才打了盹。原来，是麾下大将余忠良带着城内的绅衿①吕鸣章、佘一元、冯祥聘、曹时敏、程印古等一行人，

---

① 有官职而退居在乡者，也泛指地方上体面的人。

嚷嚷着要来见他。吴三桂让他们在大厅落座，让侍卫为他们沏茶，但这些人突然齐刷刷给吴三桂跪下了。

吴三桂大惊，连忙将他们一个个扶起，连声道："各位乡亲，都快快请起，这是何意，何意啊？"

"大人，时机不等人啊！您快快定夺吧！"绅衿领头者吕鸣章苦苦央求道，"我代表在场的和山海关的数万百姓求求您了，这城中的百姓和将士的几万条性命，可都在您的一句话上啊！"

吴三桂知道这些绅衿说的是什么意思，是想让他赶快"请"多尔衮的清军入关，合击李自成的大顺军。但吴三桂要"请"的是"借兵"，对多尔衮所提出的"投靠"南辕北辙，是吴三桂不能接受的。现在，多尔衮率领十几万大军，已经在山海关北部列阵，大兵压境，而多尔衮又将中军大营设在近在咫尺的欢喜岭，并传讯让他去欢喜岭"对话"。吴三桂心里明白得很，只要登上欢喜岭，在威远城里见了多尔衮，知道"请"清军抗击李自成的唯一条件，就是投降。

这样的字眼，太吓人了；这样的后果，也太可怕了，因此，吴三桂仍然是犹豫不决。如果说一开始的"来归"让他义愤填膺，那么，现在"请"他"去降"，则是优柔寡断，不知所措。

眼前这些绅衿，都是山海关城内颇有势力，对大明王朝忠心耿耿的臣民，对李自成的"叛乱"恨之入骨，曾发誓出钱出人誓死与李自成血战到底。比如这个吕鸣章，曾当过徐州刺史，现为山海卫世袭的万户侯，他极力协助吴三桂对抗李自成的反扑和围攻，不但送来了大批粮草，还组织乡勇加入山海关守军。连这样忠于大明的绅衿，都主动来"动员"吴三桂"投降"，原因如他们所说，是为了"城中的百姓和将士的几万条性命"吗？

是的，山海关被李自成攻陷，一定会被屠城，几万人能把大海染红……

吴三桂对绅衿们的"请求"无言以对，拾级跨上了关楼的城墙上。

东方沉寂的海面上，天际线开始泛白，从碣石向西蜿蜒而来的长城，滚龙一样绵延。天空灰蒙蒙的，像幕布一样罩着，像是等待日出的开启。城墙脚下的硝烟还没有散尽，在微风中无精打采般弥漫，传递着硫磺和血腥的气味。不远处的一片小树林，被炮火糟蹋得像杂草一样凌乱，有的大树，则拦腰折断了。大地上，本来应该正在茁壮成长的植物，都凄迷得呈一副踉踉跄跄的样子，苗不旺，花不艳，草不青，似乎是辜负了这个暮春应该具有的大好季节……

"大人，你往西边看！"

吴三桂回头向西瞭望，但见依稀可辨的欢喜岭上，插满清军的旌旗在迎风飘扬。而且，还隐隐约约传来战鼓的擂动声。

"据报，多尔衮已令他手下的英王率领一万人马为左翼，豫王率领一万人马为右翼，又命大人的舅父祖大寿，率领一万精甲铁骑军，屯兵欢喜岭上。只等大人的一句话了……"

吴三桂眉头挑挑："我不去见他，他要坐山观虎斗不成！"

"是的，大人，我军与闯贼血拼，两败俱伤时，他会趁火打劫。"

吴三桂咬牙切齿："好狠毒的多尔衮，乘人之危，夺我江山！"

"大人，我说句不该说的话……"

"你说。"

"归不归降大清，结果都是一样的。"

"怎讲？"

"多尔衮摆出的这个阵式，大清肯定会入主中原，现在不入关，只是等你的决断。不降，我们会和闯贼双双覆灭，归降，我们会成为大清的臣子，这与做大明的臣子是一样的，况且，大明已经不复存在。保存几万军民的性命，是留着青山在，以后再从长计议，请大人三思，即刻决断吧！"

"这……"吴三桂手捂鼻梁，眯住了眼睛。

"大人，这是最后的机会，最危急的关头，当断必断……"

吴三桂长叹一声，无言地仰望天空，心里在想：也许，这就是时也，运也，命也，非我之所能，万般皆是命，半点不由人啊！

这时，吕鸣章等人不知什么时候也来到了城关上，又一排溜在吴三桂面前跪下，还是吕鸣章带头说话："大人！闯贼的总攻，已经从东城开始了！识时务者为俊杰啊！不能再犹豫了，我们愿意随同大人，一同前往欢喜岭……"

"也罢！"吴三桂抽出佩剑，重重砍向箭垛的一角，"备马，上欢喜岭！"

黎明时分，吴三桂骑马率领五百跟随他多年的铁骑，带着吕鸣章等六位绅衿和大将余忠良，从大顺军的包围圈里杀出一条血路，飞奔驰向欢喜岭。

往下的事，就简单了。

在欢喜岭的威远城里，吴三桂见到多尔衮，就跪下磕头，不用讲，这就是"低头"向大清投降，俯首称臣了。

吴三桂和众绅衿向多尔衮跪拜请示的意思差不多：恳请摄政王快发救兵，挽救他们和全城老小，同时也为死去的崇祯皇帝报仇雪恨……

"当然，当然……"多尔衮当然在欢喜岭上欣喜若狂，女真人祖辈三代"入主中原"的梦想，终于即将在他手里实现了，因此兴高采烈并彬彬有礼道，"吴将军、各位义士！请起请起！你们爱军敬民，要为国君报仇，大义可嘉，所以我才领兵来帮助你们，支持你们，为你们成全其美啊！"

又说："以前，咱两家相互为敌，争斗多年，但从今往后，咱们就成为一家了，是亲人了。昨天，我已向三军发出号令，如果我的兵马进关以后，谁要是动那里的一棵草一粒粮，按军法处置。你们回去后也告诉百姓们，千万不要惊慌。我们同仇敌忾，携手联动，一举消灭逆贼，共创大清的太平盛世，人人都过上幸福的日子。"

还说："清军入关要与大顺军作战，而吴将军和大顺军的军装区别不大。为了识别敌我，避免打伤和击亡自己人，吴将军的军队，要一律像八旗子弟的清军这样，剃发留辫为标记。如果时间紧来不及这么多人都剃发，就用毛巾围在脖子上，没毛巾的，也可用袜子代替。吴将军，你带个头，剃发为记吧……"

对于这件事，清康熙八年的《山海关志》是这样记述的："四月，李自成来攻山海……二十一日，李自成至关，两镇官兵布阵于石河西，大战自辰至午……二十二日，清兵至欢喜岭，主帅（吴三桂）同绅衿吕鸣章等五人，出见摄政王（多尔衮）于威远台，拜毕，命坐，谕云：'汝等欲为故主复仇，大义可嘉。予领兵来，成全其美。但昔为敌国，今为一家，我兵进关，若动人一株草，一颗粒，定以军法处死。汝等分谕大小居民，勿得惊慌。'语毕，赐茶，免谢。各乘马先回。"

为安抚和奖掖吴三桂"归顺"大清，多尔衮封其为"平西王"，许诺将皇太极之女建宁公主嫁给吴三桂之子吴应熊。

吴三桂心满意足，继续高官厚禄，不失极其光彩的人生：大明时代的"伯"，大顺国承诺的"侯"，大清朝的"王"，开启了似乎是春风得意的锦绣前程。

按照约定，吴三桂下令"献关"，打开了有史以来设在辽东方向而清军从未"越雷池半步"的东大门。清军各路将领率骑兵三万，精兵八万，浩浩荡荡进入关内，与吴三桂的五万人马会合，即将对李自成的号称二十万大军展开生死对决。

山海关大战，是一场没有悬念也是人人皆知的结果。

李自成的大顺军一败涂地，损失惨重。《明史》记载："贼众大溃，自相残踏，死者无算……步卒且尽，伤骑兵过半。所选骁锋战将莫不尽伤……"

详情不必细述，仅仅看史书所记载的一个具体事例，便可知大顺军的伤亡程度：从征将领李肖宇，本来有部众一万三千多人，败回时仅剩一个厨子和两个家丁。

刚至巅峰的大顺，瞬间就跌入谷底，从此一蹶不振。

李自成率为数不多的残兵败将回到北京后向西撤退,走向败亡,而如日东升的大清,则就此开启了入主中原之路,最后完成了统一中国的大业。

然而,启动这场生死存亡的"钥匙",似乎是在吴三桂的手里捏着,他的关门对哪家开放与关闭,才能有中国历史上这三个"大王朝"各自不同命运的归宿。也许,这是时代洪流和时势境遇下,吴三桂无可奈何之后的唯一选择。

如果你是吴三桂,会是怎样的选择,而什么样的选择,才是最好或者更有价值的结局呢?

重　逢

李自成率领残存的大顺军,撤离北京向西安方向逃亡,吴三桂奉多尔衮之令追击。

现在,吴三桂是大清国的"平西王",身份和地位与大明王朝时期一样,似乎是没有得到也没有失去什么,而且兵力增加到了十万(山海关之战后收编了一部分大顺军)。只是主子换了,从前是受命于崇祯皇帝,如今则在顺治帝统治下,实际是听从摄政王多尔衮调遣。既然当不成皇帝,做谁的大臣和将军都是一样的,不"矢忠新朝",还能怎么样呢?因此吴三桂明白多尔衮让他西征的用意,其目的是对他不放心,不能让他这个手握重兵的前朝大臣进京。不管怎么说,多尔衮帮助了他,拯救了他和他手下从宁远而来的十几万的将士和民众,不可以再出尔反尔。而一鼓作气,乘胜追杀李自成和他的残兵败将,将其赶尽杀绝,尤其是那个作恶多端、十恶不赦的刘宗敏。

先不进京也没有什么,因为吴三桂的父亲吴襄,在永平府范家店,被从山海关败退返京时的李自成斩了,之后,又在北京杀死了吴三桂家人共计三十八口。但是,怎么没有陈圆圆的消息呢?是死是活，是在北京城里，还是被逃窜的李自成和刘宗敏带走了？

这是吴三桂最为关切的，在山海关激战之后的第一时间里，他就把营救父亲、陈圆圆和家人当作头等要事，当即悄悄安排跟随自己多年的亲侄子吴应期，带领一队轻骑，秘密前往北京开展救赎行动。

几天后得知父亲和家人全部被杀，正是吴应期派人传来的这一噩耗。

但陈圆圆音空信杳，生死未卜，下落不明。

李自成仓皇撤离北京时，陈圆圆是什么情况？翻遍所有相关典籍和史料，均不见明确记载，说法不一，演义无穷。但在"战乱"中，吴三桂和陈圆圆见面了，而且此后再没有分开。他们的"第二次握手"，是在哪里见的？或者说山海关大战前后究竟在哪里怎么被找到的？也是众说纷纭，莫衷一是，比较复杂。

现在，不妨将这些说法综合列举出来，来看看哪一种说法，更接近于真实。

第一，在李自成居所。

大顺军二号人物被李自成封为"权将军"的刘宗敏，进京后在"抄"吴襄的家时，发现吴三桂的小妾陈圆圆长得漂亮，把陈圆圆带走据为己有。还有一种说法，说是刘宗敏进京后弄了二十名前朝的宫女淫乱，但并不满足，就搜罗更漂亮的美女，让一名小太监帮他寻找，小太监找了几个，但刘宗敏没看上，逼他再找，必须比这些宫女好看，找不到就砍他的头。刘宗敏是个铁匠出身，性情粗野而蛮横，杀人不眨眼，小太监为了保命，就想到吴三桂新纳的小妾陈圆圆，于是就带了一帮人来吴府向吴襄索要陈圆圆。这时，就又出现了两种说法，一是京城被大顺军攻占后，吴襄把陈圆圆藏到地窖里了，因为儿子走时对他有交代，让他保护好陈圆圆，所以吴襄怕美貌的陈圆圆出事对不起儿子。于是便谎称陈圆圆跟吴三桂去宁远了，不在家里，但刘宗敏不相信，对其行刑逼供，用竹板夹他的手，还拿皮鞭抽打他。年迈的吴襄挺刑不过，就交代了藏匿陈圆圆的地方，另一个说法是，吴襄至死都不肯说，是陈圆圆在地窖里听见公爹遭受严刑拷打，再也忍耐不下去了，主动出来跟刘宗敏走了。跟刘宗敏走后的陈圆圆在接下来的情况中，又有两种说法，一是被刘宗敏占有了，二是宁死不屈，从怀里掏出一把剪刀不让刘宗敏近身。刘宗敏尽管鲁莽，但也怕出大事让正在准备"劝降"吴三桂的计划泡汤。无论陈圆圆被刘宗敏占有了没有，但这件事被李自成知道了，认为正在"策降"吴三桂之际，咱们"哄人家"还怕哄不好呢，你竟敢抢劫人家爱妾，这不是"坏大事"吗？质问刘宗敏到底跟陈圆圆"上床"没有。刘敏宗承认有这个打算，但还没有"下手"。李自成长出一口气，把刘宗敏数落一顿，让他把陈圆圆送到了自己的居所保护了起来，准备让她去劝降吴三桂。

因此，大顺军进入北京后，陈圆圆的遭遇，应该是真的被刘宗敏劫走了，但到了刘宗敏居所后，出现了三种说法：①因为陈圆圆的坚贞，再加上刘宗敏的顾忌等种种因素，没有被强迫霸占，所以说刘圆圆这个时期并没有失身。②已经被刘宗敏占有了，只是他在李自成面前不敢承认。③李自成让刘宗敏把陈圆圆送给他，他见陈圆圆美若天仙，就把陈圆圆占有了，持此说的不在少数。

还据传，李自成在逃离北京时，准备杀了陈圆圆，以解吴三桂"降清"的心头之恨，但陈圆圆淡然从容，轻声细语道："妾听说吴将军之所以拒降大王而归顺了满清，皆因妾身被刘宗敏所辱。现今大王杀我，我一弱小女子，贱如草芥，命不足惜，只怕由此吴将军会对大王怀恨在心，会誓与大王不共戴天，血战到底，这样对大王反而不利，还望大王三思而后行，莫因小失大……"李自成觉得陈圆圆说得在理，就没有杀她。

李自成从北京逃跑时，没带陈圆圆，清军入京后在李自成居所发现，后将她交给了吴三桂。

第二，在刘宗敏住地。

刘宗敏并没有把陈圆圆交给李自成，因为李自成没有跟他要过陈圆圆，所以是在刘宗敏随李自成离京时，在他的居所里发现了陈圆圆。

第三，在逃亡的路上。

无论是在李自成还是刘宗敏住地，陈圆圆都被他们离京时带走了，但当走到半道上的河北正定①时，遭到了吴三桂率军追击，大顺军溃不成军，顾及不了从京城带来的这些嫔妃还有陈圆圆，以及抢来的金银财宝。吴三桂的士兵们从轿车上一群衣物不整、蓬头垢面的女人里发现了其中的陈圆圆。但究竟是怎么被发现的，说法不一。有说是陈圆圆被"遗落"在路上后，看见军队旗帜，是吴三桂的部队，就迎过去自报家门，士兵们不敢怠慢，立刻逐级上报吴三桂。另一说是被清军发现的，说是多尔衮的哥哥英王阿济格率的清军在半路截获了陈圆圆，这其实并不矛盾，因为去追讨大顺军时，是吴三桂和阿济格组成的联军。

陈圆圆在随大顺军逃走的途中现身，这一说法占绝大多数。更为流行的说法，是陈圆圆在随李自成逃跑的途中被发现后，被将士们送到了已经征战到山西绛州②的吴三桂，两个人见面后，还补办了一场盛大的婚礼。

这种说法是有据可查的，李天根（清）所撰《爝火录》（乾隆十二年自序）第三卷"明崇祯十七年五月"③记载："三桂驻师绛州，其部将于都城搜访得圆圆，飞骑传送。三桂闻之，大喜；即于玉帐结五綵楼，备翟茀之服，从以香车（一作辇）箫鼓，三十里亲往迎迓。"

得知陈圆圆归来，吴三桂欣喜若狂，率领部下列队三十里迎接，沿途建造五彩牌楼，一路锣鼓喧天，旌旗飘扬，迎接皇帝也没有这样的规格，可见吴三桂和陈圆圆"别后重逢"的场面是多么隆重、

① 今河北省石家庄市正定县。
② 今山西省运城市新绛县。
③ 国图第 6 册第 32—33 页。

豪华和热烈，可以说是史无前例。此说肯定有演义的成分，但在山西绛州重逢，也算是一说。

第四，在居民的家中。

《熌火录》文中称"其部将于都城搜访得圆圆"之说，即是吴三桂的手下在京城的居民家中找到了陈圆圆，因为作者在这里使用了"搜访"一词，那肯定是陈圆圆躲藏在民间的某个居民家中。不过，此史料是清代乾隆十三年（1748）编撰成书，对一百年前事件记载有没有"虚构"也不得而知。

第五，在宁远城病死。

这个说法①，是著名作家姚雪垠所言。他认为，闯王入京后，当时的陈圆圆已经跟吴三桂去了宁远城，也就是当"随军"家属了，根本不在北京，而且不久在宁远病逝。按此说法，后边所有关于吴三桂和陈圆圆的故事自然都不成立了，包括后来随吴三桂去云南。据姚先生称，这是他从大量史料考证中得出的结论："不但甲申春天吴三桂没有到过北京，而且在甲申前几年内也没有进京机会。""我们从文献上找不到这几年中，吴三桂曾经奉召进京的任何资料。按照当时军事形势看，也绝无离开防地的可能。"既然如此，吴三桂在田府宴席上见到陈圆圆当然也是不可能的。而《圆圆曲》所写："相见初经田窦家，侯门歌舞出如花。许将戚里箜篌伎，等取将军油壁车。"当然也是荒唐。姚先生的这个论断也是很荒唐的，因为《明实录附录·崇祯实录》第十六卷上清清楚楚地写着："癸未崇祯十六年。五月癸巳朔。丁未，宴入援总兵吴三桂、刘泽清、马科等于武英殿。"也就是说，在甲申前一年，即崇祯十六年的五月，吴三桂的确正在京城里，崇祯还在五月十五日这天在武英殿赐宴款待过他。这是明史所载，不信，那还相信谁的说法正确呢？另外，即便是不依据史料，单凭正常的逻辑关系来判断，姚先生的说法也是不成立的：宁远边关地理位置特殊，吴三

———————

① 见长篇小说《李自成》作者姚雪垠在《文学遗产》（1980年第1期）上发表的《论〈圆圆曲〉》一文。

桂能不能带新婚的爱妾或者愿意不愿意带她经历战火先不说，吴三桂最后一次从北京重返宁远，再到山海关大战，之间只有半年多的时间，只有二十岁的陈圆圆，怎么突然患病？是得的什么病，年纪轻轻就死了？此说好在是由历史小说家姚雪垠所说，就当虚构的小说听吧，亦无可厚非。

关于吴三桂与陈圆圆婚后的再度相遇，无论有多少个正史，野史，民间传说，真实也好杜撰也罢，反正我们愿意让吴三桂和陈圆圆劫后"重逢"和爱情的"再生"。

三百多年过去了，我们很难用语言再现吴三桂与陈圆圆"久别胜新婚"，或者说经过这场生死劫难后两人再度相逢的激动和幸福程度。陈圆圆虽然不是吴三桂在危急关头选择"降清"的唯一因素，但陈圆圆无疑是他背弃李自成的催化剂。陈圆圆是他至亲中唯一的幸存者，这似乎是上天的安排，让他们在这战火纷飞的岁月里，各自殊途同归成为一对幸运的宠儿。吴三桂不后悔自己的选择，不然的话，哪还有像现在这样能与心爱的人幸福重逢的场景，如同梦幻般再现呢？

也许，这个夜深静寂的时刻，在行军途中营帐里烛光摇曳下，吴三桂和陈圆圆再次相拥而泣，说了很多很多悄悄话之后，陈圆圆一定会问吴三桂："夫君，你为何不问妾身自北京城别后，这将近一年的经历呢？"

"这重要吗？"

"我认为重要，爱一个女人，要关心她的一切。"

"圆圆，你记得咱们新婚之夜，我对说过的一句话吗？"

陈圆圆思忖片刻道："不管我的过去，只在乎我的现在……"

吴三桂手捂鼻梁点点头。

"可是，我愿意说给夫君听，因为有很多的传言。"

吴三桂笑笑道："那就以后再说，有的是时间，"

以后说了没有，我们不知道，即便是陈圆圆对吴三桂说了，说的无非是两种情况，那就是她究竟"出轨"或者"失身"没有。这件事只有陈圆圆自己清楚，别的说法都是传说和流言蜚语，就看她怎么对吴三桂表白了，也可能说自己没有失身于刘宗敏或者李自成，即是说了，吴三桂并不介意，一如新婚之夜时，陈圆圆曾经向他倾诉"睡过"她的那些男人。

可见，在那个封建时代，吴三桂对"爱"和"快乐"的理解，还是很先锋的。他不在乎她的"前任"，真心实意爱她，喜欢她，对她不弃不离，将她当作生死相依的伴侣，一直坚守让她"过上幸福生活"的诺言。

正如一首歌词所言："分开了这么久你还好吗？记得你曾经问过我，我的快乐到底是什么？这么久没有你的日子里，让我终于想明白，我的快乐就是想你。夏天走了菊花开了，秋风送来点点的忧虑。阵阵秋雨敲打着玻璃，片片的落叶片片愁绪。坐在窗前翻看日记，字里行间写满都是你。昨日的浪漫难忘的记忆，一点一滴烙印在心里，我的快乐就是想你。生命为你跳动为了你呼吸，昨日的幸福曾经的甜蜜，孤独寂寞角落思念你哭泣，我的快乐就是想你。生命为你跳动等待再相聚，你是我的宝贝不让你委屈，你是我的最爱无人能代替……"

也许，这就是他们此时此刻的心声，生死离别后的相逢，意外的幸运和惊喜，能够在一起，比什么都重要。

吴三桂和陈圆圆的人生都是不完美的，但他们的爱情和情感是完美的。

这次重逢之后，吴三桂再也不让陈圆圆离开他了。带着陈圆圆随他的部队出征，自山西渡黄河、入潼关、克西安、平李闯、定云南、驱永历，东征西伐，最后在云南安稳地定居了下来，再没有分开过。

当吴三桂去云南当"藩王"时，清政府有旨，可将亲王的正室以妃相称。此时，吴三桂不假思索，就决定把妃的名号赐予给陈圆圆。但陈圆圆不肯，对吴三桂说："妾以章台陋质，得到我王宠爱，流离契阔，幸保残躯，如今珠服玉馔，依享殊荣，已经十分过分了。如今我王威镇南天，正是报答天恩的时候，假如在锦绣当中置入败絮，在玉几之上落下轻尘，这岂不是贱妾的罪过吗？贱妾怎敢承命？"

可见，陈圆圆并非那种市侩、俗气和虚荣的"小女人"，因为，从一开始，她就对吴三桂说过："……是妾在最无助的时候，大人出现了，贫妾会终生服侍夫君，跟夫君相亲相爱……"

她是一个想和自己心爱的男人过普通生活的女人。

于是，吴三桂特意为陈圆圆兴建了"安阜园"^①住宅，园内亭台楼阁、水榭假山、奇花异草比比皆是。同时，还修建了一条横道，由园内直达五华山吴三桂的"平西王府"。吴三桂在忙完军政事务之后，一有闲暇就来安阜园陪伴陈圆圆。俩人花前柳下，帐里锦被，依然恩爱如初，享受着他们幸福的时光。

对爱情最大的伤害和亵渎，就是始乱终弃，但吴三桂没有。即便是如果陈圆圆真的"失身"了，但吴三桂依然不弃不离，别说是古人，即使在今天，能做到这一点也是难能可贵的。

"自古红颜多薄命。"实在不应该安在陈圆圆的头上。

陈圆圆是个"好命"而且"长寿"的女人，有一个"康熙三十四年（1695）去世，享年七十二岁"之说。自从与吴三桂重逢后，陈圆圆安静而又低调地享受着人世间的关爱、富贵和荣华，死时尽管有自缢、绝食、投水、出家、隐居等种种说法，但每一种说法都是自愿或者自然"绝世"，并非人为致死，因而是高寿的善终。

据说，吴三桂因康熙"削藩"引发反清，在云南宣布独立，失败后在湖南长沙病死，陈圆圆得知消息，在"安阜园"跳入莲花池溺水身亡，死后葬于池侧，直至清末，寺中还藏有陈圆圆小影二帧，

---

① 今云南省昆明市五华区莲花池公园。

池畔留有石刻诗。另一说是，昆明被清军攻破后，陈圆圆已病死；还有的说，说陈圆圆死于破城之日，但死法上又存有自缢、绝食而死或投滇池而死等数种说法。

这种种的说法，显然都是陈圆圆为吴三桂"殉情"而死。

另一个说法，是说陈圆圆为保留吴三桂的骨血，不被清朝灭其九族而带着其后代潜逃到贵州隐居了下来。

此说的证据，是 2010 年 6 月，在今贵州省黔东南苗族侗族自治州岑巩县水尾镇一个名叫马家寨村的小山村，发现了一块神秘的墓碑：上面刻写着"故先妣吴门聂氏之墓位席"十一个字。这是谁的墓地呢？这个小山村总共一百七十余户九百多人，都名吴。据这些吴氏后人代代相传，说当年清军破城之际，陈圆圆和他的儿子吴启华（一说吴昌华）、孙子吴仕杰等，在部将马宝的护卫下，避开清军的严密搜捕，辗转来到古思州，也就是今天的岑巩县，看到这里有一个小河谷平原，与世隔绝，便于隐居，就留下落户不走了。为了避人耳目，陈圆圆到邻县的玉屏县的天罡寺继续为尼，一如她在昆明的瓦仓庄三圣寺为尼一样。马宝在岑巩县的鳌山寺为僧，吴启华则在这个小河谷平原建立了马家寨。三人死后，吴氏后人悄悄把三人的遗骨运回马家寨分别埋葬，但未立碑。直到光绪年间，清朝已走向衰亡，无力他顾，吴氏后人才在三人的坟墓前立碑，但依然用的是隐语。陈圆圆墓前的碑文，据吴氏后人解读，其含义是"先妣"，指的是陈圆圆为吴氏一世祖；"吴门"系陈圆圆夫家姓吴，她是嫁给吴三桂的，另一层意思，是陈圆圆为苏州人，苏州，又称吴门；"聂氏"隐喻更深，"聂"字底下的双耳，暗指陈圆圆姓陈的陈字的是双抱耳旁；"位席"是清朝王妃墓碑的专用语，表明陈圆圆的身份高贵可以入宗祠。此墓文用现在的表述，即是："先祖母苏州陈圆圆王妃之墓"。是吴氏后代的隐讳之用，亦是吴三桂王妃的暗释。

而这个说法，更表明了陈圆圆对吴三桂爱得彻底和坚定，是多么的矢志不渝，表里如一，绝对忠诚。此说不管是不是陈圆圆最后归宿的事实真相，但都寄托了人们对陈圆圆和吴三桂这一对旷世奇缘所寄予的祝愿、赞颂和敬仰。

是啊！跨越历史烟云，情倾三大王朝的这段来之不易的绝恋，排却政治和时代的因素，还是让我们相信真爱和最爱吧，真爱和最爱，都是命运的安排。